SYGNE

J'ai essayé de représenter une tempête sur terre, imitant le mieux que j'ai pu l'effet d'un vent impétueux, d'un air rempli d'obscurité, de pluie, d'éclairs et de foudres qui tombent en plusieurs endroits, non sans y faire du désordre. Toutes les figures qu'on y voit jouent leur personnage selon le temps qu'il fait ; les unes fuient à travers la poussière, et suivent le vent qui les emporte ; d'autres au contraire vont contre le vent et marchent avec peine, mettant leurs mains devant leurs yeux.

Extrait d'une lettre
de Nicolas Poussin à Jacques Stella,

Rome, décembre 1651.

I

Les performances économiques de la France sont remarquables ; renforcement du capital productif, réduction de l'endettement de l'État, échanges extérieurs maîtrisés. En dépit des remous politiques récents, les stratégies mises en place au cours des dernières années ont été efficaces, avec pour résultat une croissance du produit intérieur brut proche des 6 %. C'est un succès incontestable, qui place le pays dans le peloton de tête. Le porte-parole du gouvernement s'en est félicité ce matin lors d'une conférence de presse, au cours de laquelle il a présenté une palette de chiffres rassurants, annonçant dans la foulée une intervention du Premier ministre jeudi prochain.

Agacé, Claude coupe la petite radio installée sous son lit à portée de bras. Il ne veut pas en savoir plus : l'époque est à l'optimisme, résolument, mais un optimisme obscène, à l'arrière-goût amer, surtout à cette heure matinale. Le vieil homme ne supporte plus ce sentiment de félicité nationale qui s'insinue partout dès qu'on ouvre le poste de télévision ou qu'on pose un pied dehors. À Saint-Jean-de-Sossenac par exemple, le village en contrebas, qui était encore il y a peu un foyer de paupérisation, où les habitants désormais s'adonnent à des débordements de joie inexplicables, multipliant les fêtes votives, se passionnant – avec une euphorie inquiétante – pour les achats de toutes sortes et à tous les prix, comme si leurs comptes en banque étaient éternellement reconstitués par une main divine ; véhicules, téléviseurs, frigidaires, canapés. Le pastis coule à flots, cela fait longtemps évidemment qu'il coule ainsi, mais l'ivresse qu'il offre aujourd'hui est moins délétère qu'il y a quelques années, à l'époque où le vin mauvais et les rancœurs haineuses s'étalaient sur la place publique à la moindre occasion. À présent l'éthylisme se rapproche d'une forme d'allégresse, stimulée par l'ouverture récente d'un hypermarché Mammouth à l'entrée de l'agglomération nîmoise.

Mouvement vertueux. Bonne humeur économique, période glorieuse.

Que Claude observe avec amertume ; en termes de retraite, pour lui comme pour d'autres, l'allégresse n'est pas d'actualité. Il est fréquent de croiser des vieillards impécunieux dont certains se clochardisent par paliers imperceptibles et qui dégagent cette odeur de misère que personne ne souhaite sentir, de près ou de loin. Pourtant des mesures pour remédier à cette triste réalité avaient été officiellement annoncées par le gouvernement : le fonds national de solidarité allait bientôt se déployer sur tout le territoire, pour éviter aux citoyens la vision désagréable de ce qu'ils pourraient devenir si le chômage ou la maladie croisait leur route. Pour autant, les qualités professionnelles de Claude ne lui permettent pas de prétendre à ces futurs avantages. À moins de se résoudre à l'option pénitentiaire, il n'a droit à rien.

Mais retrouver gîte et couvert dans les conditions panoptiques d'humiliation carcérale serait plus qu'une défaite. Ce serait un cauchemar, se dit Claude en se remémorant les périodes d'enfermement dont ses jeunes années avaient été ponctuées.

La France ?

Il n'est pas sûr de l'aimer. Pour différentes raisons. Cela dit, le pays garde quelques charmes, dont le principal tient en quatre mots : ce serait pire ailleurs.

Ça fait si longtemps que je suis ici, se répète-t-il en observant la lumière rose que le soleil du matin applique sur les murs, pourquoi me poser encore la question ? La vie est belle dans le Sud ; soleil, vitamines, médications gratuites, docteurs à chaque porte, accès libre à l'alcool (même si le whisky est hors de prix et que le vin fait mal au ventre). Des femmes, jolies et charmantes (bien que je n'en fréquente aucune)… Alors pourquoi tergiverser ? Assurément, ce serait pire ailleurs. Claude jette un œil du côté du jardin ; les herbes jaunes s'insinuent entre les racines du platane, dont la peau grise s'effrite et tombe en copeaux secs au pied du châtaignier voisin. C'est un terrain rocailleux sur lequel poussent péniblement des essences coriaces ; arbousier, millepertuis, micocoulier. Au sud, la perspective est fermée par une rangée de cyprès noirs, à l'ouest se découpent les reliefs ébréchés des montagnes cévenoles. Fractionnée en petits paysages par les carreaux vitrés de la boutique, la vue est floutée par un mélange de gras et de poussière que Claude n'a jamais eu le courage de nettoyer – à hauteur des montants de métal particulièrement, dont les interstices obstrués demanderaient des heures de travail au coton-tige. Cette crasse est comme une protection contre le monde extérieur, au même titre que celle qu'il lui arrive de laisser à la surface de son corps, en filtre léger sous son costume de tergal noir.

Claude se tourne vers l'intérieur, sans regarder les détails. Il évite de lever les yeux, se refusant inconsciemment à faire un constat qui serait dommageable pour son moral ; l'état de son commerce est lamentable : carrelage fêlé, points de rouille aux angles des machines, auréoles noirâtres d'humidité sur les murs. Les lieux sont déprimants, mais surtout ils sont sales, ce qui pose problème lorsque la thématique de propreté est au cœur du concept commercial mis en place.

*

Éva s'approche de la Peugeot 203 qui trône sous le tilleul, au milieu du jardin. C'est une carcasse rouillée, sans portes, qui joue le rôle de boîte aux lettres. Elle est comme un totem devant lequel Éva se prosterne chaque matin pour faire émerger des publicités de toutes sortes, réclames charcutières, promotions colorées et invitations aux tombolas locales. Aujourd'hui la boîte à gants accouche d'une enveloppe frappée d'une croix noire, dont le recto est barré d'une injonction intimidante : *Pour un Monde d'Amour*, imprimée à l'encre rouge. Éva estime la proposition malvenue, en contradiction manifeste avec son humeur. S'agit-il d'un signe divin ou d'un appel au denier du culte ? D'un message à son intention, ou d'un ordre à portée universelle ?

De retour dans la cuisine, elle jette les publicités, hésite à faire de même avec l'enveloppe puis, par peur qu'un éclair la foudroie, la glisse finalement dans le tiroir du vaisselier avec l'intention de l'oublier au plus vite. Depuis quelque temps en effet, elle a décidé de ne plus tenir compte des manifestations du Christ et de ses affidés, en maintenant leurs dépêches à distance, même si les années d'éducation religieuse qu'elle a suivie teintent encore ce rejet d'une crainte respectueuse.

D'un geste vif elle tire sa chaise pour s'asseoir devant le bol sur lequel est inscrit un *Maman banania* en lettres jaunes cernées de petits cœurs roses à moitié effacés. Le *Midi Libre* daté de l'avant-veille, posé en nappe de fortune sur le formica, lui offre le réconfort d'une actualité différée ; des chats brûlés, un vol de pneus dans un hangar, un anniversaire présenté comme réjouissant à la maison de retraite. Rien de passionnant non plus quand elle survole la rubrique nécrologique ; pas de célébrité, pas de connaissance proche ou lointaine, pas de mort violente. Des miettes, une tache de confiture. Peu d'inspiration à attendre du côté de la presse. Éva manque d'appétit. Elle observe sa biscotte sans que cela éveille de désir puis considère le beurre, avec moins de ferveur encore. Son regard s'égare jusqu'au-dehors pour tomber sur la vitrine du lavomatique, qui jouxte l'entrée du mas. Un sentiment de dépit l'envahit quand elle aperçoit les trois lettres décollées, tombées au sol, qui forment dans l'herbe ce mot qu'elle a passé sa vie à ignorer. Elle se dit ensuite, quand son regard remonte le long du mur blanc, que ce *AV MAT QUE* en fronton sonne comme une sentence romaine, lui conférant une sorte de relief historique (une portion de l'antique Via Domitia résiste aux herbes folles à quelques encablures de là). Éva se revoit, c'était il n'y a pas si longtemps, alors qu'elle fixait les lettres avec entrain, qu'elle les recouvrait ensuite, en chantant gaiement, d'une épaisse couche de peinture bleue au parfum d'huile, l'ensemble donnant un air maritime au Lavomatique 2000 ; sans compter que les deux fenêtres en hublots accentuaient le côté naval, évoquant les embruns de l'Atlantique au goût de sel, de vent et d'iode.

Maintenant la boutique lui donne la nausée, comme si des vagues émanant d'un égout lui soulevaient le cœur. Éva a toujours considéré le petit commerce comme une activité indigne d'une princesse et, malgré les rides qui redessinent son visage dans un style baroque et les vêtements de troisième main dont elle est vêtue, elle s'estime encore en véritable souveraine. Claude est évasif sur ce point délicat – est-elle restée cette *majesté divine* qui m'a fait chavirer ? se disait-il. Cependant, dès le début de leur aventure, il s'est chargé de toutes les tracasseries inhérentes à la gestion d'un commerce, auxquelles Éva, en tant que princesse, refusait de participer. Chacun son rôle ; Claude le muscle, Éva l'esprit. Mais depuis peu, l'esprit d'Éva s'échappe. Vers le passé.

Pourtant tout avait bien commencé ; le projet était solide, minutieusement préparé. C'était il y a deux ans à peine. Alors qu'ils inauguraient la laverie sous le soleil frais de ce mois de mai 1968, Éva et Claude rêvaient d'une vie nouvelle ; fortune immense, qu'ils avaient planifiée depuis toujours mais qui cette fois, et là le changement de paradigme était radical, serait acquise par une activité *légale*. Évidemment, le mot avait à leurs yeux une définition particulière, moins stricte que celle traditionnellement partagée. Ils jugeaient que les précisions concernant la composition de la poudre ne faisaient pas l'objet d'une législation contraignante, pas en tout cas selon leurs informations. Ils étaient donc partis dans cette aventure l'âme aussi légère que la marchandise qu'ils commercialisaient, avec la certitude de trouver une clientèle fidèle, les opiacés jouissant d'une excellente réputation (à laquelle tous les artistes méticuleusement transgressifs que l'on voyait apparaître dans le monde musical et littéraire n'étaient pas étrangers).

L'enthousiasme des premières semaines avait laissé place au découragement, qui s'était intensifié progressivement ; ils avaient dû admettre que les chances de succès étaient faibles, en raison de l'emplacement absurde de la boutique : perdue, à dix kilomètres de toute habitation, dans une garrigue sèche au cœur des Cévennes. Cet isolement, pensé comme une garantie de discrétion, s'était révélé la cause directe de leur déroute. Il y avait bien eu ces quelques dames égarées qui s'étaient entendues pour imaginer que le Lavomatique 2000 était une laverie classique ; elles s'y donnaient rendez-vous chaque jeudi pour papoter devant les machines en s'éventant, comme si elles participaient à un salon mondain, avec pour résultat une altération immédiate de l'humeur de Claude, qui les aurait volontiers étranglées, une par une. Mais l'époque ne permettait plus ce genre de liberté ; la Clientèle, avec un grand C, était devenue une notion à prendre en compte dans cet environnement de *biens et de services* auquel le pays s'était converti depuis peu. En outre, il fallait éviter d'avoir affaire aux forces de l'ordre, par principe autant que par lassitude.

C'est ainsi que, sous la pression involontaire de ces *vieilles carnes* (c'est le petit nom qu'il leur avait donné, bien qu'elles ne fussent pas plus âgées que lui), Claude avait bricolé le double distributeur de poudre ; un boîtier blanc pour les machines qui fonctionnaient assez pour faire illusion, et un boîtier rouge pour les clients dignes de ce nom. Mais en dépit de ce stratagème et des tarifs imbattables proposés, les vrais amateurs ne se bousculaient pas à la porte. Après quelques mois, la boutique ne tenait plus que par le fil ténu de la monnaie des *vieilles carnes*, et par la prodigalité en grosses coupures de l'unique drogué sérieux que comptait la région ; un rentier blond constamment en sueur qui, par épisodes paroxystiques, se lissait furieusement les joues avec ses paumes. Quand il débarquait, Claude était mal à l'aise ; il n'avait pas les réflexes appropriés face à cet être aussi imprévisible que les déments aux délires multidirectionnels qu'il avait croisés dans les couloirs des prisons de sa jeunesse, et qu'il avait toujours pris soin d'éviter pour maintenir son intégrité physique et psychologique. Malgré cela Claude faisait l'effort de rester aimable et accueillant avec ce dangereux spécimen, impératif financier oblige. L'homme apparaissait à l'improviste au volant d'une DS Pallas, toujours accompagné de quelques adolescentes en maillot de bain lascivement affalées sur le siège arrière, fumant maladroitement des cigarillos en s'appliquant à rire le plus fort possible. Une fois sa commande passée en deux mots secs, sur un ton martial, le rentier déposait sa poudre le long de l'aile avant de la Citroën sur près d'un mètre, de la naissance du phare jusqu'à la base du rétroviseur, avant d'en aspirer l'intégralité d'une narine et d'une traite, cela exécuté dans une torsion théâtrale qui mobilisait tout son corps et donnait du mouvement à ses cheveux comme un chef d'orchestre en régime *prestissimo*. La représentation se terminait par une série d'éternuements qui dispersaient les fines particules blanches de poudre en une auréole scintillant au soleil du soir autour de ses cheveux blonds ; ce drogué de pacotille était allergique aux pollens, aux poussières et autres poudres.

Claude s'était inquiété pour la santé de ce client indispensable. À juste titre d'ailleurs. Un beau jour il n'était plus venu : accident vasculaire cérébral directement responsable de l'accident de la route – un platane de face – qui avait suivi.

Depuis lors personne ne s'aventure plus jusqu'au Lavomatique 2000. Les vieilles dames égarées ont fini par s'évanouir dans la nature, ayant sans doute compris qu'il s'agissait là d'un lieu de perdition. Seul le mistral, dans un tourbillon de feuilles mortes, entre encore dans la boutique pour venir s'y éteindre dans un souffle discret.

La défaite commerciale avait été si rapide que Claude en était sonné. Comment avaient-ils pu se tromper à ce point ? Comme tous les précurseurs et autres visionnaires, ils avaient eu raison trop tôt ; ils avaient compris cinq ans avant les bandits corses d'Indochine et leurs associés italo-américains que l'avenir était à l'addiction et à la dépendance. L'échec cinglant de leur projet de démocratisation tenait à un évident manque d'ambition, mais également à une méconnaissance des catégories socioprofessionnelles françaises et de la réalité géographique de leurs implantations ; les substances psychoactives ne sont apparemment appréciées que dans la capitale, où leur usage semble consigné au monde des Arts, des Lettres, du Cinéma et de la Rente, catégories rares dans les Cévennes. Le jacobinisme peut se déceler dans toutes les strates économiques du pays, trafics et gestions parallèles compris. Cependant – mais Éva et Claude n'étaient pas suffisamment au fait de l'actualité pour l'avoir pressenti –, une colonie de clients potentiels, de jeunes rebelles aux torses maigres, aux cheveux défaits et aux poitrines nues, n'allait pas tarder à s'installer plus au nord, sur un causse râpeux de l'Aveyron.

*

Cette nuit encore Claude a dormi dans la boutique, parce qu'il en aime le parfum ; mélange de métal rouillé et de poudre à laver, de celle qui a séché dans le distributeur et dont l'odeur un peu piquante lui rappelle le savon noir de son enfance. Il se penche pour dégager une radiographie oubliée sous une machine à hublot. Il s'agit de l'image bien nette d'une ceinture pelvienne, dans toute sa pâleur splendide. L'humeur de Claude se raffermit à la vue de cette belle pièce. Depuis quelques mois, il occupe ses journées à une activité nouvelle, qu'il nomme pompeusement *pratique Artistique*, et pour laquelle il n'avait jamais imaginé avoir le moindre talent. Cette passion est née par inadvertance, grâce à la collection de radiographies – coccyx, humérus, sternum – qu'il avait raflée sans préméditation dans les archives de l'hôpital de Nîmes lors d'une tentative de vol de morphine en décembre 1967. Au départ, elles lui avaient été utiles pour caler les machines qui se déplaçaient, au moment de l'essorage, avec assez de hardiesse pour rayer le carrelage en profondeur ; pliés en quatre, ces rhodoïds avaient le double avantage de la solidité et de l'adhérence. Mais depuis que les machines avaient cessé de tourner, leur rôle avait changé : chair incarnée par le vide qui la figure, ils font désormais office de *tueur de temps* ; Claude se plaît, os par os, touche par touche, à inventer des digressions anatomiques par un travail soigneux de grattage au cutter et de rehauts blancs appliqués au Tipp-Ex. Il improvise les dessins de cartilages nouveaux, de malléoles improbables, de sacrums imaginaires.

Ces images de zones d'ombre le rassurent. Le fait qu'il ne s'agisse pas de son propre corps joue positivement dans le confort qu'il y trouve ; une altérité vivifiante, une diversité d'os plastiquement inspirante. Mais il apprécie surtout la qualité de présentation de ces radiographies : propres et lisses, les squelettes sont nettoyés de leur charge charnelle, bien différents par leur élégance de tous ces cadavres sanglants, aux postures disgracieuses et pour ainsi dire *vulgaires*, qui défilaient devant ses yeux lorsqu'il avait vingt ans.

Et tous ces cadavres, Éva en avait partagé la responsabilité. Sans être exactement à la manœuvre, elle était toujours présente pour encourager son compagnon, avec un enthousiasme communicatif et toujours funeste pour ceux qui étaient en face. À présent les souvenirs s'estompent dans son esprit, et les visages des morts sont comme les images sans couleurs des films vus dans son enfance ; précis, effrayants et lointains.

Elle a laissé là ses biscottes, repoussé le beurre qui décidément ne l'inspire pas, pour se rapprocher d'une peluche grêle aux flancs fatigués qui traîne sur le fatras du buffet. Elle recoiffe le toupet vaporeux de ce nounours informe qu'elle appelle avec tendresse son Petit Chéri et dont l'ouverture dorsale en feutrine cache un calibre 7,65. L'arme – un Beretta – n'a pas servi depuis une dizaine d'années et sa propriétaire constate qu'il est temps de lui offrir une restauration complète. Elle y voit le moyen de retrouver un peu d'appétit.

C'est alors que Claude apparaît dans la cuisine ; voûté, en robe de chambre lardée de taches de gras, sa perruque noire raidie par le temps cache un sillon de sommeil fraîchement imprimé sur son front. Son œil, déjà brumeux, s'éteint complètement quand Éva lui fait part de ses préoccupations, dont il connaît déjà la teneur :

— Laissons tomber la poudre ! Revenons au cœur du métier : le banditisme, le vrai, le classique !

Pour éviter de répondre, Claude fait semblant d'avaler de travers la tartine sur laquelle il vient d'étaler une noix de miel. La perspective de s'engager à nouveau dans une activité dangereuse ne lui paraît pas en accord avec son état général. Depuis peu l'attraction terrestre est devenue incontrôlable, elle a rendu son corps si lourd qu'il lui devient difficile de le mouvoir sans souffrir. Sa théorie sur ce point est assez avancée, radiographies à l'appui, mais sa femme ne lui laisse pas le temps d'en exposer ne serait-ce que l'introduction ; elle s'agace par avance de ces spéculations fumeuses entendues presque chaque jour. Elle s'emporte immédiatement, comme par un processus autonome activé par l'habitude, et envoie son époux balader en le qualifiant de *comique*.

Comique ? Claude n'avait pas entendu ce mot depuis longtemps, et cela le plonge dans la perplexité : qu'est-ce qu'elle veut dire par là ? Il existe des mots plus précis, *comique*, je ne comprends pas, s'agace-t-il. Il n'a ni la force ni le courage de se défendre, affaibli par ce manque d'ambition qui annule tous ses élans depuis quelques semaines ; une sorte de fatigue dont il sent bien qu'elle n'est pas seulement due à l'attraction terrestre, mais à quelque chose de plus sourd, de plus profond.

La rue des Greffes, située à quelques pas de l'hôtel de ville de Nîmes, est calme à cette heure pluvieuse. Le bar-tabac choisi par Éva pour cette première opération n'a rien de remarquable ; peu de passage, pas de tiercé, des recettes faibles. Un établissement modeste, à la hauteur des ambitions du couple. Éva est consciente de leur manque d'entraînement, des capacités réduites de son époux, elle estime que la montée en gamme se fera à l'issue de ce premier succès, et qu'il sera envisageable d'ici quelques mois de viser un casino, voire une banque.

Claude est congestionné, son crâne lui pèse comme un casque trop étroit. Il regarde Éva et s'étonne de la quantité de maquillage qu'elle a appliquée sur son visage ; avec les lunettes ce n'est pas très élégant. Et pourquoi s'est-elle habillée ainsi de sa vieille tunique à motif panthère ? se dit-il en garant péniblement l'antique Mercedes blanche à quelques pas de leur cible.

— Extorquer des fonds, déclame alors Éva, ouvrir des bouteilles avec les dents, faire l'amour dans un motel!... Tu te souviens?

— J'ai pas les yeux en face des trous...

— On est des artistes, et comme tous les artistes on a le trac avant de monter sur les planches, c'est normal.

Claude coupe le contact de la Mercedes dont le moteur s'éteint dans un râle.

— Non, c'est pas le trac, dit-il en essuyant la sueur qui perle à la naissance de sa perruque, je me sens bizarre.

Accompagnée de son Petit Chéri, dans lequel elle dissimule le Beretta, Éva ouvre la portière puis s'élance sous la pluie, suivie de Claude qui soupire comme un enfant contrarié à l'idée d'aller à l'école.

Trempée, elle doit essuyer ses lunettes, embuées dès qu'elle a pénétré dans le bar. Le Beretta glisse de l'intérieur de la peluche et tombe sur le carrelage, provoquant un bruit de métal qui glace Claude et attire l'attention du patron. Par chance, celui-ci ne voit pas l'arme et reprend la conversation qu'il entretenait avec un habitué, laissant juste le temps à Éva de récupérer son bien et d'en pointer le canon droit devant elle entre les jambes de son nounours, offrant de la sorte à celui-ci une verge noire et menaçante. Ainsi équipée, elle s'élance vers le comptoir qu'elle voit à peine derrière la buée immédiatement réapparue à la surface de ses lunettes ; l'index sur la détente, essoufflée, elle prononce la phrase tant de fois répétée, *la caisse ou je te bute*, qui sort de sa bouche en un souffle faible, presque inaudible. Le Gard regorge de chasseurs et le patron fait partie du premier cercle de cette congrégation ; en spécialiste des armes à feu, il sort immédiatement la sienne, un fusil à canon double astucieusement fixé sous le comptoir. Claude pâlit, tourne les talons en glissant sur le carrelage humide, il sent le patron qui vise son dos ; paniqué, claquant des dents, il lui reste juste assez de force pour fuir dans un élan boiteux et passer la porte une seconde avant qu'une volée de plombs en éclate le chambranle. Éva le suit à vive allure, cheveux défaits, affolée. En passant le seuil, elle se retourne pour tirer sans précision deux coups de feu vers l'intérieur du bar, le premier pour souligner le sérieux de l'opération, le second pour décourager les velléités de poursuite – la première balle se logeant dans l'épaule du patron, la seconde, par rebond au sol, passant à quelques millimètres du visage de son client pour finir dans une jeune biche peinte à l'huile, encadrée au-dessus du comptoir.

Claude mène la Mercedes aussi vite que le vieux châssis le lui permet en s'assurant que personne ne les a pris en chasse. Il donne un brusque coup de volant pour quitter la nationale et s'engage sur un chemin vicinal, arrachant au passage quelques pieds de vigne ; un raccourci confondu sans doute avec un autre puisqu'il se termine en cul-de-sac sur les berges d'un cours d'eau. L'essuie-glace racle faiblement le pare-brise avant de s'immobiliser complètement, par défaut de batterie. Claude sort de l'habitacle en cherchant son souffle puis s'affale sur la roche grise qui longe la rivière.

— Franchement, qu'est-ce qui t'a pris de te défiler comme ça, l'invective Éva, on y était presque ! Tu fais mentir la légende, j'ai honte pour toi, j'ai honte pour nous !

Claude jette un regard accablé vers la tunique de sa femme, dont le motif panthère d'origine ressemble maintenant à une nappe de boulettes de mazout échouée sur les côtes bretonnes. Il sort deux Gitanes maïs de sa poche, en colle une dans la bouche du nounours avant de s'allumer l'autre.

— On est toujours là tu sais, c'est déjà beaucoup… Il faut savoir s'arrêter ma chérie, tu vas devoir l'admettre.

Attaqué par la pluie, le maquillage d'Éva dégouline en peinture abstraite et masque une larme, une seule, sortie de l'œil droit, la première depuis des années. Claude en est peiné mais en même temps il s'agace de cette manie désinvolte qu'elle a de le rendre responsable de tous leurs échecs. Il considère, en tirant une longue bouffée brûlante sur sa Gitane, qu'elle devrait partager la part d'incompétence qui lui revient, même si cela lui coûte.

Soudain il tousse puis crache ; un goût de cendres lui envahit le palais et gonfle sa langue, le parfum carbonisé de la cigarette se répand dans sa bouche et descend jusqu'à l'estomac pour le tordre. Il jette le mégot, l'écrase de la pointe de son soulier mais le mal est fait : vertige, tempes lourdes, il se sent fébrile, les mots se dérobent. L'attraction terrestre devient puissante et douloureuse. Il se penche vers la rivière pour s'asperger le visage quand sa perruque glisse et tombe à l'eau. Il tente de la rattraper mais s'embourbe dans la vase, il se relève alors et constate qu'elle s'échappe inexorablement, en voguant à bonne allure, maintenue à flot par l'excès de laque coiffante. Dans un craquement de hanche il s'élance à sa poursuite, le long de la berge, et finit par disparaître dans le sous-bois. Éva ricane, la situation est aussi comique que pathétique, elle ne sait plus si la silhouette de son homme l'attendrit, la dégoûte ou la fait rire. Peut-être une combinaison de ces trois possibilités.

Elle rejoint le nounours et rallume sa Gitane qui pendait, éteinte, accrochée à sa fausse bouche. Ensemble ils fixent les mouvements que le courant décrit, mouvements hypnotiques qui poussent Éva à la confidence. L'oreille de Petit Chéri n'est faite que de feutrine et de fibres de polyester, elle ne mène à aucun canal auditif, à aucun système de perception et de jugement, mais il s'agit quand même d'une oreille, la forme y est, c'est le principal. Éva lui parle donc, d'une voix basse, elle lui confie son désarroi de voir l'homme de sa vie victime de *sénescence*, un mot bizarre, difficile à prononcer, paradoxal, porteur d'espoir en dépit de l'effroi qu'inspire sa définition ; dans sénescence il y a *scène*, il y a *essence* et il y a *naissance*, il lui semble que la consonance du mot n'est pas adaptée à son usage et que l'on pourrait s'attendre à mieux. Malgré toutes ces années de pratique, le français lui apparaît encore mystérieux et peu logique, cependant elle prononce encore ce mot qu'elle trouve gracieux et moins brutal que celui lu récemment dans un article du *Midi Libre*, et qui sonne comme une exécution à l'arme automatique : *décrépitude*.

Petit Chéri est penché en direction de sa maîtresse qui voit dans son regard en boutons bruns l'évidence d'une compassion sincère. Elle s'en émeut et continue son monologue en caressant le toupet dégarni de la peluche :

— Le plus dur c'étaient les premiers mots de cette nouvelle langue. Surtout pour Claude ; il était pas doué, tu t'en doutes bien ! Il n'a jamais été fort à l'école, son école c'était la prison : chacun a des pistes différentes pour acquérir une éducation. La prison n'est pas pire que l'école, on n'y apprend pas les mêmes choses, c'est tout.

Petit Chéri s'affaisse soudainement : sans Beretta en épine dorsale il ne tient pas longtemps droit sur son séant. Sa Gitane roule au sol, à moitié consumée. Éva saisit le mégot qu'elle jette dans le mouvement circulaire formé par l'eau boueuse de la rivière.

Les branches accrochent le costume de Claude qui tente de rester au plus près du cours d'eau. Il en scrute la surface à la recherche de la perruque, en vain. Il suppose qu'elle a coulé à pic, à moins qu'elle ait déjà parcouru assez de distance pour être loin en aval, en route vers la Méditerranée. Ce serait une mauvaise nouvelle ; Claude tient beaucoup à ce cadeau reçu des mains de sa femme pour ses quarante-cinq ans, souvenir d'une période plus ou moins heureuse : la vie d'artiste, le cabaret, Nice, la Riviera… Une certaine félicité, en tout cas un début de sérénité – à ceci près que ses cheveux commençaient à devenir une idée de plus en plus abstraite. Cela le vexait, il sentait confusément qu'une partie de lui-même refusait de suivre la marche du monde, de l'accompagner vers l'avenir. En l'occurrence il s'agissait d'une partie peu utile, mais cet effacement était esthétiquement difficile à accepter, car il révélait la taille exagérée de ses oreilles et la forme cabossée de sa boîte crânienne. Éva avait subtilement rétabli l'équilibre grâce à cette perruque achetée dans une boutique spécialisée connue pour la qualité de ses produits. La perdre aujourd'hui serait un mauvais signe du destin.

À l'aide d'une branche effilée, il sonde les bords de la rivière en espérant y accrocher sa relique ; il sent un élément qui résiste et plonge alors le bras dans l'eau froide : il ne s'agit pas de la perruque, mais d'un escarpin rouge. Intrigué, Claude sonde à nouveau ; il y a peu de fond, l'eau est trouble. Il recule pour mieux voir, ce faisant son pied écrase un objet souple : l'autre escarpin, abandonné sur le feuillage humide. Il le compare au premier pour vérifier qu'ils forment bien une paire. Étrange, se dit-il, ils sont sales, mais presque neufs. Laissés ici il y a peu. Étrange vraiment. Y aurait-il un cadavre dans le coin ? Ce serait ennuyeux.

Une plainte faible se fait alors entendre. Une sorte de gémissement interrogatif, en filet de voix. Claude se retourne, effrayé, et quand il découvre l'être qui se trouve juste derrière lui son cœur saute dans sa poitrine en torsades claquantes, pour battre ensuite si fort dans sa tête qu'il n'entend plus rien des bruits environnants.

En face de lui, à quelques mètres, se trouve un bébé, nu dans une petite couverture de laine posée à même le sol.

Un bébé blanc qui lui sourit en remuant les bras.

*

Éva s'impatiente au volant de la Mercedes. Elle a déposé le nounours sur le siège arrière et fait tourner la clef dans le démarreur, sans autre résultat qu'une faible toux mécanique. Quand elle aperçoit enfin Claude, qui apparaît à l'orée du bois, elle remarque son buste penché en avant, et le vermillon de l'escarpin dépassant d'une poche de sa veste. Elle sort de la voiture pour mieux voir : Claude tient une couverture dans ses bras et de cette couverture émerge un petit visage rose.

— Que... Qu'est-ce que c'est que ça ?! s'étrangle-t-elle, figée par la surprise.

Elle ne parvient plus à retrouver son souffle alors que le nouveau-né la fixe de ses yeux noisette. Elle ne peut plus dégager son regard du sien, puis, après quelques instants, elle dit dans un sifflement que Claude n'entend pas :

— Mon Dieu, il est revenu...

— C'est un petit gars, comme moi, je sais pas ce qu'on peut en faire, mais on va pas le laisser crever là quand même, non ? dit Claude en essayant maladroitement d'entrer dans la Mercedes.

Éva n'a pas la force de bouger, elle reste ainsi plantée, les yeux vagues, embués, fixés au-delà de Claude et de l'enfant, elle semble regarder les nuages qui se forment et se déplient, loin au-dessus d'eux. Elle s'appuie sur le capot pour soutenir son corps qu'elle sent faiblir.

— C'est sans doute un signe ma chérie, continue Claude sans parvenir à ouvrir la porte avant de la berline, trop encombré qu'il est par le petit qui commence à remuer les bras en tous sens. Le cycle de la déchéance est peut-être enfin rompu, ce petit bébé représente notre dernière et unique chance… C'est un signe, non ? On peut pas cracher dessus…

Claude s'alarme de l'état d'Éva, qui paraît presque morte tant elle est pâle. Il tente de s'approcher, de lui parler, mais sa voix reste en lui, coupée net par son cœur qu'il ressent soudain comme un muscle nouveau, s'exprimant avec grossièreté par une douleur radicale ; une crampe aiguë, comme un tissu qui se déchire bruyamment depuis son estomac, le long de ses côtes jusqu'à la naissance de sa mâchoire.

Il concentre dans ses bras ce qui lui reste de force, pour protéger le nourrisson alors qu'il s'effondre de tout son poids, face contre terre.

*

Claude est vaporeux : libéré de cette maudite attraction terrestre et de ses effets délétères autant qu'inutiles. Ses os, sa carcasse ; tout est fluide, aussi léger que des feuilles de rhodoïd. Il entend seulement un sifflement au fond de son cerveau, un bruit qui ne cesse pas, un acouphène céleste.

Le temps est long, en tout cas difficile à définir. Il voit l'enfant, un enfant, il s'agit peut-être de lui-même au début de ce XXe siècle, tout cela est assez flou en vérité, et puis, pour être franc, quelle importance maintenant ?

II

Juillet 1976.

Le bébé est devenu un garçon aux yeux noirs et aux cheveux clairs, avec un épi rebelle et des égratignures sur les genoux. Il est à présent sur le chemin poussiéreux qui traverse la garrigue et il dessine, à l'aide d'une branche qu'il traîne derrière lui, de larges figures d'Indiens dont on ne pourrait saisir les visages qu'en s'élevant vingt mètres au-dessus de la colline. Éva le surveille du coin de l'œil depuis la carcasse de la 203, alors qu'elle relève le courrier du jour : une liasse de publicités expédiées par le Géant Casino ouvert récemment dans la banlieue d'Alès, ainsi qu'une nouvelle enveloppe marquée d'une croix noire et siglée de l'intimidant *Pour un Monde d'Amour.* Elle résiste à la curiosité de l'ouvrir mêlée au désir de la déchirer, puis la dépose enfin, comme la précédente, dans le tiroir du vaisselier, qui fait office de purgatoire épistolaire.

Elle regarde sans le voir le nounours posé sur le meuble qui, en quelques années, s'est sérieusement ratatiné malgré le Beretta en guise de colonne vertébrale. Privé d'amour depuis l'arrivée de l'enfant, Petit Chéri se voit relégué en vulgaire enveloppe, sorte de coffrage mou pour vieux pistolet, par ailleurs négligé lui aussi. Du coup le strabisme de ses boutons bruns s'est accentué dans un sens qui ne donne envie à personne de croiser son regard.

L'enfant pousse la porte de la cuisine.

— Tu me donnes une tartine ?

— Trop tard pour les tartines, on déjeune dans une heure, répond Éva sur un ton faussement sévère.

Le petit s'empare du pain qui traînait sur la table avant qu'Éva n'ait le temps de lui taper sur les doigts. Grignotant le quignon avec un air de défi qu'Éva feint d'ignorer, il tend sa branche vers le bahut jaune en formica dans lequel sont consignées une partie des économies de la maison, soit deux billets de cent francs, des bijoux en toc, et une boîte neuve de vingt-quatre feutres de couleur.

— Maman, on va dessiner des Indiens, tu veux bien ? Passe-moi les feutres s'il te plaît !

— Après la vaisselle ! rétorque Éva.

— Non ! Pas la vaisselle !

L'enfant s'élance pour quitter la cuisine. Éva tente

de l'intercepter, mais il est déjà loin dans le couloir, mimant de ses mains les virages sur un volant fictif. La lumière des persiennes distille un marquage au sol comme sur une route, que le petit suit en imitant le crissement des pneus. Il arrive jusqu'au jardin, accompagné par un Sioux imaginaire au plumage extravagant.

— L'Indien, on va enterrer la hache de guerre, on va l'enterrer en haut de la montagne, on y va en 203. Viens t'asseoir !

L'épave de la Peugeot dégage une odeur de métal rouillé, ses sièges, éventrés, laissent apparaître des ressorts permettant d'imiter les soubresauts qu'offre un chemin cabossé. Le volant de bakélite a résisté au temps et, bien qu'il ne tourne plus, brille à force d'être utilisé par Célestin. Le Sioux semble d'une humeur massacrante ; au lieu d'enterrer sa hache, il la fait tournoyer au-dessus de sa tête en proférant des menaces :

— Bonjour mon petit, ta grand-mère est là ?

Le garçon sursaute et lâche le volant. Il voit apparaître dans le contre-jour la jeune femme à laquelle correspond cette voix gracieuse ; visage délicat sous de longs cheveux roux, elle est vêtue d'une robe imprimée de fleurs sauvages dont on pourrait presque sentir le parfum. Un jeune homme aux cheveux en vaguelettes noires l'accompagne, manches retroussées, chemise à motif provençal ouverte au col sur une forêt de poils sombres, desquels émerge un médaillon représentant une croix dorée surmontée de flammes rouges.

— Tony, c'est vous ? crie Éva depuis le seuil de la cuisine en plissant les yeux, bon sang, vous êtes en avance !

*

La passion domestique n'a jamais été une ambition affichée par Éva au cours de son existence, moins encore avec l'âge. C'est pourquoi la table est dressée de manière involontairement originale, avec de la vaisselle trouvée pour l'essentiel à l'Armée du salut, et posée selon un plan aléatoire sur le *Midi Libre* déplié dans son intégralité en guise de nappe.

La politesse veut que l'on invite les gens à déjeuner, c'est ainsi que cela se passe en France, croit savoir Éva. Même s'il s'agit d'un couple sans importance, des jeunes – autant dire du menu fretin –, elle a concentré ses efforts sur la réalisation d'un plat de spaghettis agrémenté d'une sauce au bleu d'Auvergne, que ses invités regardent avec inquiétude.

— On est vraiment heureux de vous rencontrer, lance le jeune homme en s'installant à table, personne ne pourrait se douter que… que…

Éva, qui s'apprêtait à le servir, reste en suspens,

l'extrémité d'un conglomérat de spaghettis se balançant dans le vide.

— Que ?

— Que vous êtes encore vivante, répond Tony maladroitement.

Éva change de direction pour remplir l'assiette de la jeune fille.

— Comment vous appelez-vous mademoiselle ?

— Iris, madame.

— Iris, un vrai petit cœur. Tu es belle à réveiller des cadavres, moi aussi j'étais belle, certainement plus belle que toi.

— Vous l'êtes encore, fait le jeune homme en forçant le sourire dont il connaît l'efficacité sur la gent féminine.

— Petit flatteur, tu as l'air encore plus stupide que ton oncle mais je te pardonne ; tu es beau gosse, je me demande même comment tu peux avoir un lien de parenté avec ce monstre.

Éva s'était laissé convaincre il y a peu ; c'était ce jeudi, après que Rodrigue Santana, avec toute l'autorité brutale qui le caractérise, lui avait donné une enveloppe épaisse en précisant qu'il s'agissait d'une avance. En estimant la somme par tâtonnement à travers le papier, elle avait feint l'hésitation, avant de feindre de céder ; moins par passion pédagogique que par contingences matérielles. Il y avait aussi cette dette à purger. Dispenser des cours de Pratique

Criminelle ne lui avait jamais traversé l'esprit, il s'agissait même d'une entorse à la philosophie de son art, mais la réalité demande quelquefois qu'on adapte ses aspirations aux reliefs tourmentés du terrain.

Éva verse de la sauce dans l'assiette de Tony en le fixant avec intensité :

— Tu as déjà été incarcéré ?

— Oui, bien sûr, trois mois avec sursis, bredouille le jeune homme.

— Ridicule ! Avec sursis ? Tu te moques de moi ?

— Mon casier n'est pas vierge, je vous assure…

— C'est franchement médiocre. À votre âge, j'avais déjà passé un tiers de ma vie derrière les barreaux, dit Éva en remplissant l'assiette de l'enfant.

Celui-ci ne bouge plus, hypnotisé par la chevelure orange d'Iris.

— Un tiers ! C'est magnifique, lance cette dernière, admirative.

— Vous savez lire ?

Iris et Tony acquiescent.

— J'ai appris à lire en prison, continue la maîtresse de maison, je peux vous assurer qu'on a le temps quand on attend son homme, qu'on est là pour lui et par lui, et qu'on compte les minutes avant de revoir sa tête, bon sang il faut vraiment être amoureuse. Après des années d'expérience, je peux vous le dire, une belle carrière criminelle commence par la lecture des classiques.

Elle dépose ostensiblement sur la table, en le faisant claquer pour marquer l'importance du concept, un exemplaire usé de *L'assassinat considéré comme un des beaux-arts*, meilleure tactique selon elle pour se débarrasser de ces deux imbéciles dans les jours à venir.

— Potassez-moi ça pour la semaine prochaine ! La poésie est indispensable, vous en saurez plus la prochaine fois.

Iris sourit à Éva, qui lui répond par un regard dur.

— Mangez voyons !

Le jeune couple s'exécute maladroitement. Iris, gênée, sourit à l'enfant qui la regarde avec une telle ardeur qu'elle en détourne les yeux.

— C'est votre petit-fils ? demande Tony.

— Non c'est mon fils ! répond sèchement Éva.

Iris recoiffe l'épi rebelle du petit.

— Comment tu t'appelles ?

— Célestin ! crie Célestin avec enthousiasme.

— Tu es mignon.

Les joues de Célestin chauffent en un instant. Intimidé, se tordant sur sa chaise, il baisse la tête vers son plat de spaghettis.

C'est alors qu'une toux résonne dans la pièce voisine ; Iris et Tony tendent l'oreille avec espoir pendant qu'Éva s'applique à débarrasser la table le plus bruyamment possible, comme pour couvrir la preuve sonore de cette présence indésirable.

— Pour la pratique, c'est le mercredi à dix-huit heures, dit-elle en forçant la voix, ne venez pas en avance ; à mon âge, la sieste c'est sacré ! Pas de questions ?

— Et monsieur Claude, est-ce qu'on pourra le voir ?

En réponse, Tony reçoit une vague de café brûlant sur sa chemise provençale.

— Santana ne t'a pas prévenu, bon sang ? tonne Éva, furieuse.

— Excusez-moi madame, fait le jeune homme en décollant la chemise de sa peau, considérant avec une grimace les nouveaux motifs brunâtres qui l'agrémentent.

— Comprenez bien une chose, mes agneaux, continue Éva, en comptant votre oncle, vous n'êtes que trois sur cette Terre à être au courant… Si vous ne tenez pas votre langue, c'est sous forme de cadavres que vous viendrez à mes cours. Compris ?

Iris est effrayée. Célestin la regarde avec ferveur.

*

Enfermé dans son antre, Claude observe, depuis l'interstice de lumière que laisse passer le volet, les silhouettes d'Iris et de Tony qui s'éloignent dans le jardin. Il devine certains mots de leur conversation, ramenés jusqu'à lui par un mistral intermittent :

Comme elle… Légende… Vivante… Questions… Toujours ?

— Tu crois que je deviendrai comme elle ? demande Iris.

— Je sais pas… C'est quand même une légende.

— Mais… Une légende qu'on peut voir comme ça… Vivante… C'est encore une légende ?

— Évidemment. Tu te poses trop de questions, répond Tony.

— Je ne la voyais pas comme ça…

Iris stoppe sa marche, les yeux dans le vague.

— Tu m'aimeras toujours ? Même avec des rides et un mauvais caractère ?

— Évidemment ! fait Tony avec un sourire rassurant.

Il prend la main de sa fiancée et l'embrasse. Iris est lointaine. Il la regarde, touche ses cheveux.

— Tu sais bien que je t'aime, dit-il avec impatience, viens…

Il l'emmène doucement par la main jusqu'à sa Suzuki garée à l'ombre d'un arbre, proche de la route départementale. L'odeur du bitume fondu leur rappelle à quel point il fait chaud. Le cuir noir de la selle est brûlant. Il l'embrasse à nouveau et l'entraîne derrière l'arrêt de bus abandonné, lui caresse la poitrine sous sa robe fleurie. Elle sourit, se laisse aller sous les mains épaisses qui descendent le long de son ventre.

Elle lui mord l'oreille, se laisse étendre sur l'herbe sèche. Il dégrafe son pantalon. Les brindilles piquent ses fesses, Iris rit mais Tony est sérieux, elle le suit dans ses désirs, l'accompagne avec conviction.

*

La Suzuki glisse en mouvements pendulaires sur la nationale sous les impulsions nerveuses de Tony. Le bruit de son deux-temps couvre le vacarme des cigales. Pour seule protection, il porte des lunettes de soleil, cimetière de moucherons, ses boucles noires s'expriment librement dans le vent tandis qu'Iris retient ses flammes rousses sous un casque. Seul émerge de celui-ci son visage fin, qui lui donne l'air d'un enfant sage. Elle pose sa joue sur le blouson de cuir de son chevalier afin de distinguer à l'oreille les battements du cœur élu derrière le bourdonnement du pot d'échappement. La perspective qui évolue à grande vitesse leur paraît abstraite et joyeuse ; ils doublent un camion de livraison de butane en évitant de peu une Simca 1000 en apparition frontale directe, disparue aussi vite qu'apparue, comme un jouet en métal dont le conducteur plat est peint sur la vitre. Reprise des gaz, ils rient, zigzaguent, elle lui pince les flancs, le caresse sous son blouson. Le viaduc leur offre un vaste paysage jusqu'au mont Aigoual, les vallons raides des Cévennes ondulent en vagues vertes.

Tony pousse l'accélération à son maximum dans la descente et négocie le virage à fleur de genoux, en hurlant de plaisir. Ils avalent l'air à pleins poumons, un grand sourire laisse voir leurs dents, blanches comme l'émail d'un lavabo, ils se sentent vivre à une allure prodigieuse.

Il avait fallu quelques semaines seulement pour que les rumeurs sur la beauté singulière du père Damien touchent toute la région, et même au-delà. Beau comme Robert Redford, disait-on à la sortie de la messe, en tout cas aussi blond, et pourvu d'une fossette largement aussi *sexuelle* (beaucoup confondent encore avec le mot *sexy*, en usage dans la capitale mais arrivé depuis peu dans la région). Cette grâce hollywoodienne n'est pas étrangère au choix de Rodrigue Santana de le prendre comme confesseur.

Rodrigue Santana. D'origine inconnue. Force de la nature. Chemisette hawaïenne avec palmiers cintrant un torse plus large qu'un tronc de châtaignier, front court, cheveux ondulés peignés au Pétrole Hahn. Haleine à la viande. En sa qualité de relais économique actif d'une organisation opérant du côté de la Sicile et de la Corse, il se doit de respecter un certain standing, le glamour fait partie de ses obligations. Tout comme *sexy*, le mot *glamour* est assez nouveau dans les Cévennes ; Rodrigue n'est pas certain d'en connaître la signification exacte mais il en suppose le sens, c'est pourquoi depuis quelques mois il prend soin de s'entourer de personnes suaves, plus ou moins sensibles à la mode à défaut d'être belles. Dans le cas du père Damien, la passion vestimentaire n'est pas requise ; l'éclat de sa beauté est réel, lumineux *comme un lever de soleil sur la baie de Nice*, selon l'ancien secrétaire de Rodrigue.

Profitant d'un après-midi sans obligations, Rodrigue fait bronzer la large surface de son corps au bord de la piscine, en faisant tinter ses gourmettes d'or et de platine quand il manipule le combiné. Aujourd'hui, exceptionnellement, le père Damien a accepté de faire une concession d'ordre technique pour sa brebis la plus galeuse : la confession se déroule par téléphone. Rodrigue Santana, propriétaire-gérant des clubs de catch du Vigan et d'Alès, d'une boîte de nuit à Marseille, ainsi que de réseaux de prostitution et de racket remarquablement discrets, est en effet le seul criminel d'envergure du Languedoc ; criminel libre (son professionnalisme lui ayant toujours permis d'éviter la police comme la justice), donc à maintenir, selon l'évêché, sous une rigoureuse surveillance épiscopale. Ainsi Rodrigue relate ses derniers exploits en postillonnant sur l'appareil pendant que Carole, la maîtresse du jour pêchée dans une boutique du centre-ville, lui suce le pénis avec application – et abnégation, vu la forme inhabituelle du pénis en question. Une fois la liste des péchés hebdomadaires liquidée, sans attendre l'absolution, Rodrigue raccroche le téléphone au nez du père Damien, dans un geste prémédité qu'il estime *transgressif* et *anticlérical*, deux mots plaisants et qui sonnent bien en société, récemment découverts dans un magazine qui l'avait occupé le temps d'une coupe éclair chez son coiffeur. Après quoi, tout en repoussant Carole, qui ne semble pas lui tenir rigueur de son indélicatesse, il soulève ses cent vingt kilos de carcasse pour les plonger dans le carré bleu de la piscine, rejoint dans l'instant par la jeune femme qui tente par jeu de l'immerger, en posant sans appuyer ses doigts onglés de rose sur ses cheveux calamistrés à l'huile. En réponse, Rodrigue lui enfonce vigoureusement la tête sous l'eau et l'y maintient le même temps qu'a duré sa fellation, soit environ deux minutes. L'eau déforme la perspective de manière peu flatteuse pour la jeune femme ; cela lui fait de toutes petites jambes arquées et ondoyantes, comme dans les palais des glaces des fêtes foraines. Rodrigue s'en amuse, l'image lui rappelle les errances ludiques de son enfance parmi les bateleurs tziganes des Saintes-Maries-de-la-Mer.

Lorsqu'elle paraît avoir moins de force pour se débattre, il hisse la commerçante hors de l'eau et l'installe sur un fauteuil en plastique blanc, le temps qu'elle récupère un peu de son souffle. Après quoi il la congédie fermement de sa luxueuse villa néoprovençale.

Il replonge dans l'eau tiède et se laisse flotter, satisfait, ventre au vent, oreilles immergées. Des galets roulent en grinçant, comme à la mer, mais il s'agit d'un bruit de moteur que Rodrigue reconnaît immédiatement ; la silhouette gracile d'Iris apparaît au bord de la piscine. Elle enlève son casque pour lui sourire, pendant que Tony gare la Suzuki à l'ombre d'un pin. Rodrigue sort de l'eau en s'ébrouant, enfile un string pour masquer sa nudité débordante et s'avance, les bras en éventail, vers son neveu. Il l'embrasse en lui tapotant le dos, tout en gardant un œil sur les courbes que dessinent les fesses d'Iris sous sa robe, courbes qu'il presserait volontiers entre ses mains – mais la famille, ça se respecte.

— Alors ? demande-t-il d'une voix triomphante, tu les trouves comment ? La classe, non ? Avec des profs pareils vous allez sacrément gagner du temps !

Une sorte de meuble.

Vivant et drôle quand il n'est pas de mauvaise humeur ; c'est ainsi que Célestin voit Claude. Il l'appelle papa, et le considère comme tel, en dépit de nombreuses questions qui restent en suspens, sur son état, sur son fauteuil, et sur sa place singulière au sein du ménage. Célestin a bien remarqué, en voyant des familles évoluer à la télévision, dans les films ou dans les publicités, que Claude n'a pas grand-chose de commun avec les pères normaux, ne serait-ce que par son âge avancé et son métier particulier. Il ne va pas au bureau le matin et n'en revient pas le soir au volant d'une Renault 16, c'est un gratteur de radiographies, en fauteuil roulant, dans une laverie déserte. Cela dit, Éva n'a pas non plus le profil d'une maman, comme elles apparaissent dans les réclames pour lessives.

— Pourquoi papa ne vient jamais dans la cuisine avec nous ?

— Ton père est comme un légume, mon lapin, et les légumes ne se baladent pas dans les maisons, tu comprends ?

— Les légumes n'ont pas de roulettes, papa peut aller partout avec ses roulettes…

Six ans déjà que son accident de ventricule avait privé Claude de l'usage de ses jambes. Malgré les explications des médecins, il n'avait pas bien saisi le rapport direct entre son cœur et ses jambes, et il estimait que cette punition était le résultat de l'incompétence de ces mêmes médecins. Ce en quoi il avait vu juste. Les premiers temps, Éva l'avait soutenu, attristée de voir le mot *sénescence* se traduire de manière concrète ; elle l'avait choyé, lui avait préparé maladroitement des plats rassurants, poulet frit, mayonnaise et surtout du Coca-Cola, qu'elle allait chercher spécialement au Mammouth de Nîmes. Elle coiffait sa nouvelle perruque avec tendresse. Il s'était presque félicité de ce handicap qui lui permettait de retrouver un peu de complicité avec sa compagne de toujours. C'est sur un trottoir du boulevard Gambetta à Nîmes, au marché aux puces, qu'elle avait déniché la perle rare ; une chaise roulante en bon état. Le prix était compétitif, particulièrement pour un objet de valeur historique ; d'après le biffin aux doigts manquants qui s'occupait du stand – rempaillage, récupération, tubes en acier et recel de canapés –, il s'agissait du fauteuil du fameux Stefanello, un matador de Perpignan qui avait connu son heure de gloire dans les années quarante avant de disparaître de la scène sous les cornes d'un taureau catalan dopé à la caféine.

Le fondement ainsi calé sur du cuir pleine fleur, Claude avait vécu quelque temps encore sous la bienveillance d'Éva. Toutefois, n'ayant pas vocation à devenir garde-malade, celle-ci l'avait finalement invité à se débrouiller tout seul ; elle avait trop à faire avec le bébé qui maintenant prenait tout l'espace de l'amour qu'elle pouvait donner.

Relégué en arrière-plan, dans cette pièce humide au papier peint d'un autre siècle, Claude avait eu le sentiment de passer du statut de matador à celui de taureau pour abattoir. Ce changement de standing l'avait contrarié, mais sa gorge se serrait surtout à l'idée de ne pas voir le petit autant qu'il l'aurait voulu. Éva n'avait fait aucun effort pour l'inviter à ces moments d'échanges familiaux qui paraissaient maintenant indispensables à Claude, et cela en contradiction avec les sentiments qui avaient toujours été les siens : jamais, non jamais moi vivant, je n'aurai d'enfants, disait-il autrefois : le métier est trop risqué, pas question de laisser des orphelins. Et puis franchement, les enfants n'ont aucune conversation, ils traînent toujours dans vos pattes et ne savent rien proposer d'efficace, quelle que soit la situation ; ils pleurent pour un rien et se plaignent de tout avec une voix si aiguë qu'elle vous transperce les tympans et vous vrille les pensées.

Après son apparition dans les bras de Claude, six ans auparavant, alors que son existence ne tenait qu'à un fil, qu'il aurait survécu au mieux un jour ou deux avant de mourir de faim, de soif ou de se faire écorcher par un sanglier ou tout autre animal sourcilleux de l'occupation de son territoire, Éva avait immédiatement entouré le bébé de sa protection, avec des gestes précis et efficaces, sans réfléchir. Elle l'avait déposé sur le siège avant de la Mercedes avec une grande attention, l'emmitouflant méticuleusement dans une couverture. Elle avait pris soin de ne pas croiser son regard infiniment inquiet. Elle était intimidée et anxieuse, la présence de ce bébé était si inattendue. En pensée, elle lui avait demandé : es-tu revenu ? Est-ce bien toi ? Non, c'est impossible. Après tant d'années… Évidemment le petit n'avait rien répondu, il pleurait, il avait faim. Un râle avait sorti Éva de son hébétude : son mari était en train de passer l'arme à gauche. Elle s'était précipitée pour le hisser sur la banquette arrière mais, inerte et pantelant, il était plus lourd que prévu. Après un effort qui l'avait amenée au-delà de ses forces, elle avait dû prendre quelques minutes pour retrouver son souffle, puis elle avait lancé la Mercedes qui, par chance, avait démarré. Direction Nîmes et son hôpital. Malgré son aspect et sa couleur, Claude n'était pas mort. Éva l'avait laissé aux blouses blanches présentes qui s'étaient empressées de le faire disparaître derrière les portes battantes de l'établissement.

De retour au mas, après un grand verre de lait partagé avec le nourrisson, elle s'était sentie brusquement engourdie, sonnée, incapable de la moindre réflexion. La nuit fut longue et sans sommeil. À l'aube, devant un café serré, le bébé endormi à ses côtés dans un panier, Éva s'était décidée pour l'option la plus raisonnable : déposer cet être fragile sous le porche d'une église, comme cela se pratique dans les romans. C'était le hasard, et uniquement le hasard, qui avait amené cet enfant jusqu'à elle. Et rien d'autre. Éva avait encore la tête assez solidement ancrée dans le réel pour ne pas céder aux croyances et aux superstitions les plus primitives. Elle avait toujours pris soin de ne jamais accepter les fantômes à sa table, et fort heureusement, parce qu'ils étaient nombreux. En outre, elle se sentait incapable de s'occuper d'une si petite chose ; comment le nourrir, l'habiller, éviter qu'il ne s'abîme sur un coin de meuble ? Et puis, après une semaine, cet enfant l'avait définitivement séduite, avec une force telle qu'il ne fut plus question qu'elle s'en sépare. Il était vif, rose et drôle, son regard brillait d'une intelligence évidente, il furetait partout avec intérêt et curiosité, touchait tous les objets qui s'offraient à lui avec un enthousiasme communicatif. Cette manière qu'il avait d'appréhender l'existence, avec un optimisme exubérant – sauf quand il avait faim–, comme une parenthèse en suspension dans le temps et dans l'espace, offrait à Éva un véritable bain de jouvence. Par amour pour la poésie, elle l'avait appelé Célestin – parce que *céleste*, tombé du ciel – avant de se persuader qu'elle l'avait plus ou moins enfanté, tardivement c'est certain, et sans vraiment se poser la question du père éventuel, mais *tout est possible*, se disait-elle en se remémorant les cours d'éducation religieuse suivis cinquante ans plus tôt. Ce ne fut que plus tard, pour le troisième anniversaire de Célestin, que le doute s'empara à nouveau d'elle, que les spectres des années passées revinrent à la charge, avec l'intention manifeste de se montrer sous toutes leurs coutures.

Claude, de retour au mas après un mois d'une hospitalisation qu'il considéra, avec le recul, comme plus pénible encore que ses incarcérations, dut attendre que le petit se déplace à quatre pattes pour espérer qu'il vienne le voir dans la pénombre de sa chambre. Célestin était intrigué par ce personnage calfeutré et accueillant qui, comme lui, éprouvait des difficultés à marcher, et dont la nature mystérieuse motivait plusieurs passages hebdomadaires. Claude faisait des bruits amusants avec sa bouche, il imitait toutes sortes d'animaux, dont le hibou, auquel il ressemblait sans faire d'efforts. Célestin grandissait et commençait à s'exprimer, des babillages et puis assez vite des paroles sensées, à la grande surprise du vieil homme qui n'y connaissait rien en enfants et imaginait qu'il fallait au moins une dizaine d'années avant que ceux-ci ne formulent des phrases correctement articulées. Célestin, de son côté, s'était rapidement attaché à cette figure paternelle singulière et il avait apprécié l'éducation spécifique qu'elle lui prodiguait – plus souple, plus drôle, moins rigoureuse que celle offerte par sa mère. Il lui proposait des énigmes, des jeux de pistes imaginaires, il savait aussi bricoler des jouets excitants comme des petits bateaux de bois avec des voiles en radiographie (de tibia, il en avait tout un stock). Mais le plus intéressant pour Célestin, c'était quand Claude s'exprimait dans un dialecte étrange, par intermittence, dans ces moments assez fréquents où son humeur maussade prenait le dessus, ou quand il s'énervait contre ces murs qui le maintenaient toujours enfermé ; certains mots revenaient souvent, des mots qui sentaient le langage secret comme *shit*, *fuck*, *jerk*, *bullshit* et autre *kiss my ass*, des interjections fabuleuses et incompréhensibles qui ouvraient à Célestin les perspectives d'un monde nouveau.

C'est ainsi, de manière maladroite, qu'Éva et Claude débutèrent leur carrière de parents.

La chaudière du mas fonctionne de manière aléatoire, en émettant un bruit de locomotive lorsqu'elle se met en route. Claude est bien placé pour savoir à quel moment sa femme prend un bain ; sa chambre donne directement sur la buanderie où se trouve l'imposante Zaegel-Held et il s'agace quand les murs vibrent ; prendre un bain en plein été, c'est absurde, les finances de la maison sont comme toujours au plus bas, quelle idée bon sang d'aller nous ruiner en mazout !

Dans l'eau chaude jusqu'au menton, Éva s'accorde une pause après la fatigue que lui a causée sa sieste. Elle contemple les prospectus publicitaires envoyés par les magasins Mammouth qui se gondolent sous la vapeur ; la thématique exposée tourne autour de la capacité de l'enseigne à *écraser* les prix – concept qu'Éva a du mal à saisir, malgré les nombreux exemples cités : fromage, biscottes, chaussettes, mais surtout viande, dont elle admire une reproduction fidèle – escalope de veau en couleur – fascinante par la qualité de ses détails : luisante, rosée, lisse. Le prix n'est plus visible sur le papier qui tombe en lambeaux humides. Elle jette l'ensemble par-dessus bord et se concentre sur elle-même, sujet de choix, passion oubliée. Détendue, molle, elle laisse dépasser ses pieds sur le rebord de la baignoire. Elle y maintient d'un orteil ferme le miroir dépoli qui reflète son visage, suffisamment loin pour se voir floue, suffisamment floue pour se voir belle comme dans une publicité, mais une publicité pour du parfum de chez Chanel. Avec cette mine elle pourrait vendre n'importe quel produit, des crèmes de beauté, des robes de luxe ou encore du caviar d'esturgeon sibérien. Elle retrouve, grâce à la vapeur, le visage si séduisant qu'elle portait haut et sur lequel à la grande époque toute la racaille du Sud se retournait avec envie, quelquefois avec des remarques désobligeantes suivies d'un sifflement péniblement suggestif.

Auréolée de buée comme une princesse océane, elle prend la pose en souriant devant un objectif virtuel. À l'époque elle adorait prendre des photographies. Son homme râlait ; encore une photo ? OK, allez, tiens, mets-toi là avec la mitrailleuse, le canon vers l'objectif.

Clic.

Évanescente.

Un des premiers mots entendus en français : « Mademoiselle, vous êtes *évanescente.* » Une phrase furtive, prononcée par un Parisien croisé sur les quais de Seine en juillet 1934, qui disparut aussitôt dans une bouche de métro. Elle s'en souvient précisément, le jour déclinait sur les immeubles gris, des ombres pressées circulaient entre les voitures de cette ville étroite, surpeuplée et toujours trempée de pluie froide. Nombre d'événements ont quitté la mémoire d'Éva, des pans entiers de son existence se sont fondus les uns aux autres, mais cet instant est resté gravé : vingt et une heures exactement. L'homme était distingué, moustaches, pardessus, parapluie. Elle avait senti à son regard que ce mot, qu'elle ne comprenait pas, avait une signification magique. « Vous êtes *Éva naissante.* » Elle décida sur-le-champ de garder les deux premières syllabes comme nouvelle identité : *Éva*. Claude la tirait par le bras en râlant contre ces Français qui s'imaginent grands séducteurs alors qu'ils sont souvent maigres et toujours sales. Allez dépêche-toi, criait-il : pour rien au monde il ne fallait manquer l'heure du rendez-vous. Ferdinand les attendait dans les caves désaffectées de la gare d'Orsay, où il officiait, dans la pénombre, comme spécialiste en faux papiers, métier en vogue à l'époque et promis à un bel avenir pour la décennie suivante. *Éva*, c'était chic, facile à prononcer : une nouvelle vie de l'autre côté de l'Atlantique, pleine de promesses, pour vivre un amour plus fort, moins exposé. *Éva Parcœur.* Bonnie c'était affreux, sans poésie, vulgaire. Et pour vous monsieur ? demanda le faussaire. Pour lui pas de poésie ni de signe du destin : Clyde c'est Claude, un point c'est tout. Barrow c'est Barreau, et les vaches seront bien gardées ; Éva Parcœur, Claude Barreau. *Éva and Claude.* Pressez bien votre tampon contrefait de la République française afin qu'il morde sur nos photos. Ferdinand souriait derrière son comptoir de cartons en les complimentant dans un anglais approximatif. Éva l'imaginait comme un curé célébrant leur mariage alors qu'il masquait, par des gestes obséquieux, sa satisfaction de voir ses clients régler en dollars.

Éva naissait, Claude suivait, réformer son nom n'avait pas d'importance : cela ne changera rien en moi, pensait-il, j'ai vingt-cinq ans, mes atomes sont formés de manière définitive, y sont inscrites l'empreinte de mes parents et les aventures que ma mémoire a bien voulu retenir, l'ensemble formant un caractère inaltérable. Et dans ces atomes sont imprimées à jamais les marques de mon amour pour toi, ma belle gangsteresse. Aussi longtemps que je vivrai, j'irai où tu iras, en Europe ou ailleurs.

Quelques mois plus tôt, sur une route de Louisiane, Clyde photographiait celle qui lui donnait tant de bonheur, qui était si définitivement belle. Avec un sourire enjôleur, Bonnie penchait son visage vers lui, vers celui qu'elle était sûre, depuis peu, d'aimer totalement. Sa jambe fine dessinait un arc doux qui se terminait en soulier blanc sur le pare-chocs de la Ford V8. Elle tenait le canon de sa carabine en direction de l'objectif, un cigare à la bouche, l'œil rieur. C'était quelques jours avant qu'ils mettent au point l'escamotage de leur existence par un stratagème particulièrement osé, dont ils ne pourraient évidemment jamais revendiquer publiquement la qualité d'exécution.

Clic. Dernière photo de Bonnie. Clyde lui tendit l'appareil avant de poser fièrement devant la portière ouverte de la Ford – sur le marche-pied, pour paraître plus grand.

Clic.

Dernière photo de Clyde.

Elle trône aujourd'hui, écornée et humide, dans le volet de l'armoire à pharmacie.

Rodrigue Santana contemple le reflet de son corps massif dans le miroir panoramique de la salle de musculation installée au sous-sol de sa villa. En passant le peigne dans ses cheveux camphrés il surprend son propre regard, dont la noirceur trahit les tourments qui contraignent et asphyxient la pleine expression de sa puissance. Il ne s'est pas encore résolu à confesser son secret le plus dérangeant à quiconque, pas même au père Damien qui le considérerait dès lors comme un type lamentable, une personnalité médiocre, indigne du respect qu'on lui porte. Un secret terrible qu'il ne parvient plus à garder pour lui ; comment, et à qui, avouer une telle faiblesse ?

Il soulève avec agacement la plinthe du mur aveugle qui jouxte le miroir pour y glisser un plat de boulettes de bœuf accompagné d'un riz cantonais. Il ouvre ensuite un petit meuble en formica pour en sortir une couche-culotte lavable qu'il fait passer, de la même manière, sous la plinthe. Un geste qui, tant de fois répété, amplifie son sentiment d'impuissance. Cette journée, comme les précédentes, ne lui offrira pas l'occasion de se libérer de la contradiction qui l'étouffe, et la seule solution pour se libérer de cette pression se résume à deux heures de *Haute Violence* ; il se rend sans tarder au club de lutte gréco-romaine qu'il dirige. À peine arrivé, il déboîte l'épaule d'un débutant, casse le nez d'un habitué, s'en prend à un stagiaire qu'il gifle de toute sa force. À cours de victimes, il tape comme une bête sauvage sur tout ce qu'il trouve : sac de frappe, matériels divers, murs, téléphone. Les connaisseurs s'accordent à dire de lui qu'il insulte l'art de la lutte, ses enseignements se rapprochant plus du combat de rue que de la pratique classique dispensée dans les clubs sérieux. Rodrigue s'en moque ; il n'a aucune considération pour les gens, quels qu'ils soient, et certainement pas pour les gardiens du temple sportif, dont il tient par ailleurs les membres sous son influence grâce à quelques tuyaux d'ordre fiscal.

De la considération, il n'en a effectivement pour personne, sauf pour ce couple discret, Éva et Claude, ces deux vieux gérants de lavomatique dont on se demande bien, dans l'aristocratie du crime, en quoi ils peuvent intéresser une personnalité aussi flamboyante que Rodrigue.

Leurs routes se sont croisées il y a une vingtaine

d'années ; à l'époque, Rodrigue tenait un cabaret du côté de Nice, Le Gringo, dans lequel se retrouvait tout ce que la ville comptait d'épaves et de pervers. On y donnait des spectacles hauts en couleur, produits par des éclopés et des travestis décatis, dont les talents attiraient les notables – avocats, dentistes, assureurs – qui venaient se divertir en observant les multiples aspects de la misère humaine. Éva et Claude traversaient comme à leur habitude une période financièrement délicate. Indigents, ils constataient avec stupéfaction l'inexorable mythification de leur couple, dont la mort violente en pleine jeunesse avait eu pour effet de les élever au rang de célébrités internationales. Spectateurs impuissants de leur renommée post mortem, ils se devaient de ravaler leur orgueil pour vivre dans un anonymat qu'Éva estimait de plus en plus injuste au fur et à mesure que Bonnie était présentée comme la première véritable féministe de l'histoire. Ils étaient donc discrets, ajournant les braquages prévus ; plutôt que risquer la détention dans des conditions sans doute moins confortables qu'en Louisiane, tant les prisons françaises étaient crasseuses, ils avaient trouvé un moyen vertigineux pour gagner leur vie : en rejouant leur mort par une mise en scène audacieuse. L'idée était venue d'Éva, fascinée par une affiche vantant les qualités d'une comédie dramatique donnée dans leur quartier. Le salut passait par l'Art. Par la poésie, le théâtre et, plus précisément dans leur cas, par une mise en abyme grand-guignolesque : ils s'étaient rendus au Gringo, avaient intrigué puis séduit Rodrigue Santana en se présentant comme de faux Bonnie and Clyde. Ainsi, le petit numéro qu'ils avaient monté – parodie de hold-up et de crimes – avait suscité auprès du public un engouement modeste mais suffisant pour les faire vivre décemment. Rodrigue les aimait, sans savoir exactement pourquoi, leur apparente faiblesse peut-être, lui qui pourtant détestait la faiblesse, leur maladresse, leur accent étrange, leurs costumes si réalistes. Rodrigue n'imaginait pas un instant qu'il se trouvait en face de la légende qu'il vénérait, d'un modèle qui avait construit sa psychologie criminelle, se substituant quasiment à l'image de ses propres parents (lesquels avaient disparu dès sa naissance). C'est pourquoi, quelques années plus tard, quand il découvrit l'identité des piètres comédiens qu'il avait embauchés, la sidération le cloua au lit pour plusieurs jours. La vision qu'il avait du monde s'était troublée, il avait dû faire un effort important pour remettre ses certitudes à plat. Les faux Bonnie and Clyde n'étaient qu'une couverture pour cacher les vrais ! C'était trop invraisemblable pour ne pas être réel. La vérité se dérobe à tous, et à tout moment, mais quand elle prend une forme aussi improbable, il faudrait manquer d'esprit et d'ambition pour ne pas y croire.

Depuis lors, un respect distant résume la nature des relations que Rodrigue entretient avec le couple. Le spectacle de leur médiocrité financière et surtout la banalité de leur allure ont effacé le panache glorieux qu'il avait à l'esprit avant de les rencontrer, altérant son admiration. Seul un doute persiste sur le vraisemblable trésor de guerre que les vieux brigands n'avaient certainement pas manqué de placer quelque part, dans une banque ou dans un trou sous la terre, en dollars à coup sûr. Vexé de ne pas avoir été mis dans la confidence de ce probable magot, pourtant parfaitement inexistant, Rodrigue avait hésité lorsque Éva lui avait demandé de l'aide pour le financement du lavomatique. Sans toutefois la priver de son aide, puisqu'il lui avait offert une sorte de prêt à taux zéro, remboursable en nature par un service, une prestation, ou toute autre forme de troc.

En l'occurrence, celui-ci se concrétise aujourd'hui sous la forme de leçons de criminalité pour Tony, le fils de sa demi-sœur, un garçon vaniteux autant que stupide, et dont l'absence de talent dans tous les domaines qu'il aborde n'empêche pas que l'on s'occupe de lui ; il s'agit de la famille, se dit Rodrigue qui, par imitation béate des traditions siciliennes, s'évertue à croire au concept de famille sacrée, en dépit des nombreux imbéciles qui figurent dans la sienne.

— Si vous voulez qu'il s'en sorte, touchez le ventre !… Sinon c'est la tête. Il faut toujours faire dans la simplicité, surtout avec la police.

Pour appuyer son propos, Éva tire deux plombs dans le buste en crin du faux policier conçu avec un survêtement trouvé aux chiffonniers d'Emmaüs. Célestin, rêveur, regarde Iris en se demandant pourquoi les éléments qui la composent – ses cheveux orange, sa peau claire, les tissus légers qui volent autour de ses jambes– s'associent avec tant de grâce. Il lui devient difficile de suivre le cours de « Théorie à l'épreuve du réel » que dispense sa mère entre les machines hors d'usage du lavomatique. Le carrelage refroidit les pieds de la jeune femme, qui, malencontreusement, éternue au moment de viser ; elle rate le mannequin, le plomb se loge dans le bois de la porte. Tony, lui, détériore le buste avec un zèle qu'Éva estime déplacé et inutile. Elle cache mal son mécontentement devant les morceaux de tissu déchirés. Ce matériel, patiemment mis au point, illustre la notion de rafistolage liée à l'Art du Crime ; hasard, chance, impulsion, inconscience. La pratique criminelle est un éminent bricolage, rien n'y est prévisible, il s'agit d'une science empirique au même titre que l'existence elle-même. C'est avec ce genre de démonstration édifiante qu'Éva aimerait donner à ses cours une épaisseur lyrique, mais elle doit rester factuelle ; Santana veut du pragmatique, du concret. Il rêve de faire de son neveu et de sa compagne le nouveau couple en vue dans les salons du crime, et de ce fait, poésie et philosophie n'ont pas leur place dans l'enseignement qui leur est proposé.

— Tu devrais te maîtriser un peu mon grand, tu risques de bousiller un voisin en tirant n'importe comment, lance Éva à l'intention de Tony.

Elle invite maintenant ses élèves à se diriger vers le jardin pour rejoindre la carcasse rouillée de la 203. C'est à l'intérieur de celle-ci que se déroule la seconde leçon, « Techniques de fuite automobile ». Éva scrute l'anatomie d'Iris quand elle s'assoit sur les sièges crevés : une douce courbure de hanches, parfaitement proportionnée, des fesses gracieuses, légères, judicieusement rebondies. Une merveille de la nature. Comment cela est-il encore possible de nos jours ? s'agace-t-elle.

— Recommence, petite sotte ! Si tu lambines autant à ouvrir la porte en situation réelle, non seulement tu finiras devant le juge, mais comme je le pressens, tu vendras ton homme !

Iris, inquiète de l'hostilité manifeste de son aînée, ouvre la porte à nouveau, plus rapidement, sentant dans son dos le regard noir de celle qu'elle admire. Quand elle se retourne, Éva l'ignore, occupée à féliciter Célestin qui braque le volant de la 203 comme s'il conduisait à vive allure dans les rues de Marseille. À l'arrière, Tony se contorsionne, un bras à l'extérieur.

— Bon sang, crie Éva en se retournant vers lui, quand tu tires sur tes poursuivants, vérifie toujours qu'un poteau ne va pas t'emporter la main !

— Ah oui, bien sûr madame, excusez-moi !

Elle arrête ses yeux bleus glacés sur Iris puis la pointe d'un doigt menaçant :

— Petite écervelée, tu auras tout le loisir de te pomponner en taule !

La jeune femme n'a pas l'aplomb de répondre ; elle enlevait simplement une poussière logée sous sa paupière. Une douleur lui monte au creux de l'estomac. Elle se tourne vers son compagnon pour chercher du réconfort, mais celui-ci consacre toute son attention à tenter de comprendre le fonctionnement du pistolet. Le regard d'Éva se fait plus dur et plus insistant.

— Ma petite chérie, tu es trop belle, attends-toi à souffrir.

Iris a l'impression d'être nue.

— Ta beauté est une insulte au souvenir de la mienne, continue Éva en levant une main prête à gifler, fais-toi discrète à ce niveau-là, si tu vois ce que je veux dire.

Éva baisse sa main. Iris baisse les yeux, sans comprendre. Elle bredouille une excuse maladroite en retenant ses larmes. Tony ne paraît pas contrarié par cette menace envers sa fiancée. Éva, en tant que légende vivante, ne peut avoir tort, cela fait partie de la logique criminelle. Les gamins méritent des gifles, et en quelque sorte Iris en mérite parce qu'elle est encore une enfant, de toute façon *par principe* elle mérite des gifles, pense-t-il, même si lui-même n'a jamais encore eu l'occasion de lui en donner. Et d'ailleurs, voilà une excellente raison de commencer sans tarder, se dit-il.

La leçon se termine. Éva invite sèchement le jeune couple à disparaître de sa vue ; les cours durent une heure et demie, pas une seconde de plus.

Quand il voit Iris monter à l'arrière de la Suzuki en enlaçant Tony, Célestin se sent triste. Il voudrait partir avec elle, la serrer dans ses bras, même s'ils ne sont pas encore assez grands pour faire le tour de sa taille.

Iris ne voit rien de la route, rendue floue par la buée de ses larmes sous son casque ; elle ne voit rien mais sent que Tony roule à la vitesse maximum que lui offre sa moto. Le vent est froid. Arrivé devant chez elle, dans le quartier du Muguet à Nîmes, le jeune homme ne prend pas la peine de la regarder ; il est excité, parle de ce premier cours comme d'une réussite, il se félicite de ses propres talents tout en grimpant l'escalier pour rejoindre l'appartement. Devant le miroir de la chambre, il se voit comme l'un des truands les plus respectés du pays, s'inspecte avec fierté en prenant des poses inspirées de l'élégante raideur d'Alain Delon dans *Le Samouraï*. Ainsi galvanisé, il s'approche d'Iris et la gifle, comme un rappel de son statut d'homme viril, avec pour garantie pédagogique le geste avorté d'Éva. Iris est si surprise qu'elle reste plantée là, sans voix, avant que Tony la saisisse par la taille et déchire sa robe, certain qu'elle sera flattée par l'autorité toute cinématographique dont il fait preuve. Alors qu'il s'affaire sur elle, pantalon et slip descendus à mi-cuisse, remuant la tête comme un poulet en pleine course, elle tourne le visage vers l'oreiller pour masquer ses larmes, puis mime un rhume pour justifier ses yeux rouges quand, quelques instants plus tard, cigarette aux lèvres, il la questionne – sans attendre de réponse – sur la qualité de sa prestation.

La chambre, située sur l'aile ouest du mas, est sobrement décorée de jouets en bois, récupérés dans les poubelles des quartiers résidentiels de Montpellier. Célestin n'arrive pas à trouver le sommeil ; la chaleur est tenace et le ressort du matelas lui agresse les côtes. Il discerne dans la pénombre la frise décorative du papier peint, des Mickey en sérigraphie – chacun dans une position différente, qui s'animent si on les regarde de la droite vers la gauche. Mais ce soir rien ne bouge : l'image d'Iris remplace les Mickey, son visage apparaît sous tous les angles, et toujours ses cheveux orange brillent plus fort jusqu'à devenir une auréole de couleur, une flamme douce qui s'agite devant les yeux de Célestin. Son imagination l'emmène vers le sommeil ; il se voit, torse bombé, cigarette aux lèvres, inviter Iris à l'accompagner pour faire le *casse du siècle*. Il est au volant, le volant blanc d'une Jaguar rouge comme il en a vu à la télévision.

Iris à ses côtés admire sa conduite sportive. Il dérape en freinant, tous deux sautent de la Jaguar pistolet en main, pénètrent dans la banque avec autorité et tirent en l'air ; les clients se couchent, les employés tremblent, Iris se fait remettre des sacs de billets, elle prend Célestin dans ses bras en riant et celui-ci éternue au contact de ses cheveux roux sur son nez. La jeune femme dégrafe son chemisier et présente sa poitrine claire à Célestin qui vient y poser son visage. Les seins d'Iris sont petits, doux et frais, derrière eux naît un paysage de vallons et d'arbres hauts.

Il se réveille. L'heure est noire, pas de lampadaire à l'entour du mas, le premier village est loin. Un frisson parcourt le dos de Célestin alors qu'il se lève. Il tâtonne dans la pénombre pour allumer l'interrupteur de la petite lampe. Elle éclaire une grande image, punaisée par ses soins au-dessus de son bureau d'écolier : il s'agit de l'affiche d'une exposition parisienne passée, la reproduction d'une peinture ancienne, aux couleurs sourdes. Il aime la regarder, le jour comme la nuit. Y figurent trois personnages dans un sous-bois ; une jeune femme, drapée d'un tissu clair, dont les jambes s'effacent dans l'ombre du rocher sur lequel elle est assise ; un homme à moitié nu qui dort à ses pieds, dans une position étrange : il paraît mort ; étrange aussi le bébé avec ses ailes dans le dos, debout, une lance à la main. Célestin est fasciné par son visage qui semble trop âgé par rapport à son corps. Sans doute s'agit-il d'un nain.

Tous sont pieds nus : l'homme, le faux bébé, seuls les pieds de la jeune femme sont invisibles dans l'ombre du rocher.

Est-elle pieds nus elle aussi ? se demande Célestin.

*

Claude fouille : il déplace et replace, cherche sans but, même s'il connaît chaque élément qui compose le médiocre mobilier de sa chambre. Cette habitude méticuleuse lui est devenue indispensable pour maintenir sa motivation à vivre dans ce contexte de réduction générale de l'espace et du possible. Quand il fouille il ne pense pas ; il classe ses rhodoïds, en retouche quelques-uns à coups de cutter, plie ses pantalons, aligne ses quatre paires de chaussures (en bon état, par défaut d'utilisation). Il ouvre les enveloppes contenant les photos anciennes – il y en a peu –, surpris par la beauté de Bonnie chaque fois qu'il tombe sur son visage en noir et blanc ; ici elle est au soleil, dans une petite ville du Texas, il ne se souvient plus exactement du nom de la localité. Sur cette photo-là, c'est Le Havre, pas de doute, c'est ici qu'ils avaient débarqué, Seigneur, s'étaient-ils dit, quel temps pourri, on n'y voit pas à plus de cent mètres !

Claude déplace son meuble de chevet pour en extraire la boîte à chaussures cachée juste derrière et, précautionneusement, comme s'il s'agissait d'une porcelaine de valeur, il en retire les deux escarpins rouges, ceux-là mêmes qu'il avait trouvés il y a six ans dans le sous-bois juste avant l'apparition de Célestin. Il les pose sur la table, admire le cuir brillant, les nettoie encore une fois à l'aide d'un chiffon propre puis, comme s'il avait peur d'être surpris, les repose d'un geste vif dans la boîte, qu'il dissimule à nouveau derrière le petit meuble. Après quoi il retire la poche en plastique de sa sonde urinaire, qu'il fait couler dans le bidet de la petite salle de bains attenante.

Éva entre dans la pièce, l'œil inquisiteur, en reprochant à Claude l'odeur de vieux garçon qui y règne.

— Tu devrais ranger ta chambre, lui assène-t-elle avec une moue de dégoût trop appuyée pour être naturelle.

Claude ne prend pas la peine de répondre et observe avec soulagement sa femme en train de ramasser ses vêtements sales qui traînaient en boule au pied du lit.

Éva a décidé depuis longtemps, avant même que Claude ne cesse de travailler, qu'elle n'entrait pas dans la catégorie des femmes au foyer, et que, de la sorte, les problèmes domestiques ne la concernaient pas. C'est uniquement grâce aux vestiges de son éducation chrétienne et de ses fondements patriarcaux, ainsi que par respect pour le souvenir de son amour pour Claude, qu'elle consent à s'occuper du linge et de la cuisine. Ce dernier est bien conscient que ces conditions avantageuses peuvent disparaître du jour au lendemain, c'est pourquoi il se fait discret et s'efforce d'être aimable. Sa dépendance physique est une souffrance, mais en même temps elle lui offre un confort relatif – qui ne fait qu'accentuer la pente de paresse sur laquelle il était déjà sérieusement engagé.

Éva sort de la pièce et s'engage dans un couloir sombre, au bout duquel s'ouvre une petite porte qui débouche directement dans le lavomatique. Elle vide le linge sale dans la dernière machine qui fonctionne encore, une robuste Atlantic semi-automatique calée au sol à l'aide de radiographies de cages thoraciques. En regardant tourner le tambour, hypnotisée par la danse des slips et des chemises, Éva mesure la distance que peut parcourir le sentiment amoureux en le calquant sur les phases du programme de la machine ; l'état de départ, l'état intermédiaire et l'état final – sans oublier l'évacuation de l'eau sale. L'état de départ était grandiose, sillonné de fureur et de sang ; la vie était hautement romantique, la liberté s'écrivait chaque jour sous une forme différente. Mais la liberté est un vieux souvenir, qui s'efface aussi vite que l'âge avance, au même titre que l'amour se délite. Éva considère qu'elle et Claude approchent de l'état final du sentiment amoureux, lorsqu'on a dépassé la souffrance et que l'on ressort lavé du poids de la culpabilité. Ce point est proche, le couple ne reste attaché que par le fil de la peur, celle de finir seul, chacun de son côté.

Cependant, ce fil mince pourrait se rompre lui aussi : Éva n'est plus vraiment seule, puisqu'il y a Célestin. Un homme à la maison. Petit, certainement, pas encore terminé, mais un homme quand même. Il est aisé de constater que la présence de Claude se fait moins visible de jour en jour. Bientôt il aura disparu.

La machine arrive en fin de cycle d'essorage dans un vrombissement qui fait trembler les murs.

Immaculé.

C'est ainsi que se sent le père Damien en enfilant sa chasuble, lavée et repassée avec ardeur par la troupe d'admiratrices octogénaires – des anges domestiques – qui tourne autour de sa personne. Son visage régulier et sa peau claire, lisse comme celle d'une jeune fille, laissent apparaître le bleu cobalt de ses yeux, soulignés par de fins sourcils ocre. Ses cheveux blonds, soyeux, qu'aucune femme en dehors de sa mère n'a jamais touchés mais que chaque paroissienne rêve de coiffer longuement, sont comme un cadre doré autour d'un visage qui semble peint par un artiste vénitien inspiré. Le père Damien est si beau qu'il trouble tous ceux qui le croisent, y compris les hommes, et chacun d'eux se demande, sans le dire, comment il peut gâcher par son sacerdoce un tel potentiel de plaisirs. Par quelle discipline morale parvient-il à faire une croix sur tant de nuits possibles avec les plus belles femmes de la région ? De la région, voire même de Paris ?

Depuis son arrivée, les rangs de la paroisse se sont étoffés et rajeunis, l'évêché s'en félicite ; les croyantes sont plus fraîches et plus assidues. Cependant, rien dans cette effervescence ne trouble le prêtre, qui reste investi dans les actions de son apostolat, plus attentif aux questions des vieillards sur l'effroi que provoque l'imminence de leur mort qu'aux jeunes femmes désireuses de lui faire des confidences d'ordre sexuel dans la pénombre du confessionnal.

Confessionnal dont la loge latérale est aujourd'hui occupée, presque intégralement, par le corps transpirant de Rodrigue Santana qui propulse ses effluves jusqu'aux fines narines de l'homme d'Église. Au-delà du secret strictement respecté, prérogative indispensable à sa condition criminelle, le plaisir que Rodrigue prenait depuis quelques mois à ses déclarations devant le tribunal de sa pénitence était sublimé par ce vertige tout particulier que lui procurait la formulation de ses méfaits les plus scandaleux à un représentant du Bien. Le fait d'associer la laideur de ses actes à la beauté lumineuse de celui qui les écoutait était encore plus excitant, plus gratifiant même que d'accomplir un viol sur une victime jeune, innocente et vulnérable. C'est ainsi qu'émergeait dans le cœur du truand, de manière peu orthodoxe, une sorte de conversion religieuse toute personnelle. Le père Damien, pour sa part, voyait en Rodrigue un cas d'espèce passionnant : un diamant noir, envoyé par le Seigneur pour nous aider à comprendre les hommes et leur pardonner comme il nous a pardonné. Il était persuadé que les conditions seraient bientôt réunies pour diriger sa brebis la plus galeuse vers la rédemption. Il tentait de comprendre l'alchimie particulière du Mal condensé en une seule enveloppe corporelle – et celle-ci était spécialement évocatrice –, de saisir l'articulation de la haine telle qu'elle pouvait se personnifier, dans l'espoir d'en cerner les principes actifs, et pourquoi pas, si le Seigneur était à ses côtés, d'en désamorcer les manifestations les plus explosives.

Pour l'heure, le diamant noir ne brille plus ; la respiration de Rodrigue est hachée, son haleine malodorante. Son regard anxieux, morcelé par le petit grillage de l'isoloir, ressemble à celui d'un gorille captif. Il ne dit pas un mot, ce qui est inhabituel et provoque une inquiétude diffuse chez le père Damien ; son paroissien se montre généralement volubile, généreux en détails sordides et en descriptions imagées de ses méfaits. Après quelques minutes de ce silence insolite, la pression monte et comprime l'estomac du prêtre qui, pour la première fois depuis son engagement sacerdotal, se sent étouffé par les sombres parois de son outil de travail.

Subitement, le visage du truand disparaît, remplacé derrière la grille de bois par la lumière scintillante de poussières que laisse passer la porte. Intrigué, le père Damien sort lui aussi du confessionnal pour chercher d'un regard circulaire sa brebis égarée ; Rodrigue est debout à quelques mètres, dans une posture hésitante, inquiète, avec ce regard caractéristique d'une bête traquée avant qu'elle n'attaque. Il essuie la sueur qui perle sur son visage avec le col de sa chemise hawaïenne et cette opération semble changer son expression, qui devient implorante.

— Donnez-moi la force… Donnez-moi la force de…

Le prêtre le regarde avec une expression interrogative.

— Allons, je vous écoute mon fils.

— Je… Je reviendrai ! se ravise Rodrigue avant de s'enfuir comme un voleur, la tête dans les épaules.

Il dévale la petite rue pavée qui longe l'église pour rejoindre sa BMW garée plus bas. Il claque la portière et démarre en trombe, roule au hasard, grille stops et feux rouges. En croisant son propre regard dans le rétroviseur les injures fusent ; il enrage de ne pas avoir pu se confier au prêtre, de n'avoir pas su énoncer enfin cette *chose impossible*. Sa gorge s'est nouée, ses cordes vocales se sont coincées, comme anesthésiées. Il jure, tape sur le volant du plat de ses larges paumes. Une affiche publicitaire pour les produits sans marque de Carrefour lui rappelle le visage de

Franck, ce toxicomane précurseur, autosuffisant en marijuana grâce à une passion tardive pour le jardinage, et dont l'imagination est assez fertile pour tromper les mornes plaines du quotidien ; c'est l'homme de la situation, à cette heure où Rodrigue veut oublier ses faiblesses et où la violence que lui offre son club de lutte gréco-romaine n'est plus assez libératrice.

Franck est petit, efflanqué, avec un teint poudreux tirant sur le jaune, des yeux vert d'eau de félin malade, il est le miroir morphologique inversé de Rodrigue, et ce contraste esthétique est sans doute une des raisons pour lesquelles ce dernier le choisit occasionnellement comme acolyte pour ses errances violentes et tordues. Loin de faire partie de la cohorte des créatures *sexy* et *glamour*, Franck, peu préoccupé par ces questions, se rapprocherait plutôt de ceux que le maire de Nîmes nomme en aparté les *pauvres raclures de bidet de la République, population inutile, dangereuse et abstinente* (en termes de vote bien entendu). Franck vit chez sa tante, une vétérinaire proche de la retraite dont l'accès aux antalgiques pour équidés est indispensable à l'existence sous dépendance pharmacologique qu'il a choisi de faire sienne.

Après s'être garé devant la porte de la maison, Rodrigue ouvre celle-ci d'un coup d'épaule, puis sort vigoureusement Franck du lit dans lequel il réside depuis quelques jours, occupé à étudier des magazines pornographiques tout en grattant à l'aide de ses ongles mi-longs les plaques d'érythème qui ornent ses cuisses. Surpris mais placide, les yeux vagues, il regarde l'intrus en fronçant un sourcil sans comprendre exactement à qui il a affaire ; son temps de réaction est toujours ralenti lorsqu'un brusque changement de rythme interrompt le cours de ses habitudes. Rodrigue coupe sèchement ses recherches physionomiques par une gifle qui résonne jusqu'à l'extérieur de la maison.

— Fais-moi oublier cette journée merdique, le menace-t-il alors, trouve quelque chose de nouveau, de puissant !

— Qu'est-ce que vous entendez par là ? Vous me prenez pour un prestidigitateur ? bredouille Franck en reconnaissant enfin en Rodrigue Santana le responsable de son réveil brutal. Je ne suis pas inspiré en ce moment, vous le voyez bien…

— Tu plaisantes ? On connaît ta réputation à des kilomètres à la ronde ! Tu es en forme, ça se voit ! Allez, remue-toi le cul !

Franck reste quelques instants à réfléchir en grattant sous son pyjama les croûtes de ses fesses osseuses, tandis que Rodrigue semble bouillir de l'intérieur.

— C'est jouable, répond le drogué notoire en ouvrant le rideau de sa chambre sous une danse lumineuse de microparticules de peau sèche, mais ça demande de la préparation, je ne sais pas si vous êtes assez patient pour ça… Vous avez entendu parler des soirées Tupperware ? Les miennes sont particulièrement courues… Mais je vous connais, monsieur Rodrigue, et je sais bien ce que vous voulez ; à chaque fois c'est pareil. Encore une fois je vous le dis : le meurtre, c'est pas dans mes compétences.

Tuer, tuer, et encore tuer.

Une ivresse lointaine. Au même titre que les plaisirs de la chair. C'était un autre siècle. Combien en avaient-ils tué ? Dix, quinze ? Presque chaque nuit l'esprit d'Éva la poussait vers ce décompte morbide. Le sommeil ne venait qu'à ce prix, au prix des moutons bêlants et terrorisés qu'il fallait compter : victimes réapparues, une par une, visage après visage, silhouettes de brume, et si possible dans l'ordre chronologique. Cependant la mémoire est capricieuse, et la dernière de leurs cibles, un jeune policier de la Highway Patrol, revient toujours se placer en premier sur la liste. Éva revoit avec précision la triste posture dans laquelle il avait fini après leur échange de coups de feu ; couché, à quelques mètres derrière sa Harley-Davidson. Curieusement, il n'est pas en uniforme mais porte un gracieux costume croisé, noir, mis en valeur par un plastron blanc, de belle facture mais tavelé de sang. Son visage est collé au sol, avec un trou dedans, il n'a plus vraiment de menton. De la poussière jaune reste en suspens autour de son corps. Il vient de rendre l'âme alors qu'il devait célébrer son mariage le lendemain. À l'époque, l'anecdote – lue dans la presse peu après – avait amusé Bonnie, qui tenait l'idée du mariage à distance après une première expérience navrante. Clyde, lui, s'était forcé à rire, un rire faux, blanc. Il avait appris que la jeune veuve du policier s'était rendue en robe de mariée aux funérailles de son ex-futur époux. C'était drôle n'est-ce pas ? C'était léger. À l'époque on ne faisait pas tant de simagrées avec la mort, c'était la routine en quelque sorte, le quotidien dans ce qu'il avait de plus banal. On était loin du luxe que l'on peut s'offrir aujourd'hui en mourant lentement, bien chauffé, avec du personnel et des tuyaux. La vie était suffisamment rude et fragile pour qu'on puisse rire des circonstances de sa perte.

Un trou dans le visage, une photo de mariage, de la poussière jaune.

Bonnie était convaincue qu'elle n'avait jamais tenu les armes qui avaient tué, seulement maintenant, avec tout ce temps passé, avec toutes ces distorsions qui font dériver les souvenirs, elle ne pouvait plus garantir à ses propres yeux ce qu'avait été la réalité. Celui-là, le petit vendeur, avec sa bonne tête de gamin, c'était moi qui l'avais descendu ? C'était Clyde ? Ou son frère peut-être, ce crétin de Buck ? Je ne sais plus… Non vraiment je ne sais plus.

Ce qui est certain maintenant aux yeux d'Éva, c'est le malaise grandissant que lui avait inspiré le déguisement pathétique de cette veuve prématurée. Si au départ ils avaient ri, c'était pour masquer un sentiment d'effroi que ni l'un ni l'autre ne voulait montrer à qui que ce soit. Pour la première fois de sa carrière Bonnie avait manifesté un peu d'empathie pour ses victimes. L'espace d'un instant, elle s'était imaginée à leur place ; elle avait ressenti les effets d'une balle dans le ventre, perçu la matière rugueuse du métal qui lui déchirait les tripes, lui perforait le foie. Elle avait vu l'expression épouvantée de Clyde une seconde avant qu'une rafale de fusil-mitrailleur lui emporte la tête, elle avait senti des morceaux de son crâne sanguinolents venir se loger dans ses cheveux blonds. Dans les premiers mois de leur périple meurtrier, elle avait écrit le dernier chapitre du récit de leur aventure, en termes explicites : une fin violente et inéluctable.

Ils savent que la loi gagne toujours
On leur a déjà tiré dessus
Mais ils n'ignorent pas que la mort
Est le salaire du péché

À l'époque elle avait rédigé ce quatrain en toute innocence, parce que cette issue fatale était infiniment romantique et que les souffrances qu'elle entraînerait n'étaient qu'un concept abstrait, sans importance au regard de son panache. Elle avait écrit ces quelques vers dans un style synthétique et juvénile, et c'est en les relisant, recroquevillée sur le siège arrière de la Ford par une nuit d'errance pluvieuse et froide, une semaine après ce dernier fait d'armes, qu'elle avait décidé de rompre avec cette funèbre présomption : nous devons impérativement échapper à notre mort certaine, s'était-elle dit, le salaire de nos péchés peut être réglé beaucoup plus tard. Clyde n'avait pas été facile à convaincre parce qu'il se sentait invulnérable ; pour lui la vie était simple, tous les problèmes pouvaient se résoudre en un instant grâce à la précision de son .38 spécial à canon court, et le sentiment de puissance qu'il en retirait était une drogue à laquelle il lui était coûteux de s'arracher. Cependant, la nature ludique de son stratagème avait permis à Bonnie de persuader son compagnon qu'une autre ligne de fuite était possible, avec une sortie de scène potentiellement amusante – Clyde considérait que la vie devait être amusante, c'était une loi, c'était un dû – en dépit du choix malheureux qu'elle avait proposé en premier lieu :

— Quoi, tu plaisantes ? avait répondu Clyde avec effarement.

— Ton frère est un imbécile, tu me l'as bien assez répété, et je suis entièrement d'accord !

— Enfin Bonnie, comment tu peux croire que je vais laisser faire ça ? C'est mon frère !

— Justement, il te ressemble ! Les flics n'y verront que du feu !

— C'est hors de question Bonnie, tu le sais bien ! Jamais je n'aurais pu imaginer que tu sois dingue à ce point.

— Allez, je te l'accorde, c'était une plaisanterie, juste pour voir combien tu m'aimes !

— C'est stupide ma chérie, vraiment, tu es quand même un peu bizarre, non ?

— Et comment s'appelle ton cousin lointain, déjà, celui avec qui on pourrait te confondre dans un bain de sang ? Pour ma part, j'ai déjà trouvé… Pauvre fille. Elle vend ses charmes. Une fille honnête sans doute. Mais elle n'est pas aussi jolie que moi.

Elle était moins jolie en effet mais ce n'était pas gênant, puisque son visage fut assez abîmé au cours de cette journée du 23 mai 1934 pour que la comparaison soit inutile. En tout cas ni la police ni la justice ne se posèrent la question, et la presse moins encore ; tout ce petit monde était tellement ravi de voir le couple infernal enfin hors d'état de nuire que personne n'avait songé à mettre en doute cette évidence. En outre, le spectacle avait été à la hauteur de ce que le public attendait, et quand un spectacle est donné, les acteurs affluent ; l'occasion était trop belle pour chacun de se mettre en valeur, de passer dans le journal. Les policiers embusqués devinrent des héros, à l'échelle locale, puis nationale, les articles pleuvaient et roulaient comme une large vague qui emportait tout sur son passage, générant une inquiétante excitation collective. On s'arrachait les éditoriaux et surtout les photographies ; celles des cadavres, des policiers, des armes qui avaient eu raison du couple ; celles de la Ford, sous toutes les coutures, des impacts de balles sur le pare-brise, de la carrosserie déformée et déchirée. Le sang imprimé en noir était d'autant plus visible et se découpait en taches nettes. Ces photographies venaient répondre aux autres, presque aussi nombreuses, qui avaient précédé ; des clichés accumulés par les bandits lors de leur périple meurtrier, retrouvés çà et là et quelquefois publiés, pour certains d'une qualité esthétique évidente – due au hasard plus qu'à un quelconque talent – et qui avaient grandement contribué à les rendre célèbres. Une bataille iconographique était née à l'occasion de cette ultime fusillade ; les instances morales, alliées au sentiment général de maintien des bonnes mœurs qui animait la population, exigeaient que les images de la punition finale soient bien visibles et mieux diffusées que celles, obscènes, qui affichaient cette liberté et cette insouciance criminelles dont le couple avait été le promoteur – d'autant plus que le crime s'incarnait, pour moitié au moins, sous la forme d'une jeune femme ravissante, et que celle-ci fumait et tenait les armes, ce qui était proprement révoltant. Du Texas au Dakota du Nord, en passant par la Floride, on pouvait voir en bonne place dans tous les titres de presse les portraits du croque-mort, des pompiers, des voisins, du juge, des victimes rescapées, des victimes trépassées, on pouvait lire les témoignages du garagiste, de l'institutrice, de la sage-femme, très âgée alors, qui fit naître Clyde de ses propres mains, du gardien de prison qui l'avait rossé, des codétenus fanfaronnant, d'une tante éloignée de Bonnie, ou encore du coiffeur ou de l'épicier.

Cependant, et heureusement, aucune image de cette jeune fille, gracile et charmante, qui se présentait sous le prénom de Fay mais dont personne ne connaissait le nom, n'était jamais apparue nulle part.

Aujourd'hui encore Éva pense à elle, son double dans la mort. Même si elle ne l'avait pas directement abattue, c'était tout comme. Il s'agissait de son dernier meurtre, d'un meurtre par procuration, comme une pierre blanche laissée sur un chemin boueux.

— Et celle-là, elle s'appelle comment ?

— Amaranthus.

— Elle est belle ! s'exclame Célestin

— Oui elle est belle, surtout quand elle est sèche, son rouge devient comme du cuivre ; et regarde celle-là, tu vois cette couleur ? C'est quand même étonnant, dit Claude en sortant délicatement une fleur de pivoine aplatie des pages d'une bible à la couverture effilochée.

Célestin la saisit avec précaution par la tige avant de la poser sur le capot de la vieille Mercedes, déjà décorée de lavandes, de chardons et d'immortelles aplatis comme des feuilles de calque.

— C'est magnifique sur le blanc comme ça hein ? continue Claude, une belle exposition, ce n'est pas la peine d'aller à Paris pour voir de l'art !

— Attention s'il y a du vent, tout va partir.

— Ah ! Tu as raison mon garçon, on va les ranger.

— Attends on n'a pas encore pris la photo !

— Je suis bête, bien sûr la photo, on est là pour ça !

— Tu perds la tête papa ! Je vais mettre le petit scotch sur les tiges comme l'autre fois.

— Heureusement que tu es là pour prendre la relève, le monde a besoin d'artistes !

— Je ne suis pas un artiste, s'écrie Célestin qui s'imagine plutôt comme un cow-boy chasseur de primes, passe-moi l'appareil, cette fois-ci c'est moi qui prends la photo !

— Mais c'est un polaroid, tu ne sais pas t'en servir.

— Bien sûr que si, je sais m'en servir ! Allez donne-le-moi !

La Mercedes a rejoint dans le jardin la Peugeot 203 en qualité de carcasse rouillée, même si la rigueur germanique de sa fabrication offre au regard une allure préservée. Célestin tourne autour du capot pour immortaliser l'œuvre sous différents angles, puis grimpe sur le toit de la 203 pour profiter d'une vue panoramique.

— Holà tu me fais peur, attention ! Et attention de ne pas faire trop de photos, la pellicule est chère.

Juste après que Célestin a appuyé sur le déclencheur, une brise de printemps vient lécher le capot et emporte la moitié des fleurs séchées dans un tourbillon que le vieil homme n'a ni le courage ni les capacités physiques d'interrompre. Son fils s'en charge, vif comme un chat. Avec un bruit de moustique piégé, le polaroid expulse lentement sa pellicule encore immaculée, dont les formes et les couleurs ne tardent pas à apparaître en tableau abstrait. Célestin surveille l'opération au-dessus de l'épaule de Claude, tout en replaçant les fleurs récupérées entre les pages jaunies de la bible. L'art floral ne le passionne pas mais cela lui permet de partager des instants agréables avec son père, en dehors de la chambre confinée dans laquelle celui-ci réside.

Il y a deux ans de cela, Claude s'était inquiété du caractère morbide de sa passion pour les rhodoïds ; cette collection de squelettes et autres mandibules était susceptible de choquer un enfant – à tort en l'occurrence, Célestin appréciant les réinterprétations anatomiques réalisées. Éva avait poussé son époux à pratiquer un art plus doux à l'œil, moins lugubrement évocateur. La diversité de la flore que l'on pouvait trouver à quelques tours de roue de fauteuil, dans le jardin, avait convaincu Claude d'y passer ses journées au printemps. Il avait pris goût à ce grand air qui lui avait donné la sensation d'une nouvelle jeunesse, d'un afflux de sève. Il avait entendu, au fond de lui, une voix faible mais au timbre net qui lui indiquait la possibilité de voir ses jambes ressusciter, pour l'amener à nouveau partout où son désir le guidait. Ainsi pourvu d'une nouvelle liberté d'action, il serait en mesure de prouver à Éva, mais surtout à Célestin, qu'il n'était pas un boulet inutile, un être sans force dénué de virilité et de courage, dépendant de la volonté d'autrui et contraint d'être entretenu. Cependant, en dépit de quelques picotements prometteurs au niveau des doigts de pied, rien de miraculeux n'était advenu ; son fondement restait irrémédiablement collé au cuir de son fauteuil. La neurasthénie restait en embuscade, et comme toutes les maladies chroniques, elle s'exprimait par crises dont rien ne pouvait annoncer l'intensité. C'est pourquoi Claude avait décidé d'en prévenir les effets en s'attelant à un projet ambitieux, né d'une intuition soudaine alors qu'il observait les branches hautes d'un platane ployer sous le mistral, dans un mouvement qui lui évoquait les jambes fines d'un marathonien en pleine course. L'idée avait pris forme ; Claude allait s'atteler, dès lors, à la fabrication d'une prothèse de haute volée. Complexe sans doute dans sa fabrication mais qui fonctionnerait comme une « pompe psychologique » telle qu'il en avait compris le principe à la lecture d'un article du *Midi Libre* sur la dépression nerveuse – article signé par un éminent spécialiste régional.

Le vieux truand avait alors réalisé une ébauche en s'aidant des branches d'un petit cyprès qu'il avait coupées soigneusement, mais il s'était vite aperçu que certaines contraintes techniques l'obligeraient à utiliser des matériaux auxquels il n'avait pas accès. C'est ainsi qu'il se décida à mettre Célestin dans la confidence, afin qu'il lui apporte de l'aide mais aussi pour conforter leur complicité et renforcer les liens qu'il aurait aimé voir plus solides entre eux.

— La *Machine à marcher*... Elle sera notre secret. Ta mère ne doit rien savoir. Tu me promets ?

Célestin avait été si enthousiaste qu'il avait sauté partout dans la chambre, sa motivation pour la mécanique étant bien plus grande que pour l'art floral. Il s'était réjoui à l'évocation du principe, et jubilait à la description du programme : il s'agissait d'inventer un squelette *extérieur*, nourri de l'expérience anatomique apprise sur les radiographies, mais inspiré également de la structure des feuilles et des fleurs que le séchage révélait. Une ossature originale faite de divers matériaux récupérés çà et là – branches souples, écrous et vis, élastiques, huile d'olive, piston de mobylette. La mission de Célestin consistait à courir la campagne pour trouver la matière première et les outils nécessaires, et ainsi acquérir assez de compétences pour tenir le rôle de premier assistant.

— On a du pain sur la planche mon lapin, ça ne se fera pas en un jour, mais je suis sûr qu'on y arrivera.

Franck voit flou. Il vient de se rouler une cigarette avec les fleurs du cannabis cultivé dans l'espace exiguë de la courette de sa maison, qu'il nomme tendrement son *Jardin des délices*. Il a mélangé à la marijuana un peu de céleri séché ainsi qu'une pointe de romarin pour agrémenter son plaisir d'une note provençale. En décrochant son téléphone, il se souvient que la ligne est coupée depuis plusieurs semaines pour défaut de paiement. J'emmerde les PTT ! s'emporte-t-il en enlevant son pantalon de pyjama. Après un balayage visuel de sa garde-robe, il opte pour sa veste « Marquis de Sade », une belle pièce de soie que sa grand-mère lui avait cousue pour ses vingt ans mais dont les reflets lustrés ont aujourd'hui terni. Par chance, les taches de crasse se confondent harmonieusement avec les dessins de l'étoffe.

En chemin vers le bar Le Royal, Franck imite la

démarche chaloupée des nobles perruqués du XVIIIe tels qu'il en imagine le style. L'établissement est désert, sans charme, mais offre l'avantage d'un blanc sec à deux francs et d'un téléphone à disposition.

— Saviez-vous qu'il existe un exemplaire de *La philosophie dans le boudoir* relié en peau humaine, sans doute en peau de femme ? s'enthousiasme le drogué en laissant ses lèvres effleurer le combiné.

— De quoi tu me parles ? répond Rodrigue Santana depuis l'appareil mural de son club de catch, en quoi ça me concerne ? Tu vas quand même pas nous faire une soirée littéraire ?

— Excusez-moi, se ravise Franck, c'est juste que je suis nostalgique. C'est une époque que j'ai pas connue, mais ça me rend tout languissant.

— Qu'est-ce que tu veux que ça me foute ? Viens-en au fait !

— Ça se présente bien pour notre soirée Tupperware, se ressaisit Franck. Je dois juste faire quelques courses en ville.

— Oui. Et alors ?

— C'est à propos de la petite avance sur frais, vous savez ? Je n'ai pas l'ombre d'un centime.

— Ne tente pas de m'entuber pour aller t'acheter de la came, gronde Rodrigue.

— Allons, monsieur Santana, j'ai tout ce qu'il me faut sur ce plan-là, vous êtes au courant quand même ?

— C'est quoi tes courses ?

— Vous le découvrirez ! Ça fait partie du jeu. Faites-moi confiance.

— Combien ?

— Quatre cent cinquante francs, ça devrait suffire. C'est juste pour le matériel. Pour le reste, vous paierez après consommation.

Le réveil ne fonctionne plus depuis longtemps mais aujourd'hui les hasards de la pression atmosphérique ont déclenché un de ses rouages, provoquant un bruit rauque d'animal en fuite. Éva se réveille en sursaut, effrayée par ce râle étrange, puis elle se rassure en voyant le réveil.

Dix heures.

— Merde, se dit-elle en regrettant le somnifère pris au milieu de la nuit.

Elle sort de son lit, nue, quand elle remarque derrière la fenêtre ouverte le visage rouge du facteur qui l'observe furtivement en passant sur son vélo. Elle s'en amuse et le regarde disparaître sur le chemin à vive allure alors qu'il évite de peu le tronc d'un pin de Calabre. Elle s'approche ensuite du miroir pour regarder à son tour ce que le fonctionnaire a vu l'espace d'un instant, c'est-à-dire son corps : pâle, petit, osseux aux épaules, gras aux fesses. Ce reflet ne lui procure ni plaisir ni aversion. Sa peau est grumeleuse par endroits, molle à d'autres. Des veines bleues courent sous l'épiderme, des varices donnent du relief, réveillent la couleur. Sa coupe de cheveux en chignon haut est légèrement déformée par l'oreiller et ses jambes, roses sous les genoux, se terminent gonflées dans des chaussettes de nuit. Ce matin, elle ne ressent aucune émotion à la vue de cette enveloppe corporelle défraîchie et voûtée ; juste de l'indifférence. Cela l'étonne.

Elle enfile son pantalon tigré et sa chemise aux motifs panthère qui, une fois associés à ses chaussures orange à talons compensés, forment un tableau correspondant à l'image qu'elle se fait d'elle-même depuis toujours. Et cette image, soulignée par un maquillage appuyé, Éva doit aujourd'hui la transporter et la faire valoir auprès d'une jeunesse dont elle suppose que les sarcasmes et les moqueries envers autrui – et notamment envers les vieux – occupent le plus clair de son temps. Cependant, avec cette allure elle en imposera assez pour étouffer dans l'œuf toute velléité de concurrence intergénérationnelle, esthétique ou autoritaire, la jeunesse n'ayant pas assez d'expérience pour identifier à quel groupe social et à quelle époque appartient cet extravagant prototype.

Ainsi confortée, elle sort pour rejoindre la 203 dans le jardin et y relever le courrier du jour.

— Tu es très en beauté aujourd'hui ! s'exclame

Claude d'un ton allègre dû à la douceur de la matinée.

Sans lui répondre, Éva le considère ; ridiculement affalé dans son fauteuil au milieu du jardin, avec son costume élimé. Elle estime qu'il devrait s'abstenir de sourire avec ses dents grises mal plantées. Elle se rapproche de Célestin puis l'embrasse sur le front avant qu'il se débine.

— Alors mon chéri tu t'amuses bien avec la botanique ?

— On a fait le polaroid aujourd'hui, regarde ! répond Célestin en montrant fièrement son œuvre.

— C'est flou ! remarque Éva.

— Ah oui, c'est flou, constate l'enfant, déçu.

— C'est pas grave, c'est joli quand même.

— On va en ville aujourd'hui maman ?

— Non pas aujourd'hui, j'ai le cours, dit Éva en fouillant la boîte à gants de la Peugeot.

Elle s'étonne de ne rien y trouver.

— Vous n'avez pas vu passer le facteur ? C'est bizarre.

— Pour le peu de courrier qu'on reçoit, il n'y a rien de bizarre, lui répond Claude.

— Et la publicité ? Il y en a tous les jours, il n'y a pas de raison.

Le facteur apparaît alors à l'entrée du jardin, rouge. Il ramasse quelques enveloppes au sol, sans oser approcher de la 203.

— Tiens ! s'exclame Éva en le fixant.

— Quand on parle du loup ! Eh bien, entrez, n'ayez pas peur, nous n'allons pas vous manger, plaisante Claude qui connaît pertinemment la réputation de leur famille dans la région et plus particulièrement à la poste, espace public au sein duquel les langues sont promptes à se délier.

— Messieurs-dame, fait le facteur d'une voix blanche.

Il regarde ses pieds et plonge une main dans sa sacoche pour en sortir un catalogue de La Redoute adressé en lettres dorées à Éva Parcœur & Claude Barreau.

— Donnez-moi ça, lui intime Éva sans ménagement.

— Monsieur, vous pouvez nous rendre un petit service ? dit Claude en faisant rouler son fauteuil sur le gravier vers le facteur, le polaroid sur les genoux. Regardez, nous sommes réunis ce matin, et il fait tellement beau !

Il tend l'appareil au fonctionnaire qui le saisit puis recule, d'un pas mal assuré.

— Célestin ! Viens à côté de moi, continue Claude, Éva ? Toi aussi ma chérie. Juste une petite photo… Comme autrefois, allez !

Devant le regard réprobateur de la maîtresse de maison, le facteur hésite. Il rougit d'autant plus qu'il l'a aperçue dans la plus simple des tenues il y a quelques minutes seulement. C'est d'ailleurs pour cette raison qu'il s'était enfui sans déposer les publicités dans la 203, mais, dans sa précipitation, une partie du courrier était tombée de sa sacoche au seuil du jardin. De retour, le voici piégé, contraint de rentrer en contact avec les membres de cette famille dont il craint qu'elle soit capable de lui jeter un mauvais sort, ou pire, de lui faire les poches ou même de le rouer de coups. Il faut se méfier des gens du voyage, lui avait dit le maire, même de ceux qui se sont sédentarisés.

— On ne peut pas photographier que des squelettes ou des fleurs n'est-ce pas ? reprend Claude, d'une humeur primesautière, il faut du vivant, de l'humain, du souvenir. Nous sommes une ravissante famille, qu'en pensez-vous ? Allez monsieur, comme ça vous aurez vos clients bien en tête. On ne se croise pas si souvent, c'est l'occasion !

Célestin se colle à Claude avec un grand sourire en direction de l'objectif, sans manquer de faire deux petites cornes à l'aide de ses doigts derrière la figure paternelle, pendant qu'Éva prend la pose pour abréger au plus vite cet instant pénible.

Une fois la photo prise, le facteur enfourche son vélo avec l'intention de s'enfuir sans demander son reste.

— Allons, vous n'êtes pas curieux, lui lance Claude alors qu'il est déjà engagé sur le chemin, l'image n'est pas encore apparue !

Claude glousse, heureux de sa plaisanterie et se réjouissant surtout d'inspirer encore de la peur à quelqu'un. Célestin admire l'insolence de son père ; il s'agit d'un facteur inoffensif, peut-être, mais c'est un agent de l'État, il porte un uniforme, et les uniformes inspirent la crainte. C'est en tout cas le sentiment que l'expérience a forgé dans la culture familiale dont Célestin est l'héritier.

En contraste avec l'étoffe de son uniforme bleu sur lequel brille le logo jaune vif des PTT, les joues du facteur sont maintenant colorées d'une nouvelle nuance de rouge : un carmin écarlate, dû cette fois à l'effort plus qu'à l'émotion ; il pédale à grande vitesse, inutilement d'ailleurs au vu de la descente raide. Ses sacoches claquent au vent et dispersent dans la nature des publicités vantant les qualités d'une charcuterie du centre-ville. En face, Tony monte le chemin à bonne allure au guidon de la Suzuki. Quand il croise le fonctionnaire, c'est à peine s'il le remarque – les êtres motorisés considèrent ceux qui ne le sont pas comme des abstractions – alors qu'Iris, cramponnée à l'arrière, lui adresse un salut poli de la main, en s'excusant de la poussière et de la fumée d'échappement qu'ils lui envoient directement au visage. Le postier crache au sol en jurant sur cette maudite adresse – le mas – et ses habitants si dangereusement différents de la population locale, transformant ainsi sa tournée autrefois tranquille en chemin d'angoisse et, comme il l'avait récemment confié à sa femme, lui collant chaque matin une *boule au ventre* néfaste pour son confort digestif.

Claude est ému quand il voit les silhouettes se dessiner sur la pellicule. Cette fois-ci le polaroid est net. Le facteur, malgré son tremblement, a réussi sans le vouloir un beau cliché : le sourire de Célestin, la prestance d'Éva malgré son accoutrement spectaculaire, l'air canaille de Claude dans son fauteuil, tel un empereur sur son trône avec sa petite couronne en doigts de Célestin, le tout nimbé d'une agréable et spirituelle lumière matinale : c'est une réussite. Et pour le vieux bandit cette photographie est importante ; elle est comme une preuve de l'existence d'un bonheur filial. Il veut croire à cette représentation familiale, au bénéfice de laquelle il retrouvera bientôt son autorité naturelle – celle d'un patriarche respecté –, dès que son squelette *bis* sera mis en service.

— Maman regarde, le soleil à travers tes cheveux, ça te fait une auréole !

Éva jette un coup d'œil rapide sur l'image sans en apprécier les qualités ; se voir ainsi immortalisée dans cette posture classique de famille unie la contrarie, elle se dit qu'une opération de retouche inspirée des pratiques soviétiques serait nécessaire ; un arbuste fleuri à la place de Claude serait plus en phase avec sa vision de leur ménage.

Un bruit d'arbre que l'on coupe à la tronçonneuse fait sursauter Célestin, Éva se retourne, inquiète, pendant que Claude, par un vieux réflexe, plonge la main à l'intérieur de sa veste bien qu'aucun revolver n'y soit plus rangé depuis des années. Ils voient Tony pénétrer dans le jardin en faisant déraper sa moto sur le gravier pour impressionner les éventuels spectateurs. N'ayant pas les qualités de conduite requises pour cet exercice, il finit couché sous l'engin, avec Iris à l'arrière dans la même position.

— Imbécile ! Vous m'avez fait une de ces peurs ! lance Éva en direction de Tony qui se relève, plus inquiet de l'état de son blouson que de celui de sa compagne.

Les jambes de celle-ci sont légèrement écorchées au-dessus du genou et au niveau des chevilles. Célestin s'approche d'elle timidement, les yeux fixés sur le grain de sa peau si fascinant, plus doux encore lorsqu'il est ainsi souligné par des pointes de sang rouge qui perlent à sa surface.

— Tu as mal ? dit-il dans un filet de voix que la jeune fille n'entend pas.

— Eh bien Célestin, qu'est-ce que tu regardes comme ça ? dit-elle doucement, un peu agacée, en se frottant les cuisses pour en enlever les petits cailloux qui y sont collés. Vous n'avez pas du mercurochrome, ici, ou des pansements ?

— Oui petit, apporte-nous quelque chose, renchérit Tony en observant ses paumes rougies, regarde ça comme je me suis râpé les mains !

— Vous êtes encore en avance ! lui lance Éva.

— J'avais tellement hâte de commencer le cours, s'excuse le jeune homme en inspectant les dégâts sur la Suzuki.

Contrarié, il lève le regard et tombe sur Claude ; il ne l'avait jamais vu encore, et cela lui fait l'effet d'une décharge électrique le long du dos.

— Ah ! fait-il sans parvenir à refermer la bouche.

Le vieux truand l'observe avec curiosité, surpris de provoquer une telle réaction :

— Eh bien mon garçon, tu as un problème ? Respire par le nez, tu vas voir, ça va aller mieux.

— Vous êtes… Vous êtes monsieur Clyde ? s'enquiert le jeune homme, les yeux fixes, comme s'il était hypnotisé par un serpent.

— Ne prononce jamais ce nom-là ! crie alors Éva d'une voix si forte qu'elle fait sursauter Célestin. Allez, on rentre !

Elle empoigne le fauteuil de son mari et le pousse vigoureusement vers le lavomatique. Claude enclenche le frein, qui les stoppe net.

— Non ! Attends, une seconde enfin ! s'exclame-t-il

en se tournant vers Tony, ce jeune homme à l'air tout à fait sympathique.

— Monsieur, je… continue le jeune homme, décontenancé. Est-ce que…

Il sort un papier de la poche de son jean avant de s'approcher de Claude, et, respectueusement, comme s'il se confiait à une éminence religieuse, lui demande s'il peut lui signer un autographe. Éva estime cette demande ridicule et se retient d'en faire la remarque, pendant que son époux, imperceptiblement, gonfle le torse, sourire aux lèvres ; il sent que ce jeune voyou, bien qu'il soit à première vue sans envergure, pourrait lui rendre un peu de sa fierté. Il signe d'un « Barrow » le bout de papier – un ticket de caisse – qu'il lui a tendu.

— Vous ne pouvez pas savoir à quel point je vous admire, bredouille Tony en récupérant précautionneusement le ticket, j'ai lu tous les livres sur vos exploits et mon oncle m'a raconté que vous êtes le plus grand, avec Mesrine.

Le sourire de Claude s'estompe à l'évocation de Mesrine alors qu'Éva, agacé, saisit Tony par la manche :

— Tu n'as pas compris ce que je t'ai dit la dernière fois ? Tu dois tenir ta langue bon sang !

Mais le jeune homme ne l'entend pas, trop impressionné par la figure légendaire à laquelle il s'adresse :

— Vous nous donnerez des cours aussi, n'est-ce pas monsieur ?

— Tu rigoles ? répond Claude.

— Mais… Mon oncle nous avait bien dit que…

— Ton oncle, je ne l'ai pas vu depuis une décennie ! C'est mon épouse qui traite avec lui, figure-toi. C'est Madame qui décide, vois-tu… Madame donne des cours, très bien, mais moi fiston, je suis un artiste, et comme tu le dis très bien, un grand artiste ! Et ton Mesrine, soit dit en passant, c'est du chiqué – c'est un bourgeois –, moi je ne passe pas mon temps à fanfaronner dans la presse, et malgré ça je suis encore plus célèbre que lui !

— Tais-toi, Claude ! s'interpose Éva en tentant, dans le même mouvement, de plaquer ses mains sur les oreilles de Célestin qui s'échappe alors de quelques pas pour se rapprocher d'Iris.

Cela n'empêche pas Claude de continuer, galvanisé par la considération inattendue que lui porte Tony, sans se préoccuper de son fils :

— Eh oui, le monde entier connaît mon nom, je suis le plus grand, et tu voudrais que je donne des cours ?

— Maman, pourquoi il a appelé papa monsieur Clyde ? demande innocemment Célestin.

— Rentre à la maison, lui répond Éva avec insistance, va dans la cuisine, tu peux prendre les feutres et dessiner ! Allez !

— Non !

L'enfant saisit la main d'Iris, qui s'en trouve gênée mais comprend rapidement qu'elle doit jouer dans le camp de la maîtresse de maison.

— Viens avec moi Célestin, dit-elle en l'amenant vers le seuil de la cuisine, on va dessiner… Tu sais où sont rangés les feutres ?

— Oui, dans le buffet, répond Célestin, que l'intérêt soudain porté par Iris à sa petite personne anime d'une allégresse intense. Je vais faire ton portrait, avec le feutre orange pour tes cheveux.

— Voyez-vous jeune homme, je laisse le professorat aux artistes ratés, fait Claude en s'allumant une Gitane, parce qu'un grand artiste ne se prostitue pas !

— Ah vous avez raison, abonde obséquieusement Tony sans bien comprendre le propos.

— C'est pour moi que tu dis ça, vieux salaud ? menace Éva en déchirant la moitié du paquet de Gitanes pour en extirper la dernière.

— Eh oui ma chère, l'enseignement est une prostitution ! Ce n'est pas moi qui le dis ! C'est Picasso !

— Comment oses-tu me traiter de…

Éva, sans terminer sa phrase, se tourne vers Tony en aspirant la fumée brûlante de la cigarette et lui dit avec le ton d'un fusil qu'on recharge :

— Dégage !

— Comment ?

— Dans la cuisine, avec la marmaille !

— Mais enfin…

Elle lui envoie un coup de sa semelle compensée dans le mollet – n'étant plus assez agile pour atteindre les fesses –, du coup Tony s'exécute avec mauvaise humeur, vexé d'être relégué en cuisine avec femme et enfant.

— Oui, Picasso ! s'époumone Claude sur son fauteuil, l'enseignement est une prostitution, c'est pas moi qui le dis, c'est lui ! C'était écrit dans un article du *Midi Libre* !

Éva s'approche de son mari en pointant la Gitane dans sa direction comme si elle allait la lui écraser sur la figure :

— Comment oses-tu me traiter de prostituée ? Espèce de vieux salaud de proxénète ! Regarde-toi, à te prélasser sur ton trône pendant que je fais vivre la maison ! Tu n'as pas honte ?

Éva est assez menaçante pour que Claude calme l'ardeur de son orgueil. Il tire une bouffée, tousse puis dit d'une voix faible :

— Jamais je ne donnerai des cours. Je n'ai plus de jambes, mais il me reste ma fierté.

— Pauvre type ! conclut Éva en tournant les talons.

*

Elle a décidé de maintenir le cours, mais il doit cette fois-ci se dérouler à l'extérieur, en avançant le calendrier de la « Pratique en situation réelle » plutôt que d'en rester à la théorie, comme cela était prévu. Célestin fait partie de la troupe, il valait mieux ne pas le laisser avec son père décidément trop en verve. Il s'est installé à l'arrière de la Renault avec Iris et garde sa main dans la sienne, le regard éperdu, gonflé d'enthousiasme à l'idée de passer une grande partie de la journée en cette divine compagnie. Éva peste contre le chemin qui descend du mas et que la municipalité n'a pas encore jugé bon de remettre en état. La 4L rouillée et puant la chèvre qui fait office de nouveau véhicule officiel du couple est beaucoup plus rustique, au niveau des amortisseurs, que ne l'était la Mercedes, et les reins fatigués d'Éva en font les frais.

— Dis-moi Célestin, tu veux me piquer ma fiancée ? proteste Tony sur le ton de la blague, alors que le timbre de sa voix, teinté de menace, trahit une véritable inquiétude.

Célestin prend peur quand le jeune homme souligne sa phrase en se penchant vers lui avec un clin d'œil mauvais ; il retire alors sa main de celle d'Iris, tandis que celle-ci rit de bon cœur.

— Vous êtes mignons mes deux petits coqs !

— Je ne suis ni petit ni un coq, lui rétorque son amant, crispé, n'ayant pas saisi la référence sur le gallinacé symbole de virilité.

— Fermez-la ! coupe Éva d'un regard envoyé depuis

le rétroviseur, aujourd'hui, c'est du sérieux ; les cours, c'est sérieux ! Vous êtes bien d'accord, n'est-ce pas ?

— Bien sûr, abonde Tony avec sincérité, mais ce serait encore plus sérieux si votre mari pouvait venir aussi.

— La question ne se pose pas ! Tu vois bien qu'il est handicapé ?

Tony ouvre bêtement la bouche, comme s'il ne découvrait qu'à l'instant que Claude est en fauteuil roulant, le prestige de sa légende ayant gommé la réalité de son délabrement physique.

— On va pas faire travailler des infirmes, pas vrai ? appuie Éva avec satisfaction, se félicitant de discréditer l'engouement stupide que Tony porte à son mari.

Le jeune homme se tait et regarde au loin. Éva observe le visage d'Iris depuis le rétroviseur central : elle a des traits fins, son nez, délicatement busqué, lui donne un air aristocratique, sublimé par ses yeux vert opaline. Éva ne regarde plus du tout la route. Elle contemple encore la jeune fille, descend vers son buste, à la naissance de sa poitrine claire, s'attarde sur le grain de beauté qui l'orne. Elle est comme une gravure de mode dans le petit espace vitré du miroir : ses cheveux cuivrés s'animent dans le vent, les boucles s'accrochent sur ses lèvres. Elle est si belle. Sans le savoir, elle ressemble à ces actrices ingénues et libérées qui se promènent avec indolence dans tous ces films réalisés par ces jeunes metteurs en scène de la nouvelle vague pressés de faire disparaître les vagues précédentes – films qui se déroulent invariablement entre Paris et la Côte d'Azur, distance invariablement parcourue en coupé décapotable sur un air de jazz et invariablement avec des cigarettes aux lèvres, en déclamant des citations littéraires dans des stations-service. Elle est si belle, c'est un scandale, Éva ne parvient pas à s'y habituer ; cela lui fait l'effet d'une piqûre – une piqûre de rappel : elle considère cette beauté naturelle et fraîche comme une injure délibérée, le résultat d'un complot dont le but serait de faire disparaître des mémoires cette période faste où tous les regards se tournaient vers elle, elle, Bonnie Parker, mais aussi vers elle, Éva Parcœur ; ah ! tous ces Français maigres comme des allumettes qui lui faisaient de l'œil quand elle passait en mobylette dans les rues de Nice, jupe au vent… Elle se remémore l'image que son miroir lui a renvoyée ce matin et se dit que bientôt le monde tournera sans elle, qu'il y aura toujours de nouvelles perles sur lesquelles l'intérêt se portera, laissant les précédentes s'éteindre dans la pénombre.

Époque *révolue*.

Révolue : le mot lui saute au visage, sans crier gare. De la même manière que *Éva naissante* il y a plus de trente ans, alors qu'elle ne comprenait pas vraiment le français, et que ce mot double ouvrait à tant de promesses d'avenir, aujourd'hui c'est l'inverse ; la signification de cet adjectif n'offre pas d'issue positive, aucune interprétation alternative, sauf à en changer les lettres.

Mais ce V est bien là, il ne s'agit pas d'un S, qui la relancerait dans la course, mais bien d'un V, et pas celui de la victoire, non, plutôt le V de la *Vétusté*, pour ne pas dire de la *Vieillesse*, une lettre anguleuse qui rompt et qui sépare, comme une césure définitive.

Révolue.

Tout en veillant à conduire sur le bon côté de la nationale, encombrée à cette heure, Éva tente de chasser les pensées sombres de son esprit. Elle revient vers le rétroviseur central et observe Tony, remarque ses yeux noirs, nets, qui pourraient presque exprimer quelque chose, une acuité, voire une sorte d'intelligence, si l'ensemble de sa personne ne respirait pas l'imbécillité congénitale. Il faut bien le reconnaître : l'expression de ses yeux est brûlante et inspirée, cependant, cette impression se manifeste uniquement parce que le visage qui les entoure est régulier et harmonieux. C'est un leurre bien sûr, pense Éva, la petite est tombée dans le piège, il est preste, presque élégant malgré sa bêtise, elle est tombée dans sa toile, brillante mais peu solide. Clyde n'était pas aussi bel homme c'est certain, mais je veux croire qu'il était moins stupide – parce que s'il l'était autant, cela voudrait dire que je l'étais encore plus.

Un klaxon arrache Éva à ses réflexions : elle est du mauvais côté de la route. Par un brusque coup de volant elle évite d'un cheveu la camionnette de gendarmerie qui allait les emboutir, de face, à bonne vitesse. Par chance, celle-ci continue son chemin sans faire demi-tour, évitant ainsi que ses occupants – l'adjudant Chassagne et le lieutenant François – viennent lui coller une contravention ou pire, fouiller la voiture, découvrir les armes, même si elles sont factices, et constater que la 4L a été volée à un agriculteur honnête, travailleur, et professionnellement dépendant de son véhicule – transport d'animaux en l'occurrence, d'où la forte odeur de chèvre qui, mélangée au parfum musqué de Tony, soulève le cœur de Célestin.

— Maman, arrête-toi ! Je vais dégobiller !

Éva gare vigoureusement la 4L au bord de la route, à quelques mètres du panneau indiquant l'entrée dans l'agglomération d'Alès. Célestin se penche dans l'herbe mais rien ne vient. Il observe une coccinelle qui grimpe doucement sur la tige d'un pissenlit.

— Alors mon lapin ? On ne va pas y passer la nuit ! s'agace gentiment Éva.

Tony tire sur la Marlboro qu'il vient d'allumer pour en souffler la fumée en direction de l'enfant, en espérant que l'odeur âcre déclenche un processus vomitif au niveau du jeune estomac. Sans résultat. Il tire ensuite une seconde bouffée qu'il recrache intégralement au visage de sa fiancée, en s'imaginant qu'elle apprécie à sa juste valeur la parabole érotique que les volutes de fumée sont censées évoquer.

— Je t'aime, lui dit-il d'une voix mécanique.

Assise à l'avant, Éva regarde le jeune homme et se retient de le gifler. A-t-il seulement une idée de ce que ces mots veulent dire ? Elle passe nerveusement les vitesses de la Renault dans le vide, moteur éteint. Ils vont payer, se dit-elle ; payer pour le mépris que me porte Claude quand je leur donne des cours, payer pour cet avenir qu'ils ont devant eux et qu'ils me jettent à la figure comme un défi que je ne peux pas relever, payer pour cette beauté qu'ils n'ont pas méritée, qu'ils n'ont pas gagnée, ni par leurs actes, ni par leur bravoure. Ce sont des petits-bourgeois du crime, des héritiers, et comme tous les héritiers, ils sont très éloignés des réalités du monde. Il est temps pour eux de la sentir, cette réalité, et ça va être abrupt.

— Abrupt, dit-elle en pensant tout haut.

— Abrupt ? Qu'est-ce que ça veut dire ? s'enquiert Tony avec intérêt, c'est dans le cours ?

Sans répondre, Éva se tourne vers son fils, toujours à quatre pattes dans l'herbe :

— Allez, on y va maintenant, tu dégueuleras une autre fois mon chéri.

Rasséréné par l'air frais, Célestin remonte dans la 4L, tandis qu'Éva démarre. Elle surveille la route du coin de l'œil tout en se penchant pour récupérer les deux pistolets dans la boîte à gants.

— Mes agneaux, dit-elle en donnant les armes au jeune couple sans leur préciser qu'elles sont en plastique, c'est l'heure de vérité : la théorie c'est bien joli, mais la pratique c'est encore mieux ; Tony tu es à l'action, Iris tu soutiens et tu récupères. Compris ?

— Heu… s'inquiète Tony.

Elle les dépose – ou plutôt les éjecte – devant Le Celtique, bar-tabac situé à une rue du poste de police, et connu dans toute la région pour abriter la direction régionale de l'ACC, l'Amicale des Chasseurs Cévenols.

— C'est une bonne adresse ; la caisse est pleine de cash. Ne traînez pas bon sang, sinon on va se faire repérer. Allez ! Du cran ! Je vous attends plus loin.

*

— Attention ! crie le lieutenant François en s'agrippant au tableau de bord, encore un individu au milieu de la route !

La camionnette frôle le facteur dans son embardée.

— Vous avez remarqué comme il était rouge ? souffle l'adjudant. Vous imaginez, être obligé de se déplacer à vélo comme ça ? C'est le Moyen Âge.

— Tout le monde n'a pas les capacités d'entrer dans la gendarmerie. Nous avons de la chance vous savez, surtout au niveau des véhicules. Quelle adresse déjà ? C'est ce chemin-là à droite ?

— Affirmatif lieutenant.

— C'est le Moyen Âge en effet ! Quelle caillasse !

*

Claude pénètre à l'intérieur du lavomatique à la recherche d'un cadre pour la photo de famille prise par le facteur. Il décroche une petite radiographie de col du fémur réinterprétée par ses soins, puis en mesure à l'œil l'encadrement, certain que le format peut correspondre. Au passage il se dit que, malgré un état général lamentable, la boutique serait susceptible d'être remise au goût du jour si une âme optimiste avait assez d'enthousiasme pour se pencher sur le problème. Et cette âme motivée, Claude conclut qu'avec l'aide de ses nouvelles jambes, il ne peut s'agir que de la sienne. En dépit de la Vedette cerclée de rouille, particulièrement abîmée, son petit commerce serait presque à nouveau présentable. D'ailleurs, le principe du crépi dit « provençal », à la mode depuis peu, se révélerait très efficace pour figer à jamais sous un masque blanc et propre les agglomérats formés par des années de crasse.

Exalté par l'admiration que Tony lui a témoignée quelques instants plus tôt, et rassuré par cette belle photo le présentant en chef de famille, Claude s'imagine déjà, debout, fier, à la tête d'une florissante entreprise ; l'activité pourrait être relancée, se dit-il, en reprenant cette idée lumineuse de la poudre à laver comme couverture légale. Nombre de jeunes gens qui s'installent dans le coin, avec leurs luttes et leurs vêtements bizarres, sont enfin disposés à exprimer leur liberté nouvelle par une frénésie de consommation, et les produits les plus excitants restent évidemment les substances illicites – produits à très forte marge pour ceux qui les commercialisent. Il serait vraiment dommage de ne pas faire partie de ces derniers ; il serait dommage de rater le second acte de notre renaissance, il serait inconcevable pour des criminels de notre rang de ne pas mordre dans ce gâteau énorme qui est en train de cuire dans le grand four international de la *production* et de la *dépendance*. Si je faisais jouer la corde sensible du prestige de ma position, je pourrais certainement convaincre cette brute de Santana. Il a encore assez de contacts entre la Corse et la Colombie pour nous apporter de la matière première. Si je propose 30 % des bénéfices à ce barbare, c'est déjà énorme… Mais il a le nez creux, je suis sûr qu'il serait partant. On aurait dû procéder avec lui sur cette base dès le départ, quel temps perdu !

Claude sort le rhodoïd de son cadre pour le remplacer par le polaroid, de sorte que l'image familiale, ainsi mise en valeur, prend une allure officielle. Il la pose avec fierté à l'entrée du lavomatique, sur le rebord extérieur de la fenêtre, puis s'éloigne de trois tours de roue de fauteuil pour juger de l'effet. Satisfait du résultat, il rejoint ensuite la petite table de jardin intégralement rouillée à l'ombre du tilleul, posée là à quelques pas de l'épave de la Mercedes – véhicule que Claude a tenu à garder comme un signe extérieur de richesse, bien que personne ne visite jamais les lieux et que le signe de richesse en question soit depuis longtemps dans un état qui dément et annule définitivement sa fonction. Cependant, la force symbolique de la berline (puissance et robustesse) doit pouvoir se décliner, pense Claude en s'armant d'un tournevis, pour se traduire mécaniquement à travers mes nouvelles jambes. Il ouvre le lourd capot de la Mercedes pour en admirer le moteur et tenter de récupérer ce qui peut l'être. Quelle merveilleuse machine, se dit-il avec une nostalgie qui lui fait apparaître par contraste, et contre son gré, l'image de la 4L. Et c'est une comparaison douloureuse, que Claude ressent comme la traduction automobile de sa décrépitude sociale. Posséder un véhicule de marque française était déjà une limite difficile à franchir, cependant, devant le peu de choix de modèles germaniques ou italiens qu'offraient les villages du Gard, Éva avait volé ce qu'elle pouvait. Quitte à accepter une mécanique gauloise, Claude aurait préféré une Citroën DS plus en phase avec leur statut de légendes vivantes ; la qualité et la vitesse de déplacement restent importantes à ses yeux, synonymes de succès criminel. L'essor de l'automobile avait participé à la naissance de leur vocation, puis avait accompagné Bonnie et Clyde durant leur carrière. Le choix d'un véhicule prestigieux était donc primordial. Claude considérait la Renault 4 comme un outrage à sa puissance virile ; il n'avait pas eu l'occasion de la conduire, faute de jambes valides, mais au moment où il l'avait aperçue là, garée dans le jardin à côté de l'épave de la Mercedes, il avait reconnu avec tristesse dans cette allure misérable le portrait de ses propres faiblesses – et cela avant même de sentir la forte odeur caprine dont elle était imprégnée.

Un bruit de moteur sort Claude de ses pensées. Un bruit d'abord lointain, mais de plus en plus soutenu ; il reconnaît le son caractéristique d'une mécanique fiable qui lui semble, étrangement, provenir de la Mercedes. Le miracle de la résurrection serait-il possible sous un capot ? se demande-t-il avec espoir. Soudain, au seuil du jardin, apparaît une camionnette de gendarmerie qui pointe sa calandre, chevrote ; son conducteur passe la première vitesse pour gravir la pente et venir se garer à quelques mètres à peine, dans un nuage de poussière. Par réflexe, Claude plonge à nouveau sa main dans la poche de son veston, et n'y trouve toujours pas de revolver ; il en sort ses lunettes, et, en restant tapi sans un geste derrière la carcasse de la 203, il suit attentivement la silhouette du lieutenant qui vient de sortir du véhicule, rejoint sans tarder par l'adjudant. Tous deux se dirigent vers l'entrée du lavomatique. Ils sont assez proches pour que Claude distingue clairement leurs propos :

— C'est un commerce on dirait ?

— Normalement non, c'est un particulier.

— Pas de sonnette ?

— C'est abandonné, mon lieutenant, vu l'état.

— Mais non, regarde.

— Drôle de photo. Ils sont bizarres ces gens-là.

— En effet. Mais on ne sait jamais... Le bizarre, ça peut faire effet en haut lieu.

— Le fauteuil ?

— Oui, le fauteuil, ça pourrait plaire. Et le gamin surtout.

— Si vous le dites, mon lieutenant, le gamin... Moi, j'ai un doute, vous avez vu l'allure de la dame ?

— On ne doute pas chez les militaires, tu le sais, tranche le lieutenant en sortant un appareil photo miniature de sa sacoche latérale, on va faire remonter l'information quand même. On ne sait jamais. Qu'en penses-tu ?

— Je pense comme vous, lieutenant.

— Évite quand même de trop me lécher les bottes, conclut le militaire en pointant son appareil sur le polaroid.

Claude reste immobile comme une statue de bronze. Il attend que l'adjudant ait réussi son demi-tour au volant de la camionnette et que celle-ci ait disparu dans la pente de la route pour sortir son mouchoir, et essuyer les gouttes de sueur qui perlent à son front. Que viennent donc chercher ces saletés de gendarmes ? se dit-il avec une inquiétude qu'il n'avait pas ressentie depuis des années. Que viennent faire ces fouines sur le sol de mon domaine ?... Pourquoi viennent-ils maintenant ? Pourquoi photographient-ils ma photo ? Juste quand je décide de reprendre la main sur ma destinée ? Pourquoi ces uniformes se manifestent-ils systématiquement dans les seuls moments où j'ai assez de forces pour reprendre de l'élan ?...

Un nuage masque le soleil quelques instants, et semble changer l'expression de Claude. Célestin ? Est-ce qu'ils viendraient pour lui ?... Non bon sang, c'est impossible !

— En femme ?

— Absolument.

— Me déguiser en femme ? Tu m'as bien regardé ?

L'ombre de Rodrigue Santana couvre entièrement le corps frêle de Franck, qui se sert une seconde tasse de café d'un geste fébrile.

— Écoutez, c'est le principe même : c'est l'âme d'une soirée Tupperware telle que je les ai créées, alors si vous voulez en goûter les délices, faites un effort !

— Ne me donne pas d'ordres, petit con, ça m'envoie de l'électricité dans les poings !

— Enfin, continue Franck en indiquant du menton la salle d'entraînement depuis la fenêtre du bureau, c'est exactement comme pour votre catch…

— Lutte gréco-romaine !

— Pour votre lutte gréco-romaine ; vous avez bien des déguisements assez… Comment dire… Assez spéciaux. Regardez vos élèves, ils ont des sortes de strings, et celui-là, franchement, avec ses lanières, on n'est pas loin du soutien-gorge.

Rodrigue ne répond pas, mais l'intensité de son regard, qui perce dans le contre-jour, saisit Franck qui recule instinctivement vers le canapé afin de se rapprocher de la porte. La poitrine du patron du club se soulève dangereusement avant de retomber en un soupir agacé que Franck interprète comme la première étape d'un fléchissement d'opinion. Rassuré, il trempe ses lèvres décharnées dans le café.

Sauf que la gifle qui suit le surprend par la puissance que Rodrigue y a mise. La tasse vole à travers la pièce en arrosant les murs.

— Nettoie ! hurle Rodrigue en pointant les traces de café.

Franck reprend ses esprits après quelques instants. Une longue goutte de sang un peu jaune coule de sa narine et vient mourir dans le mouchoir qu'il porte toujours au revers de son veston de faux tweed.

— Je ne peux pas travailler dans ces conditions, monsieur Santana, désolé, mais vraiment, là, non, ça ne va pas être possible, dit-il en espérant que la fermeté tentée sur l'intonation des six derniers mots amadoue son complice.

Ce dernier se laisse choir, las, sur le large fauteuil de cuir noir qui lui tient lieu de trône au sein de ses locaux professionnels, et depuis lequel, olympien, de tout son poids, il terrorise ceux qui y entrent.

— Je ne me déguiserai pas en femme, Franck, c'est au-delà de mes forces morales, dit-il d'une voix blanche.

— Il ne s'agit pas de morale, mais de modernité ; il faut savoir vivre avec son temps.

— Épargne-moi tes discours, par pitié !

— Les frontières s'effacent, insiste Franck avec un enthousiasme sincère que Rodrigue estime ridicule, dix ans déjà que nous avons accompli notre révolution culturelle. Nous ne sommes plus enfermés dans les carcans étroits d'une vie bourgeoise ! Réveillez-vous monsieur Rodrigue ! Nous sommes bientôt en 1977 !

— Quel rapport ? Mais qu'est-ce que tu me racontes ? C'est pas parce qu'on est en 1977 que je vais faire le travesti ! Tu prends trop de drogues mon pauvre vieux, tu ne sais même plus où tu en es !

— L'époque est à la liberté, à la musique et à l'androgynie ! Il n'y a plus de honte, plus de servitude, plus de schémas préconçus, libérez-vous !

— Mais pauvre crétin, je suis parfaitement libre ! s'énerve Rodrigue en tapant du poing sur son thorax dans un geste de gorille que Franck interprète comme l'arrivée imminente d'une seconde gifle.

— OK, OK ! abdique ce dernier qui doit admettre que ses idées novatrices ne perceront jamais la cuirasse conservatrice de l'esprit de Santana, restez donc assis, je vous sers un café !

— C'est quoi le programme ? aboie Rodrigue.

— Je suis allé à Montpellier faire les boutiques de vêtements d'occasion ; il y a de bonnes affaires à y faire d'ailleurs, surtout vers la rue de l'Aiguillerie, vous connaissez ? Je ne regrette pas le voyage, même si c'est un peu long en train...

— Je m'en fous ! Viens-en au fait bon sang, avant que je te balance mon poing dans la gueule ! invective Rodrigue sans être convaincu lui-même de sa menace, la gueule en question lui paraissant si grêle qu'un coup de poing la détruirait intégralement.

Le concept de la soirée Tupperware est une idée de Franck apparue à ses yeux dilatés alors qu'il se trouvait sous forte dose d'anticoagulant, involontairement mélangé à un cocktail d'alcool et de révélateur pour tirage photographique (confondu avec du LSD). Son principe en est simple ; il consiste, en écho au concept original mais avec une orientation différente, à recruter une dizaine de ménagères de moins de cinquante ans pour en faire des objets de consommation sexuelle. En dépit d'un état que les médecins qualifieraient de précataleptique, Franck avait mis au point un protocole précis et efficace, et les deux premières expériences de ses soirées Tupperware, qu'il désignait lui-même comme « poétiques, incisives, en lien direct avec la pure modernité », avaient été appréciées à leur juste valeur par les initiés – avocats, chirurgiens, marchands de biens – qui y avaient été conviés contre une somme restée confidentielle. Des frais conséquents justifiaient le tarif réservé à cette clientèle triée sur le volet. Il s'agissait de louer, sous une fausse identité, un pavillon meublé et isolé, de recruter avec la plus grande discrétion les ménagères adéquates, en respectant des critères esthétiques de diversité pileuse (brune, blonde, rousse), puis il fallait investir dans de puissants narcoleptiques, et surtout ne laisser aucune trace. Opérer masqué, rester furtif. En l'occurrence, le terme « furtif » est le plus judicieux pour désigner les actes, les préoccupations et le caractère particulièrement liquide de Franck.

Ce dernier est assis à la place du mort. Rodrigue est au volant. Il conduit doucement sa BMW en respectant le code de la route, ce qui est assez rare pour inquiéter son acolyte. Une robe, des bas et une perruque sont rangés dans un sac posé sur le siège arrière, de larges escarpins grenat (taille 43) que Franck a eu du mal à dénicher, complètent le tableau. Dior, a-t-il précisé avec fierté, « Franges de satin ». Lui, pour sa part, est déjà accoutré en brune bon chic bon genre avec un faux tailleur Chanel, équivalent féminin des vêtements qu'il porte en tant qu'homme ; faux tweed, doublure synthétique imitation soie, montre en or en toc.

— Une fois que j'aurai enfilé ces saletés, fait Santana en indiquant le sac, si jamais je te vois rigoler en me regardant, ne serait-ce qu'une seule fois, je te pète la gueule.

Vu le ton employé, froid et calme, Franck comprend qu'il ne s'agit pas d'une plaisanterie, et jette en oblique un regard à la chevalière en forme de puma qui orne le majeur de son interlocuteur.

— Je vous l'ai dit, c'est une réunion de femmes, bredouille Franck en ouvrant son paquet de Caporal menthol, elles ne comprendraient pas qu'un homme puisse organiser un rendez-vous Tupperware. C'est une question de principe. Et puis vous savez, quand on y goûte… Je peux vous assurer que pour mes clients précédents, le fait de se travestir a joué à cinquante pour cent dans le plaisir qu'ils ont éprouvé à cette expérience… Et vous savez pourquoi ?

— Non ! Et je ne veux pas le savoir !

— Parce que ça leur a permis de se sentir enfin comme des hommes, des vrais ! Une belle démonstration de domination masculine dans toute sa splendeur virile, et incognito en plus : ils ont vécu cette aventure comme une confirmation de leur supériorité, sans que leurs patientes puissent se rebeller ou leur faire la moindre remarque, et surtout, sans qu'elles s'en rendent compte ! C'est un exploit, n'est-ce pas ? Mais le plus fort, la cerise sur le gâteau, c'est qu'ils ont opéré sous l'aspect même de leurs victimes !

Des femmes violées par des fausses femmes… C'est drôle, non ? Lyrique même, pas vrai ? En tout cas, le bar est ouvert, et c'est à volonté ; elles sont à vous ! Elles viennent pour acheter des boîtes en plastique, elles repartiront avec des humiliations profondes ! Servez-vous, faites-en ce que bon vous semble : viol, torture, faites sauter les carcans, sentez-vous libre, nous approchons des années quatre-vingt, soyez vous-même !

— Assez ! Tais-toi maintenant ! crie Rodrigue en redressant la main pour montrer sa chevalière.

— Excusez-moi, je sais, je suis bavard, il y a des gens que ça irrite et j'imagine que vous en faites partie, vu comme vous me regardez, mais je sais aussi que vous me pardonnez déjà… Prenez à gauche, on arrive.

La route goudronnée se termine par un chemin qui ouvre sur un portail verdâtre. Là, au milieu de dalles de béton en guise de jardin, se dresse un pavillon crépi d'un jaune passé, couvert d'un toit oblique en un pan, résumé des convictions architecturales des années cinquante. Une odeur industrielle, mélange de parfum de synthèse, de mazout et de cave froide, les accueille quand ils entrent.

— C'est cosy, n'est-ce pas ? dit Franck, triomphant.

De sa main maigre il indique les canapés en velours côtelé rouge qui meublent un salon intégralement recouvert de moquette brune, du sol au plafond.

— En tout cas c'est dans l'air du temps, un décor parfait pour notre petite sauterie, ajoute-t-il en admirant des reproductions plastifiées de scènes de chasse collées au mur.

Il jette un œil à sa fausse montre.

— Dix-huit heures, déjà ! Ces dames ne vont pas tarder à arriver... Vous pouvez vous changer dans la salle de bains, propose-t-il à Rodrigue qui le toise d'un regard sceptique.

La phrase remonte à l'esprit de Claude : « Quand les uniformes approchent, la fin est proche. » Un bout de dialogue sorti d'un film d'après-guerre dont il ne se rappelle ni le titre, ni l'intrigue. C'est à peine si les images sont encore présentes : des acteurs raides qui jouaient des truands dans un Paris crasseux, en singeant les stars hollywoodiennes, comme le faisaient la plupart de ces acteurs français que Claude jugeait, par principe, proprement ridicules – notamment ce Jean Gabin, qui répétait à chaque film, mains calées dans son imperméable, les mêmes mimiques grotesques en branlant du chef comme une machine à laver en phase d'essorage. Cela dit, les quelques mots de cette réplique lui avaient plu, assez pour qu'il s'en souvienne ; il en appréciait cette rime en *oche* : *Approche, proche*, et la complétait instinctivement par un *boche* rigoureusement articulé qui donnait un relief encore plus péjoratif à cette évocation des forces de l'ordre.

Aujourd'hui précisément, les uniformes avaient fait plus qu'approcher, puisqu'ils avaient foulé le sol du jardin. Claude avait repoussé l'idée qu'ils venaient pour chercher Célestin. Au prix d'un effort d'auto-persuasion cartésienne, il avait réussi à éloigner cette angoisse, mais une inquiétude nouvelle venait d'émerger ; les flics auraient-ils remonté notre piste, seraient-ils assez malins pour avoir des doutes sur notre véritable identité ? Claude épluche fiévreusement les derniers *Midi Libre* qui traînent dans la cuisine, à la recherche d'un hypothétique article sur les investigations engagées par les gendarmes. Mais rien de concret dans la presse. C'est impossible, se dit-il, s'ils nous avaient découverts, les effectifs seraient bien plus importants, la CIA serait dans les parages, Bonnie and Clyde tout de même, ce n'est pas du pipi de chat ! Il y aurait au moins autant de monde que pour Mesrine, et sans doute déjà des journalistes en train de tourner autour du mas. Non décidément, ce n'est pas possible… Tout cela n'est qu'un mauvais tour de mon imagination : on est là depuis tant d'années, plus personne ne se fatiguerait à nous démasquer !

Il rejoint sa chambre pour tenter d'y retrouver le paquet de Gauloises égaré la veille, une bonne cigarette calmerait définitivement son inquiétude. Il fouille en vain jusque dans son linge sale. Sa première angoisse revient alors ; si ce n'est pas nous qu'ils cherchent, alors c'est Célestin ! Ça ne peut être que cela ; sa mère est réapparue, elle n'est plus un fantôme, elle est bien réelle, de chair et d'os, quel visage peut-elle avoir ?... Sa situation s'est améliorée, peut-être a-t-elle épousé un homme riche, maintenant elle veut retrouver son bébé... C'est bien normal pour une mère j'imagine, elle a dû regretter son geste, se ronger les ongles de remords, alors, l'âme lourde, elle a fini par se dire que tout n'était pas perdu, elle a commencé à mener son enquête, par elle-même dans un premier temps, puis ensuite en engageant un détective... Un type doué ; il a remonté notre piste, le sous-bois, la panne de la Mercedes, ma crise cardiaque. Ils ont fait le lien, il n'y a pas de hasard... Ils vont nous reprendre Célestin.

*

— Je voulais aller avec eux ! crie Célestin en agrippant le siège de la Renault 4, laisse-moi sortir, moi aussi je suis un criminel, je suis assez grand pour faire un hold-up !

— Calme-toi mon lapin, lui rétorque Éva, tu n'es pas un criminel, et tu n'as rien à faire avec des petites frappes comme Tony et Iris.

— Iris n'est pas une petite frappe ! C'est mon amoureuse ! Pourquoi tu les attends pas ? Ils vont se faire prendre par la police.

— Non, on ne les attend pas ; la douleur doit être partagée entre les générations. La jeunesse doit payer ses dettes aux anciens.

— Moi aussi je suis jeune !

— Toi, tu es mon fils, tu es mon petit nounours !

— Je suis pas un nounours, je suis un bandit ! On doit les attendre ! Où est Iris ?

— Ne t'inquiète pas pour elle, elle est assez grande pour se débrouiller, une garde à vue ne peut lui faire que du bien.

Célestin se retient de pleurer, parce qu'il sait qu'un homme ne doit pas pleurer, surtout un bandit. Il s'enfonce dans le siège arrière, bras croisés, visage fermé. Il a décidé de ne plus répondre à sa mère. Elle doit comprendre qu'il est en train de vivre son premier drame d'Amour, comme il le nomme lui-même, inspiré par ces séquences qui passent à la télévision et qu'il entend à la tombée du jour, à travers le plancher de sa chambre. Les drames d'Amour se déroulent toujours avec les éclats de voix d'une belle femme, les bruits confus d'une séparation, des portes qui claquent. L'imagination de Célestin en reconstitue les péripéties qui finissent par correspondre à ses propres sentiments.

— Ne boude pas comme ça mon chéri, on va rentrer, tiens, on va passer acheter les biscottes grillées que tu aimes bien.

Célestin mangerait volontiers les biscottes en

question, mais il se concentre pour ne pas répondre, parce que cela déprécierait la gravité de son drame d'Amour. Éva le sait et surveille sa réaction depuis le rétroviseur ; elle constate avec tendresse l'effort que produit son fils pour ne pas penser aux biscottes grillées et pour s'astreindre à garder cette position butée qui exprime au mieux sa souffrance. Cependant, son tourment est bien réel ; le beau visage d'Iris ne veut pas se dissiper, sa voix non plus, dont le timbre et les intonations si délicieuses virevoltent dans son esprit comme une musique entraînante. Rien ne peut effacer cette présence magique, pas même l'idée d'un goûter fastueux, contrairement à ce qu'imagine Éva.

Célestin regarde le décor défiler à travers la fenêtre alors que la 4L s'engage sur la route qui longe la garrigue au nord-ouest de Nîmes. Les lumières morcelées et mouvantes que produisent les ombres des chênes-lièges l'hypnotisent. Ainsi bercé, engourdi par la fatigue, il s'endort, le front collé à la vitre. Il rêve.

En noir et blanc : des femmes élégantes, vêtues de mantilles et de satin pourpre, paient leur place à l'entrée d'un cabaret parisien puis disparaissent. Dans la salle, il n'y a que des hommes : flous, en costumes noirs, ils sont assis sur des banquettes de velours. Un bruissement indique que le spectacle va commencer. Une conversation se murmure, les hommes s'impatientent, leurs paroles enflent, investissent l'espace et compriment tout ce qui s'y trouve. Le vacarme d'une machinerie complexe venant des coulisses se fait alors entendre et Célestin, désorienté, inquiet à l'idée de manquer quelque chose d'important, cherche un programme, le demande à l'ouvreuse qui se tient là, dans la pénombre. C'est une petite fille aux joues roses. Elle lui répond dans une langue inconnue, parsemée de *fuck* ; *Fuck fuck fuck*, dit-elle comme une petite locomotive, puis elle tend une feuille de papier vierge à Célestin avant de filer entre les sièges, en clignant des yeux comme une poupée renversée. Les hommes se penchent de gauche à droite, en rythme ; trois rangées de vagues noires aux plastrons blancs qui chantent d'une seule voix, si grave et si profonde que les paravents chinois en tremblent, quelques-uns même s'affaissent. Le chœur monte encore en intensité ; les vibrations résonnent dans l'estomac de Célestin et lui donnent envie de pleurer.

Sur la scène, le rideau rouge s'ouvre enfin ; les hommes cessent immédiatement leur chant pour se tenir raides comme des enfants grondés, les yeux inquiets tournés vers le plateau : un grand manège y apparaît, en rotation sur lui-même, avec, comme des cariatides sans tuniques, une quinzaine de jeunes femmes nues à la peau brillante, chaussées d'escarpins légers, qui se tiennent d'une main aux balustres et laissent l'autre onduler dans l'air, formant comme une armée de serpents. Elles dansent avec une lenteur extrême, leurs visages se figent dans un sourire, leurs cous se désaxent imperceptiblement pour que chacune, à son passage devant Célestin, le regarde longuement.

Elles sont belles, immenses, Célestin voudrait les approcher, les toucher : il monte sur la scène tout en sentant que cela est interdit, tandis que le manège se déplace et rapetisse, inexorablement. Le théâtre a disparu, la scène est un lac dont l'eau, froide et grise, baigne Célestin jusqu'aux cuisses. Il voit la rive, qui s'éloigne quand il veut la rejoindre.

*

Rue de l'Écluse, Iris tente de retrouver son souffle. Elle s'appuie un instant sur un mur avant de reprendre sa course, et y laisse la trace de sa paume imprimée avec son sang. Elle cherche Tony du regard mais il a disparu, depuis longtemps. Elle se faufile entre les voitures garées dans la rue déserte en espérant apercevoir quelque part Éva au volant de la 4L, sans vraiment y croire. Une porte de fer rouillé est entrouverte sur le jardin d'une bâtisse abandonnée ; après avoir jeté un bref coup d'œil alentour, la jeune femme s'engouffre sous le porche, puis se réfugie entre les herbes hautes au pied d'un tilleul, à côté d'un poulailler au grillage éventré. Les branches basses d'un saule offrent une protection contre les regards. Elle s'assoit enfin, essuie ses larmes mélangées au sang qui coule de ses narines et de ses lèvres. La nuit approche. Iris est prête à la passer ici, il fera sans doute froid mais Tony viendra bientôt la chercher ; l'amour développe un sixième sens chez les amants éperdus, une intuition souveraine mènera son fiancé jusqu'à elle.

Il y a une demi-heure à peine, Tony avait réussi à s'échapper du Celtique, juste avant que leur première expérience de braquage tourne à la catastrophe quand ils s'étaient aperçus – au même instant que la clientèle du bar, composée pour la plupart de chasseurs – que leurs armes étaient des jouets en plastique. Tony s'en était tiré, et c'était le principal aux yeux d'Iris ; elle avait couvert sa fuite à l'aide de son corps gracile, au prix d'un mauvais coup (une bouteille sur la figure), mais elle avait pu s'en sortir elle aussi, parce que ses longues jambes lui permettaient d'aller plus vite que ses poursuivants, vociférant et armés, mais ralentis par leurs ventres gonflés de bière et par leurs artères, tapissées de goudron de Gitanes.

Le mouchoir ne suffit plus à contenir le sang qui coule de sa bouche. Iris s'en inquiète ; si cela continue, demain matin il ne lui en restera plus une goutte dans le corps. Elle pose délicatement son doigt entre ses lèvres et son nez et s'aperçoit que la blessure est profonde, comme une déchirure qui laisse voir sa gencive.

Un bruit mat suivi d'un claquement la sort de sa torpeur. Anxieuse, elle se penche vers le porche d'entrée, y voit l'ombre d'un passant puis plus rien, mais le bruit recommence : c'est un chat, petit et maladroit, qui sort des décombres du poulailler et s'approche, sautillant, avec un mélange de curiosité et de méfiance. Un de ses congénères, sans doute une sœur ou un frère, plus téméraire mais tout aussi gauche, s'échappe en zigzaguant et vient sentir le visage d'Iris, qui l'accueille par un sourire et le prend dans ses bras, avant qu'il ne s'échappe en un éclair. Elle dénombre trois chatons, tigrés de blanc et d'ocre. Le plus petit est le plus hardi, il regarde Iris de ses yeux verts fendus de noir, avant de tester la matière intrigante de ses cheveux roux d'une patte intrépide. Les petits tournent autour du corps allongé de la jeune femme, lui lèchent le nez, s'approchent, reculent et jouent avec tout ce qui dépasse. Iris est heureuse d'une telle rencontre, ainsi accompagnée de petits êtres chauds et mobiles, elle se sent moins triste pour affronter la solitude soudaine et douloureuse que les épisodes inattendus de cette journée lui font subir.

*

Sa sieste à l'arrière de la 4L a altéré l'humeur de Célestin. Dès son arrivée au mas, il est allé directement s'enfermer dans sa chambre, après avoir répondu aux sollicitations domestiques de sa mère (« Mets le couvert s'il te plaît ») par une grimace suivie d'un bras d'honneur alors que celle-ci avait le dos tourné. En se jetant sur son lit, il en fait grincer les ressorts assez fort pour qu'une plainte déchirante sorte de l'armature de métal et se répercute à travers le plancher jusqu'à la cuisine. Et cela dans le but d'irriter Éva, pour qui le matériel – en particulier le mobilier – doit toujours être utilisé avec modération, afin qu'il dure le plus longtemps possible.

Installé en travers du lit, Célestin plonge son regard dans la grande image punaisée au mur, qu'il éclaire de sa petite lampe amovible ; la scène et les personnages qui la composent sont si intrigants que chaque jour, Célestin tente d'en percer les mystères. Ce soir il observe minutieusement le jeune homme couché près de la rivière, à moitié nu dans sa combinaison rouge. Qui est-il, et quelles péripéties l'ont amené jusque-là ? Est-il mort ? Sous le plancher une voix résonne :

— À table !

— Papa, est-ce que Tony est mort ?

— Mort ? Pourquoi veux-tu qu'il soit mort mon lapin, c'est un gamin, il a plus de temps devant lui que ta mère et moi réunis !

— Moi, je pense qu'il est mort, affirme Célestin en

sectionnant d'un coup de fourchette le rectangle de son poisson pané.

— Allons, ne t'inquiète pas pour lui, élude Claude en s'attaquant à son assiette de riz.

Célestin semble réfléchir avant de s'exclamer vivement :

— Pourquoi Tony t'a appelé Clyde, l'autre fois ?

La question saisit Claude par surprise et renvoie au-delà de son pharynx, par appel d'air, les deux grains de riz qu'il était en train de mâcher. Pour éviter que ces corps étrangers ne finissent dans ses sinus, il se mouche à plusieurs reprises, gagnant ainsi du temps. De l'autre côté de la table, Éva réfléchit elle aussi, tout en fixant son époux avec une expression de reproche, si prononcée que ce dernier croit entendre résonner ses pensées – Pauvre imbécile, à fanfaronner comme ça devant ce crétin de Tony, tu ne fais même plus attention à ton fils, tu ne fais pas l'effort minimum pour le préserver de notre passé. Ton orgueil me révolte ! Pourtant à ce moment précis, ce n'est pas ce qu'elle pense.

— Clyde ? dit-elle, mais voyons, c'est son second prénom : *Claude Clyde Barreau* ! Comme tout le monde ton père a un second prénom… Et même trois, comme tous les bons catholiques : *Claude Clyde Marie Barreau* !

— Bien sûr ! C'est exactement ça, confirme celui-ci d'une voix piteuse.

— Ah ? fait Célestin, peu convaincu. Et moi, je n'ai pas de second prénom ? Ni de troisième ? Je ne suis pas catholique ?

Le vieux couple échange un regard inquiet. Ils n'avaient jamais pensé à ce problème ; en effet, personne ne leur avait demandé un second prénom pour leur fils, tout simplement parce qu'ils ne l'avaient déclaré nulle part, ni en mairie, ni à l'évêché, ni ailleurs. Évidemment, ils lui avaient offert une fausse pièce d'identité (en passant par le réseau de Santana), mais ils y avaient inscrit « Célestin » comme seul prénom. *Célestin* venait directement de la Voie lactée, son origine le plaçait donc au-dessus des lois, et même au-dessus de Dieu, avec lequel Éva et Claude n'avaient plus vraiment d'atomes crochus. Célestin Barreau était un nom sobre et magnifique, parfait pour bien démarrer dans l'existence, un patronyme très *français* dont on pouvait se souvenir sans effort ; y ajouter des fioritures leur avait semblé inutile.

— Tu es unique, mon bébé, dit alors Claude, tu n'as pas besoin d'un autre prénom !

Célestin réfléchit en observant les deux grains de riz accrochés au menton de son père :

— Oui c'est vrai, je suis unique ! dit-il avec enthousiasme.

Claude envoie une courte œillade complice à Éva, rassuré à l'idée que leur explication boiteuse ait été validée par leur fils, et qu'il n'aille pas plus loin dans ses investigations. Le vieux truand se jette alors sur le reste de riz et l'ingurgite avec des bruits de mâchoires qu'Éva estime ignobles à entendre.

Sur ordre de sa mère, Célestin a regagné sa chambre. Du fond de son lit, il entend à travers le plancher les chuchotements de ses parents. Il ne saisit pas ce qui se dit mais s'en moque, engourdi par le sommeil. Il marche sous les tilleuls en fleur en tenant Iris par la main. Après une clairière, ils entrent dans le cimetière, et Célestin se réjouit, sans montrer son sentiment à la jeune femme, quand ils approchent de la tombe de Tony.

— C'est effarant ce que les gamins posent comme questions, dit Claude en repliant le *Midi Libre* rempli de miettes qui servait de nappe, je ne me souviens pas d'avoir été aussi curieux au même âge.

— Parce que tu n'avais personne pour te répondre, dit Éva, en testant la chaleur de sa tisane du bout des lèvres.

— C'est vrai… Les questions, on y répondait tout seul, c'est pour ça qu'on a la peau dure.

— Dure ? Tu as vu dans quel état tu es ?

— Allez, ne sois pas méchante, s'agace Claude, ça ne mène à rien… Tu ne crois pas qu'on devrait tout raconter à Célestin, tout simplement ?

— Comment ? Raconter quoi ?

— Lui dire qui nous sommes.

— Tu plaisantes ? s'insurge Éva, surprise.

— Peut-être pas tout de suite… Plus tard, dans pas trop longtemps. Célestin n'est pas idiot, il finira par savoir… Pourquoi lui cacher encore ? Ce n'est pas honteux d'être le rejeton des plus grands criminels du XXe siècle… Je ne vois pas en quoi ça lui poserait des problèmes. Au contraire, il serait fier.

— Pense à son avenir ! S'il veut se faire un nom, il ne faut pas qu'il soit écrasé par les nôtres. En plus, tu le sais, un enfant, ça ne garde pas sa langue, et s'il parle, c'est la taule.

— Justement, c'est un enfant ! Qui le croira ?… Et puis deux secrets, c'est trop pour un petit gars comme lui, non ? Si on lui parle du premier, il ne se posera pas de questions sur le deuxième.

— Le deuxième ?

— Allons, ne fais pas semblant d'être amnésique… Je ne te l'ai pas encore dit, mais…

— Mais quoi ? s'énerve Éva devant la lenteur de l'élocution de son époux.

— Des gendarmes sont venus ici cet après-midi.

— Des gendarmes ? Qu'est-ce qu'ils voulaient ?… Ça doit être Tony. Le casse ! Je suis idiote, ils nous ont vendus !

— Non, c'était avant le casse, ça n'a rien à voir, les gendarmes font plutôt dans la recherche de personnes disparues, si tu vois ce que je veux dire. Un enfant ça n'arrive pas de nulle part… Éva, ils vont venir nous le prendre ; ils ont vu la photo, ils ont vu Célestin !

— Qu'est-ce que tu racontes enfin ! Il est à nous ! Il nous a été donné, c'est ainsi ; il est notre fils.

— Allons ma chérie ! Je ne sais pas s'il y a prescription pour les enlèvements, les lois françaises, tu sais comme moi qu'elles sont bizarres.

— C'est stupide, s'agace Éva, ce n'est pas lui qu'ils viennent chercher, ils se sont juste trompés d'adresse, c'est tout.

— J'aimerais bien le croire... j'ai peur que la mère de Célestin ne soit sortie de son oubliette. Il faudrait peut-être le cacher, ou le mettre en pension sous un faux nom.

Éva reste silencieuse. Son visage semble se rétracter. Le chauffe-eau tremble.

— J'ai déjà perdu le premier, dit-elle enfin d'une voix blanche, ils ne peuvent pas me prendre celui-là.

Claude se fige.

— Qu'est-ce que tu racontes ?

Éva s'affaisse de plusieurs centimètres sur sa chaise, ses yeux se fixent au loin, dans une zone vague :

— Des forces bien plus importantes que de simples gendarmes m'ont déjà punie, puis m'ont ensuite rendu justice ; l'affaire est entendue. Ne t'inquiète pas pour Célestin, je peux t'assurer que ces pauvres petits uniformes ne sont pas là pour lui.

Célestin, réveillé par les vibrations du chauffe-eau, tâtonne jusqu'à la poche de sa chemise et en extirpe la Gitane volée l'après-midi même dans la chambre de son père. Il l'allume sans faire de bruit, en aspire la fumée qu'il laisse tourner dans sa bouche, après quoi il tente de l'évacuer par les narines, comme il a vu Éva le faire avec une attitude sobre et gracieuse – comme si de rien n'était, avec la classe désinvolte qu'entraîne l'habitude du geste, alors que laisser ainsi échapper des volutes par le nez relève tout simplement de la magie. Sa mère était tellement impressionnante quand elle crachait la fumée par les narines ; elle était fantastique, comme un monstre médiéval, un dragon furieux. Cependant le résultat de cet exercice d'admiration par imitation se solde pour Célestin par une forte toux.

— Ça va mon chéri ? entend-il sous le plancher.

— Oui ! Laissez-moi tranquille ! répond l'enfant d'une voix rauque, après les quelques instants qui lui ont été nécessaires pour reprendre son souffle.

Il allume sa petite lampe puis la penche vers l'affiche ; à force de côtoyer les trois personnages qui y figurent, sans saisir leurs rôles exacts, Célestin a pris l'habitude de leur inventer chaque soir une nouvelle histoire ; il donne un sens à l'existence de chacun pour les laisser vivre ensuite selon son imagination. Il y a quelques jours par exemple, le jeune homme allongé en tunique représentait Célestin lui-même, dans le futur, quand il serait enfin un homme et qu'il s'allongerait, épuisé et heureux, après l'amour (bien que l'amour dans ses implications physiques lui paraisse encore abstrait), un amour fiévreux donné à Iris avec fougue – sous forme abstraite encore une fois, son éducation sexuelle ne provenant que des drames diffusés par l'ORTF. Un autre soir, l'homme s'était incarné plutôt sous les traits de Claude, rajeuni et vaillant, à une époque où ses jambes le portaient encore ; il se serait affalé là près de la berge, après une course effrénée, à la suite du casse historique qu'il aurait réussi avec panache en s'emparant de plusieurs millions de francs extraits sans fracas ni dommages du Crédit Agricole. Il les aurait enterrés là, à quelques pas, dans la terre humide du sous-bois, aidé dans cette entreprise par son fidèle lieutenant, le gros nain à la torche… Une infinité de combinaisons et d'histoires sont possibles, cependant, la jeune fille appuyée sur son rocher reste un personnage mystérieux, dont la destinée est délicate à envisager : ses traits sont flous. Est-ce une belle jeune femme ou un monstre ? Est-elle assez lumineuse pour égaler Iris et l'incarner pour des aventures amoureuses ? En la regardant de plus près, Célestin avait confondu une maladresse du peintre avec la représentation d'une infirmité : la jeune femme semblait disposer d'un double bras droit : l'un replié sur le rocher vers sa poitrine, le second, plus épais, qui soutenait son visage. Peut-être était-elle un monstre de foire, comme Célestin en avait vu dans un article de *Paris-Match* sur le cirque napolitain Rambelli, qui se dirigeait triomphalement vers Paris en faisant halte à Nîmes pour quelques représentations sensationnelles, avec des animaux effrayants, des clowns non moins effrayants avec leurs gueules grimaçantes entièrement peintes en blanc, et surtout avec les fameuses sœurs siamoises Bartolla et Giacinta del Ponte. Ces dernières étaient attachées l'une à l'autre par l'épaule et formaient une sorte d'individu unique, vêtu comme une petite fille, avec jupes et serre-têtes. Par déduction, Célestin avait supposé que la jeune femme au rocher était une ancienne siamoise détachée de sa moitié à l'occasion d'un accident de voiture, d'une chute de trapèze ou de quelque événement du même ordre, et de cette sœur arrachée à la vie subsistait encore un avant-bras, comme le souvenir d'un lien fraternel qui les unissait par-delà la mort. Cette particularité avait bridé jusqu'à aujourd'hui l'imagination de Célestin, qui ne peut se figurer cette jeune femme qu'en rescapée ou en victime.

Cela dit, depuis peu, il sait déchiffrer les lettres et réussit à les assembler, de sorte qu'il peut connaître enfin les noms des trois protagonistes qui figurent sur le poster : *Poussin*, *Écho* et *Narcisse*. Il y a une date aussi : 1628. Célestin s'étonne que ses compagnons de songe soient aussi vieux. Il suppose que *Poussin* n'est autre que le nain obèse qui tient le flambeau, pourtant il n'a rien d'un poussin si ce n'est la petite taille. Quant à *Écho*, est-ce le jeune homme ou la jeune femme ? Et *Narcisse* ? Qui est *Narcisse* ?

Ce soir en tout cas, l'homme couché à terre est Tony : brun, corps jeune et musclé. J'espère qu'il est mort, pense Célestin, mort au cours du hold-up, avec son sang de Gitan qui coule dans la rivière ; mort, et déjà presque enterré. Comme ça Iris sera libre de venir avec moi. Si jamais elle a un problème, c'est moi qui la sauverai. Je la sauverai parce que je l'aime.

Le ciel nocturne est dégagé et laisse visible l'architecture de la voûte céleste. La fraîcheur du soir s'accentue, le froid devient vif.

Iris ne parvient pas à s'endormir malgré la bâche de tissu râpé, dure comme du carton, qu'elle a trouvée dans le jardin et dont elle s'est recouverte. Elle n'a pas réussi à forcer l'entrée de la maison abandonnée afin de s'y réfugier. Quant à sa blessure, elle a cessé de saigner et forme désormais une large croûte noire sous laquelle la douleur est moins aiguë mais devient lancinante. Les chatons sont partis, sans doute ont-ils rejoint leur mère quelque part.

Tony n'est pas encore venu, pourtant Iris reste confiante ; il sera là demain aux premières heures du jour, se dit-elle, pour me prendre dans ses bras.

Vers six heures, elle s'endort enfin.

À six heures dix, la BMW conduite par Rodrigue Santana passe à vive allure à quelques mètres de là, rue Notre-Dame, avant de continuer sa route vers la décharge municipale.

*

La lumière blafarde de l'aube éclaire le visage de Rodrigue qui se concentre pour suivre la route, les yeux rougis par une nuit sans sommeil. À ses côtés Franck somnole, trop serré dans son faux tailleur Chanel qu'il finit par dégrafer, d'un geste nerveux, au niveau du col. Il ouvre ensuite la vitre électrique pour respirer un filet frais d'air matinal, entre deux cigarettes au menthol, mais cela n'évacue pas l'odeur tenace qui le gêne depuis un moment, le parfum âcre des aisselles de son complice, un relent de soupe froide qui donne une idée de l'humeur massacrante de celui-ci. Pour couvrir le silence qui règne dans l'habitacle, Franck monte le son de l'autoradio qui diffuse par crépitement les nouvelles du matin : beau temps prévu sur l'ensemble du pays, changement structurel à l'ORTF, enterrement de Lindbergh.

— En voilà un qui ne traversera plus l'Atlantique, bredouille le drogué notoire pour détendre l'atmosphère.

— Ne compte pas sur moi pour te payer, pauvre nul, lui envoie Rodrigue pour toute réponse.

En disant cela, le truand élève lentement sa main au-dessus du volant pour exhiber encore une fois sa chevalière en forme de puma. Franck, imaginant l'or massif de la bague lui lacérer la peau des joues, préfère remettre la discussion à plus tard.

— Me faire perdre mon temps comme ça, franchement, tu crois pas que j'ai autre chose à foutre de mes nuits ?

Franck regarde le paysage défiler, tête basse. Il jette un coup d'œil dans le rétroviseur central pour vérifier l'état des quatre femmes nues inanimées entassées sur la banquette arrière.

— Et alors, tu es devenu muet ou quoi ? s'agace Rodrigue.

— Excusez-moi, mais c'est vous qui avez insisté pour une soirée Tupperware…

— Ferme ta gueule ! On a déjà fait le tour de la question, s'emporte Rodrigue en levant plus haut sa main baguée.

Franck se recroqueville comme un mollusque.

Quelques heures plus tôt dans le pavillon, Rodrigue était déjà passablement contrarié quand il avait croisé son image dans le miroir du couloir ; déguisé en maîtresse de maison (avec ce châle qui ne parvenait pas à cacher le volume démesuré de son thorax, ses jambes maigres et glabres qui dépassaient de sa robe démodée, et enfin cette perruque épaisse, trop basse sur son front), le tableau était au-delà du ridicule. Mais il était trop tard pour renoncer, déjà les participantes se présentaient à la porte, toutes frétillantes à l'idée de sortir de leur quotidien sans relief pour acheter des boîtes en plastique. Franck, cintré dans son tailleur, les avait reçues en minaudant d'une voix contrefaite, les invitant à s'asseoir dans le salon pour leur offrir le thé auquel il avait pris soin d'adjoindre un savant cocktail de somnifères et autres associations toxiques dont il avait le secret. D'abord intriguées par le physique étrange des dames qui les recevaient, les invitées s'y étaient vite habituées, leur intérêt pour les contenants en polyéthylène présentés sur la table basse étant suffisamment prononcé pour leur faire oublier le cadre inquiétant dans lequel avait débuté cette soirée. Rodrigue, dans un effort considérable, avait participé de loin en observant les convives avec une expression de déception intense que Franck avait vu évoluer sur son visage par grimaces successives. Mais ce fut au moment où la dernière personne invitée s'était présentée que sa colère jusque-là contenue était devenue évidente ; il était blafard sous sa perruque, quant à Franck, il avait été suffisamment décontenancé pour perdre sa voix durant quelques secondes : au seuil de la porte était apparu un homme. Un homme entre deux âges, fade, tristement banal, sans doute célibataire et venu là pour faire des rencontres – en effet, quel lieu plus propice pour rencontrer des femmes qu'une soirée

Tupperware ? Il s'était inscrit et présenté sous le prénom de Camille, Rodrigue avait envoyé des coups d'œil assassins à Franck quand il avait laissé entrer l'intrus, Camille, ah ! Camille, d'accord, merde, je me suis fait avoir, avait pensé Franck en lui servant sans attendre une grande tasse de son thé maison.

Après que la drogue eut fait son effet sur l'assistance, que les cinq femmes présentes se furent effondrées en domino sur le canapé devant le dénommé Camille, celui-ci était encore assez conscient pour être pris de panique, effaré par ce spectacle inattendu – il était en retard de quelques minutes sur la léthargie générale, cela dit Rodrigue, d'un coup sur la nuque, l'avait aidé à se remettre dans le tempo. C'est alors que Franck, enthousiaste malgré la rancœur de son acolyte, avait invité celui-ci à exprimer sa violence sur les corps ainsi offerts en rang d'oignons.

— Tu te moques de moi vraiment ! avait tonné Rodrigue en faisant voler son châle à l'autre bout de la pièce, ton histoire de Tupperware, c'est une arnaque, rien d'autre qu'une méchante arnaque !

— Mais enfin, ce n'est pas de ma faute si ce type s'est pointé, comment j'aurais pu prévoir ça ?

— Ce n'est pas le problème ! Ce type ou autre chose, je m'en tape ! Le problème c'est la qualité de la marchandise ! Pour qui tu me prends ? Tu sais qui je suis quand même ?

Comme Franck ne répondait pas, occupé à dénuder

une par une les invitées, Rodrigue l'avait saisi par la lanière dorée qui décorait son faux Chanel et l'avait vigoureusement ramené à quelques millimètres de son propre visage :

— Tu sais qui je suis, hein ? avait-il postillonné sur sa face jaune, tu connais ma réputation et tu sais qu'à part toi, je ne m'entoure que de ce qu'il y a de plus *esthétique* !

— Hein ? De plus esthétique ? avait imploré Franck.

— Boucle-la ! N'essaye pas de m'endormir avec tes discours ! Des femmes, j'en ai tant que je veux, et des belles ! Des BELLES ! Tu sais ce que ça veut dire ? Non, j'imagine que non, tu n'as pas dû en croiser souvent, vu ta dégaine. Alors que moi, c'est mon quotidien figure-toi, je ne fais que dans le Glamour : le GLAMOUR ! Des petites princesses, des actrices, des stars de la mode ! Et là, regarde un peu ce que tu me soumets, regarde un peu l'insulte que tu me fais, tu me *dégrades* !

— Je comprends bien monsieur Rodrigue, mais justement…

— Ferme-la !

— Monsieur Rodrigue, écoutez-moi deux minutes, s'il vous plaît : il faut juste changer votre angle de vue. C'est en modifiant légèrement sa perception qu'on peut découvrir des choses nouvelles.

Rodrigue s'était laissé tomber sur le canapé de velours côtelé avec un soupir de dédain agressif. Il avait arraché une Gitane à son paquet tout en jetant un regard noir à Franck, puis il avait fait claquer son large briquet d'argent pour allumer sa cigarette et envoyer une torsade de fumée qui s'était dispersée en arabesques sur la moquette du plafond. Il avait ensuite observé, avec un rictus de dépit, les corps nus des invitées, étalées là comme des poulets plumés sur l'étal d'un volailler ; il y avait des grosses, des maigres, des poilues, des pâles et des flasques, avait-il pensé avec écœurement.

— Alors, sans déconner Franck, on fait quoi maintenant ?

— Si elles vous indisposent par leur manque d'esthétique, profitez-en ! Frappez-les ! Vengez-vous !

— Pauvre taré... Et le type, on le frappe aussi ?

— On va lui faire peur, mais juste pour rigoler. Vous vouliez de la violence ultime, elle est à votre portée, je ne comprends pas pourquoi vous faites la fine bouche.

Rodrigue avait paru soudain fatigué. Il n'avait pas pris la peine de répondre, et, comme s'il voulait faire une pause dans ses accès de colère, il avait lentement tiré sur sa Gitane. Franck en avait profité pour préciser son propos :

— Vous savez, ces pauvres filles, vous ne devriez pas les mépriser : ce qui vous repousse et que vous trouvez inesthétique, voyez-le autrement : sous l'angle de l'*authentique*. Qu'est-ce que vous croyez, avec votre glamour, vous êtes dans l'artifice, dans la comédie, dans le faux ; ici, regardez, vous avez la réalité dans toute sa splendeur : la réalité crue, et justement si elle est crue, c'est qu'elle est authentiquement *authentique*. Si vous voulez aller au bout de la violence, alors cherchez le réel : violez du réel ! Des ménagères, et pas des starlettes de cinéma ! Exercez votre domination sur du concret, et pas sur des demi-prostituées qui s'évaporeront sous vos coups de boutoir. Allez, profitez-en ! C'est tout le sel des soirées Tupperware ! Et arrêtez de me traiter d'imposteur !

Rodrigue avait inspiré longuement sur la Gitane, puis en avait envoyé la fumée en missile jusqu'aux cheveux de Franck, de sorte que la tête de celui-ci fumait comme si elle avait brûlé. Ainsi auréolé d'une brume bleutée, le visage anguleux du drogué avait pris l'aspect mortuaire d'un revenant, que Rodrigue avait observé avec une inquiétude soudaine ; ce type est nocif, avait-il pensé, réellement nocif, sans doute autant que moi, peut-être même plus.

— Violez Messire, violez, allez ! avait alors facétieusement crié Franck en se levant pour mimer au-dessus des corps nus une révérence de courtisan, comme s'il indiquait le spectacle à venir d'un large mouvement de chapeau.

Les fesses qu'une invitée avait laissées involontairement dépasser de l'agglomérat de chairs (et que Franck avait pointées d'un doigt squelettique) avaient attiré l'attention de Rodrigue ; la peau était brillante et presque appétissante. Tant qu'à avoir perdu mon temps, s'était-il dit alors, il serait effectivement stupide de ne pas en profiter. Il avait dégrafé sa robe et descendu son slip juste assez pour le maintenir calé sous ses bourses, puis il avait empoigné le fessier de la victime afin d'y frotter sa verge, avant de constater, rouge de colère, que celle-ci restait molle et ne pouvait s'insérer nulle part ; elle pendait comme une limace. Il avait insisté, en demandant à Franck de disparaître de sa vue, il s'était frotté encore en fermant les yeux puis en les rouvrant sur les scènes de chasse, sans résultat tangible. Il avait ordonné une dernière fois à son pénis de se raffermir et de pointer son œil vers le ciel : mais l'effet fut contraire à celui escompté, sa verge le désavouant par une rétractation piteuse. Mortifié par la déloyauté de son organe, robe ouverte aux pans volants, il s'était jeté sur le meuble à apéritif pour en extraire une bouteille de bourbon qu'il avait directement tétée au goulot en espérant que cela lui fouette les sangs. Après une rasade, suivie d'une deuxième, puis d'une dernière plus longue, il avait décidé de corriger Franck, qui justement revenait de la cuisine en remuant l'arrière-train comme un poisson sorti de l'eau, un sandwich au jambon dans chaque main. D'un geste d'esquive étonnamment rapide, Franck avait réussi à éviter le contact avec la chevalière en forme de puma ; il avait surtout pu prévenir le coup grâce à la perruque de Rodrigue qui, heureusement, avait glissé jusqu'à lui masquer les yeux. Franck avait reculé pendant que l'autre, fulminant, avait arraché son postiche encombrant et l'avait lancé de toutes ses forces sur son complice. Celui-ci, en tentant par réflexe de l'éviter, s'était pris les pieds dans la table basse avant de s'étaler entre les boîtes en plastique dans un claquement d'os. Rodrigue, le torse gonflé, respirant comme un asthmatique en crise, avait levé la bouteille de bourbon au-dessus de Franck avec une rage que ce dernier avait considérée comme une invitation sans alternative à rejoindre le royaume des traumatisés de la face. Toutefois, Rodrigue avait hésité à frapper ; la bouteille restait en suspens et Franck se mit à trembler de ses bras maigres qu'il maintenait comme des baguettes devant son visage. Rodrigue avait finalement reposé la bouteille sur la table.

— Allez pauvre merde, avait-il dit sur un ton plus pacifique, va me chercher mes fringues. Je te sers un bourbon ?

Quelques instants plus tard, alors que Franck lui déposait ses vêtements soigneusement pliés sur l'un des fauteuils de plastique orange qui meublaient la cuisine, il lui avait proposé :

— Tu veux de la glace avec ?

— Non merci, très peu pour moi.

Rodrigue avait considéré ses habits avec satisfaction avant de les remettre, en manquant de perdre l'équilibre quand il s'était agi d'enfiler son pantalon ; la différence de poids entre son large tronc et ses jambes maigres rendait en effet l'opération périlleuse. En tout état de cause, le fait de porter à nouveau un pantalon avait restauré son humeur, d'ailleurs son œil s'était animé d'une lueur enjouée dont Franck n'était pas certain qu'elle fût de bon augure.

— De la glace ça, c'est un truc que tu devrais consommer plus souvent, avait dit Rodrigue avec un geste étrange, tournant sa main au niveau de son cœur. Ça te ferait du bien à l'âme, te la frotter un peu avec de la glace.

— Je vous remercie de vous soucier de mon âme, mais de la glace serait inutile ; mon âme est déjà froide depuis longtemps et vous le savez aussi bien que moi…

— Alors il faudrait la cautériser pour te la réchauffer ! Au fer rouge, pshhhtt ! avait ajouté Rodrigue en mimant un coup de couteau par en dessous.

— Vous en êtes où pour les viols ? avait éludé Franck sans chercher à savoir s'il plaisantait ou s'il estimait la cautérisation comme une option sérieuse.

— Comment ça, où j'en suis ?

— Je veux dire, vous voulez vous y remettre ? Auquel cas je dois leur rajouter une dose de mon cocktail, avait dit le drogué notoire en se penchant vers le salon pour vérifier l'état dans lequel se trouvaient les invitées.

— Laisse tomber, ça ne rime à rien, tes concepts, tes histoires et tes belles paroles, ça vaut pas un clou. Et tu sais pourquoi ?

Franck avait fixé son verre de bourbon puis en avait lissé le contour de son ongle jaune, l'air pensif.

— Non...

— Je vais te faire une confidence, mais attention de bien la garder pour toi ; je ne peux pas violer ces boudins, ça ne marche pas, et pour une raison simple. Je viens de m'en rendre compte en voyant ce tableau, avait dit Rodrigue.

Il pointait de son majeur la scène de chasse encadrée de plastique doré qui trônait au-dessus du canapé ; trois chevaux, des rabatteurs en livrées rouges, des chiens et un jeune cerf effrayé dont on pouvait distinguer la pupille dilatée, le tout dans l'herbe d'une clairière grossièrement peinte.

— Splendide, j'aime les couleurs, avait indiqué Franck à tout hasard.

— Tu comprends la métaphore ?

— La métaphore ?...

— Allez franchement, ne me fais pas croire que tu es débile !

— Laissez-moi réfléchir... Vous êtes un prédateur de femmes, c'est ça ? Et même un prédateur tout court, mais je le savais déjà, pas besoin pour ça d'aller déchiffrer des paraboles dans les peintures !

Rodrigue, silencieusement, avait posé sa lourde main sur le bras de Franck, en y imprimant une pression de plus en plus forte et en plantant ses yeux noirs dans les siens.

— Moi je viole des femmes, avait-il alors précisé sur un ton menaçant, mais uniquement quand elles sont conscientes et non consentantes : la domination, d'accord, mais si la victime ne se rend pas compte qu'elle est victime, alors à quoi ça sert ? Violer des ombres, c'est pas mon truc ; des fantômes, j'en ai déjà quelques-uns dans le placard. Tu parles de *concret* et d'*authentique* avec ton arnaque Tupperware, mais c'est de la foutaise : réveillées, et terrorisées, là oui, elles seraient authentiques ! Et là, crois-moi, tu verrais ma bite se dresser, dure comme un bâton ! Comment veux-tu que ces chiennes se sentent dominées si elles ne savent pas elles-mêmes qu'elles le sont, pauvre imbécile ? Tu comprends la nuance avec ton cerveau de drogué ?

Franck avait baissé le regard, incapable de soutenir l'intensité de celui de Rodrigue. Il se trouvait à court d'arguments, fatigué lui aussi, et décontenancé par les capacités intellectuelles du patron du club de lutte gréco-romaine, qu'il avait toujours jugées proches du néant, surpris enfin par le fait qu'il connaisse le mot *nuance*.

— Ce n'est pas grave tout ça, avait répondu Franck après avoir réfléchi une minute entière en se grattant tout ce qui était à portée d'ongle, voyez simplement le côté amusant des choses ; en fait c'est pas sorcier, votre problème, c'est que vous n'êtes pas assez détendu : prenez la vie comme elle vient, laissez-vous bercer sans vous encombrer de complications inutiles.

— Viole-les toi-même si ça te chante, avait conclu Rodrigue. En tout cas une chose est sûre, je n'ai plus envie de discuter, et surtout je n'ai plus envie de voir ta gueule en face de la mienne. Tu saisis ?

Franck était resté planté bêtement sur sa chaise sans répondre. Ses yeux éteints avaient parcouru lentement les murs de la cuisine sans voir les natures mortes en médaillon qui les décoraient. Après un temps de léthargie qui s'était révélé un temps de réflexion, il s'était soudain enthousiasmé :

— Alors on va se rabattre sur le Camille si vous voulez bien ! Ce salaud nous a bernés avec son prénom de femme, ça mérite bien une séance de torture.

Le soleil fait son apparition derrière les grands ensembles de la cité Valdegour. Franck, l'esprit engourdi, le front collé sur la vitre de la BMW, regarde le paysage qui s'offre à lui en accéléré. Il observe les quelques arbres qui sont encore présents, la plupart décorés de grands morceaux de plastique accrochés à leurs branches et qui flottent dans le vent du matin.

Les troncs sont comme des mâts de bateaux aux voiles tendues par les brises marines, se dit Franck en se remémorant son enfance, dont la seule aventure notable avait été ce voyage, avec sa mère, jusqu'à La Ciotat alors qu'il avait tout juste sept ans. L'ambiance si particulière du port l'avait fasciné ; les silhouettes des grues du chantier naval, les mouettes qui quadrillaient l'air à toute allure, les bateaux ventrus et colorés, la musique de leurs gréements qui carillonnaient en rythme sous le mistral, et puis ce parfum si caractéristique du mazout mélangé à l'eau de mer étaient restés gravés dans sa mémoire.

Des détritus légers accompagnés d'une myriade de sacs blancs siglés Carrefour virevoltent et accompagnent la berline quelques instants le long de la route, avant qu'elle pénètre dans la zone pavillonnaire Le Kennedy, tout juste sortie de terre. La BMW longe les maisons neuves d'inspiration provençale en béton rose.

Dans un geste d'agacement, Rodrigue coupe l'autoradio – les publicités matinales ont un effet abrasif sur son esprit – puis se tourne discrètement vers son complice, qu'il regarde avec un mélange de circonspection et de dégoût. Une femme nue gémit sur la banquette arrière.

— Ne vous inquiétez pas, dit Franck, avec la nouvelle dose de ce matin, elles sont cuites jusqu'à midi au moins.

— Il y a quand même un truc que je ne comprends pas, lui demande alors Rodrigue, pourquoi tu n'en as pas profité ? Toutes ces femmes, et tout ce bordel que tu as mis en chantier ? Tu dois pas baiser souvent, alors c'est quoi ton problème ? Tu veux rentrer dans les ordres ? Ne me dis pas que tu es pédéraste ?

— Vous êtes bien placé pour connaître la norme chez les grands trafiquants monsieur Rodrigue ; on ne consomme pas ! On ne touche jamais au produit. Moi c'est pareil mais à l'envers : je ne consomme que de la drogue, parce que c'est le comble de l'artificiel, et qu'il n'y a que dans l'artifice que je m'y retrouve, tout le reste me rebute : le sexe, c'est passionnant, mais uniquement sous la forme de revues pornographiques. Je préfère le papier à la chair ; il n'y a pas d'odeur, rien qui coule, tout est plus lisse, et franchement, pourquoi se priver du luxe de la distance ?

— Pauvre malade, répond Rodrigue en se frottant les yeux pour mieux distinguer la route, et tu me serines avec tes salades sur le *réel* et l'*authentique*… Le sexe tu ne consommes pas, peut-être, mais la torture par contre, ça t'excite !

— Avec votre concours. Vous étiez fatigué vers la fin, mais vous n'y avez pas été de main morte non plus avec ce pauvre type. La fausse noyade, c'est votre idée, remarquez, je n'ai rien contre. Le problème c'est que ce type-là, il n'avait rien à avouer. C'est quand même gênant. Même pas une excuse sur sa présence, pas un mot sur son prénom ambigu et sur le sale tour qu'il nous a joué avec. On aurait pu lui électrifier les testicules, je suis sûr que ça vous aurait plu, la prochaine fois je prendrai du matériel.

Rodrigue tourne encore son regard vers Franck et se demande si cet individu n'est pas pire qu'il ne l'est lui-même. En cherchant loin dans sa mémoire, il constate qu'il n'a jamais rencontré durant sa carrière une personne aussi atroce et qu'en un sens cela mérite une certaine forme d'estime ; si Franck en avait eu les moyens, ou si ses préoccupations étaient moins pathologiques – ou moins ésotériques suivant le point de vue –, il aurait pu devenir un criminel de belle envergure. Ou au moins un homme de main suffisamment effrayant par sa démence et son caractère retors pour faire pression sur les récalcitrants. Cependant l'indépendance d'esprit qu'il revendiquait rendait toute association impossible, et avec ses fioritures verbales constantes il était, selon Rodrigue, un *intellectuel*. Rien n'était plus dangereux et déconcertant pour lui que de fréquenter un intellectuel – capable de l'entraîner avec ses belles paroles vers des terrains qu'il s'était toujours refusé à explorer, par exemple la réflexion sur la portée de ses actes, l'analyse de son propre comportement et mille autres considérations qui risquaient de l'éloigner de sa puissance criminelle et peut-être même de sa virilité, trésor patiemment façonné, et dont il venait cette nuit d'entrevoir la fragilité.

La BMW pénètre dans l'enceinte de la décharge publique, déserte à cette heure. Sans lâcher son volant, Rodrigue scrute, en avançant au ralenti, les différents amas de déchets qui jonchent le relief accidenté de terre grise et brune. Il évite les nappes d'huile puis les flaques d'eau, et s'approche d'un monticule formé par un mélange de vieux tissus, de chaussures crevées et de vêtements déchirés, à la cime duquel Franck remarque une large bâche de plastique en mouvement, claquant sous la tramontane. L'image des bateaux de La Ciotat revient à sa mémoire, il revoit sa mère qui l'avait laissé à la terrasse d'un café proche des quais pour disparaître pendant un temps qui lui avait paru infini. Il avait eu tout le loisir de regarder les bateaux un par un, d'observer ces marins, torse nu et bonnet de laine, qui en nettoyaient les anfractuosités d'un jet d'eau généreux et précis. Il avait ensuite longé les pontons de bois gris, avait contemplé les filets mauves, bleus et jaunes, les bouées vermoulues d'algues séchées et le matériel rouillé repeint d'un blanc épais. Il avait suivi des yeux le parcours de poissons grêles dans l'eau trouble, puis il avait parlé avec un vieux caboteur qui restait là entre deux bateaux, assis sur son tabouret, et dont le visage était tellement ridé qu'il lui donnait l'air d'un monstre des mers, mais d'un monstre sympathique. Deux iris bleu pétrole brillaient au fond des plis qui lardaient ses joues. Il se faisait appeler Marcel Pagnol – pour plaisanter, disait-il, mais son prénom était bien Marcel –, et avait pris Franck sous son aile pendant une bonne heure, en lui débitant d'un ton docte de grandes considérations vagues et contradictoires sur l'état du monde et sur le déclin de la politique nationale, avec une acrimonie particulière à l'égard du ministre des Finances, accusé de tous les maux.

À la tombée du jour, l'air s'était rafraîchi et la mère

de Franck était enfin réapparue ; elle avait les joues rouges, l'air perdu et une odeur d'homme. Franck s'était jeté dans ses bras.

— Et alors, tu vas rester à te prélasser comme ça jusqu'à quand, pauvre con ? crie soudain Rodrigue à travers la vitre, tout en ouvrant la portière arrière pour extraire une des femmes nues chloroformées.

Franck sort précipitamment de la BMW puis en fait le tour, pendant que son complice jette sans précaution la première ambassadrice Tupperware sur un amas de déchets. Franck s'occupe de la deuxième victime, opération pour laquelle il doit fournir un effort conséquent au vu de la médiocre musculature de ses bras fins et anguleux, dont Rodrigue se demande s'ils ne vont pas céder sous le poids de la naïade plantureuse.

— Allez, dégage de là, lui dit-il comme s'il le prenait en pitié, je m'en charge ! Occupe-toi plutôt de leurs fringues et va ouvrir le coffre.

Avant de jeter les vêtements des participantes, Franck en inspecte rapidement et discrètement les poches, n'étant pas certain que cette soirée Tupperware lui soit financièrement bénéfique. Il récolte une cinquantaine de francs qu'il glisse dans la doublure de son faux Chanel en estimant que cela n'est pas si mal, après quoi il ouvre le coffre au fond duquel végètent les deux dernières victimes. Là, il marque un temps d'arrêt, avant que sa mine, déjà jaune, vire au livide. Rodrigue remarque la déconfiture complète qui se dessine sur son visage.

— Merde ! s'écrie Franck comme s'il se réveillait sur un échafaud.

Rodrigue s'approche rapidement, l'air inquiet, avant de jeter un coup d'œil dans le coffre. Franck crie alors d'une voix lamentable, comme s'il voulait se prémunir, en le formulant au plus vite, de ce que Rodrigue est en train de constater de visu :

— On a oublié le type dans la baraque !

— C'est pas vrai ? Tu plaisantes ?... Tu l'avais pas mis dans le coffre ?

— Mais vous m'aviez dit que vous vous en occupiez, bredouille Franck sans réussir à contenir le tremblement de ses lèvres.

— Pauvre type ! C'est pas possible, espèce de sale drogué ! tonne Rodrigue en lui décochant une droite baguée directement dans sa face décomposée.

Franck roule à terre en geignant, y reste quelques instants, sonné, puis se relève en tremblant.

— C'est ton problème maintenant, tu te débrouilles, hurle le patron du club de lutte gréco-romaine en saisissant par les aisselles la femme qui gisait seule dans le coffre, je veux plus rien savoir ! C'est toi qui organises, c'est toi qui assumes ! conclut-il en balançant le corps endormi à proximité des autres ambassadrices.

— J'ai pas de voiture, je vais quand même pas le

transporter sur l'épaule, implore Franck en se collant sur le nez le faux carré Hermès qui s'imprègne de sang, il ne va pas tarder à se réveiller, le temps que j'y aille à pied et on est tous dans la merde !

— C'est du chantage que tu me fais ? crie Rodrigue en tournant vers Franck son énorme torse, chevalière menaçante, c'est ça que tu oses me faire, hein, petit salaud ?

— Je sais que vous ne me tuerez pas, monsieur Rodrigue, je vous connais, s'écrie alors Franck d'un air bravache, comme s'il reprenait par ces mots un peu d'assurance.

— Espèce de… de pourriture ! fulmine Rodrigue, le visage rouge vif, ulcéré mais semblant tout à coup affaibli.

Il referme le coffre brutalement avant d'ouvrir la portière côté conducteur, puis il se retourne vers son acolyte, le considère avec un mépris marqué et lui dit, sur un ton plus conciliant :

— Allez, ramène ta sale gueule, on y va !

La BMW traverse le même paysage qu'à l'aller, en sens inverse et à une vitesse deux fois supérieure. Rodrigue étrangle son volant, alors que Franck s'agace de voir la fausse soie de son foulard entièrement sanglante. Il lui semble que son nez est cassé mais il évite de faire part de cette information à Rodrigue dont il sent la fureur s'exprimer par ondes puissantes et âcres. Après un quart d'heure de route pendant lequel Franck s'accroche à l'accoudoir de toutes les forces qui lui restent, la berline ralentit à l'approche du pavillon. Ils aperçoivent le portail qu'ils avaient pris soin de refermer. C'est alors qu'une camionnette de gendarmerie apparaît, provenant de la direction opposée, et s'y gare. Franck, déjà livide, passe un cran supérieur dans l'aspect cadavérique alors que Rodrigue, d'abord figé par la surprise, se ressaisit rapidement avec la célérité et le sang-froid des truands professionnels ; il braque le volant d'un coup sec pour stopper la BMW juste derrière un bosquet, coupe immédiatement le contact et se courbe sur son siège dans la posture d'un fauve en repérage. Ainsi caché, il peut observer le mouvement des gendarmes ; deux militaires, accompagnés d'un individu chauve, lunettes cerclées et costume gris neutre. Une fois descendus de leur véhicule, ces derniers tournent autour du pavillon, inspectent le portail, y sonnent, attendent, puis prennent des notes.

— Mais qu'est-ce qu'ils foutent là ces guignols ? C'est pas possible ! s'exclame Franck en se grattant anxieusement la nuque.

— Ferme-la ! lui intime Rodrigue.

Après quelques instants, sans tenter d'entrer à l'intérieur, les gendarmes et l'homme en gris remontent dans la camionnette et quittent les lieux, au grand soulagement de Rodrigue et de Franck, lequel reprend sa couleur jaune d'origine. Fébrile, il fouille dans les poches de son tailleur pour retrouver les clefs du pavillon mais Rodrigue est déjà devant la porte d'entrée, qu'il défonce en deux coups d'épaule nets et précis. En une seconde il monte à l'étage, l'escalier tremble, Franck suit en claudiquant, courbé comme un vieillard, et pénètre à son tour dans la chambre dans laquelle le dénommé Camille, qu'ils avaient pendu par les pieds pour lui faire passer l'envie de porter un prénom de femme, est à présent réveillé, épouvanté. Il regarde ses tortionnaires par l'espace que ses paupières gonflées laissent à ses yeux. Ceux-ci fixent un instant Rodrigue et, malgré sa position inversée, le visage de Camille s'éclaire alors, avec une expression d'étonnement mêlé d'espoir :

— Mais, je vous connais ! dit-il alors d'une voix faible, le patron du club de catch !

*

Le soleil est au zénith quand Rodrigue sort du bar-tabac. Il traverse la nationale au pas de course et s'installe au volant de la BMW en déchirant son paquet de Gauloises. Franck, avec son regard de chien de caniveau, enclenche l'allume-cigare. Rodrigue sent une nausée l'envahir, sans savoir si la cause en est la cigarette brune ou le visage de son complice, qui décidément lui apparaît de plus en plus repoussant : une gueule pleine d'os et des yeux verts, sales comme une piscine en hiver, quant à ses doigts, arachnéens, agités de mouvements fébriles, ils sont particulièrement répugnants. En les voyant Rodrigue se retient de vomir. Il ne supporte plus les discours incessants de celui qu'il suspecte d'être une tapette et qu'il considère surtout comme un sale intellectuel. Il s'agace également de son amateurisme, enrobé de belles paroles. Si les flics rôdent, ce n'est pas pour rien, se dit Rodrigue en lui lançant un regard haineux. En plus le problème c'est que ceux-là, je les connais pas, s'inquiète-t-il en pensant à l'officiel en costume gris ; je ne l'ai jamais croisé à la préfecture, du coup ça pue, et je m'y connais en odeur de flics. Il se tourne à nouveau vers Franck et, à sa vue, il sent comme un éclair lui traverser les épaules pour courir ensuite le long de ses bras, et finir en foudre au creux de ses mains. Pourtant, celles-ci deviennent molles et faibles sur le volant ; Rodrigue doit stopper sa berline. Franck s'alarme du regard étrange, impossible à interpréter, que son acolyte lui lance alors. Ce dernier, pâle et fatigué, est arrivé à un point de saturation au-delà duquel il ne peut plus avancer ; il ne tolère plus la présence de ce drogué méprisable qui galvaude l'aspect luxueux de sa BMW. Il s'imagine devoir passer les sièges au désinfectant, frotter soigneusement tous les éléments touchés par ce type atroce et indésirable, dont la vie n'est justifiée en aucune manière : pour quelle raison existe-t-il ? pense-t-il, et pour quelle raison devrait-il continuer à vivre ? Encore une personne à éliminer ; la trentième au moins qu'il aurait dû faire disparaître, par dégoût, par obligation professionnelle ou par conviction intime.

Mais impossible de tuer.

Jamais Rodrigue n'avait tué.

Ni humain ni animal, pas même une fourmi. L'idée de la mort l'épouvantait à tel point qu'il avait toujours pris soin de l'ignorer, de l'éviter, de la rendre invisible, inaudible, inexistante. La frôler oui, sans conteste, parcourir les abords du précipice, glisser sur le fil du rasoir, cela faisait partie de ses occupations favorites. En revanche, la mort en face, bien visible, les agonies, les derniers souffles, les regards vitreux, les balles dans le buffet, les soubresauts ante mortem, les ventres gonflés des vaches foudroyées ou des trafiquants qui lui faisaient de la concurrence, voilà un spectacle qu'il ne voulait pas voir. Considérant les obligations de son métier, il s'agissait d'un tour de force, mais il avait réussi jusqu'à aujourd'hui à contourner les obstacles grâce à toutes sortes de stratégies, de dérivations orchestrées et efficaces, d'excuses savamment mises au point. Une cascade d'hommes de main, qui n'étaient reliés entre eux qu'à un seul degré – comme une entreprise échappe à l'impôt par une myriade de sociétés-écrans – lui permettait de ne rien savoir des morts potentielles causées par son activité criminelle. Ainsi l'éloignement des exécutions dans le temps et dans l'espace lui permettait d'en évacuer intégralement la responsabilité. Mais il lui était impossible de commander l'assassinat d'une personne qu'il avait déjà croisée, ne serait-ce que quelques secondes, parce qu'alors la Faucheuse s'incarnait d'une manière bien réelle et le seul fait d'en imaginer la longue silhouette lugubre se saisissant de sa victime pour lui couper la tête, dans un geste aussi ample qu'inexorable, plongeait Rodrigue dans un état d'angoisse incontrôlable. Cependant, il était bien conscient de sa terrible impuissance – je suis un puceau du crime, se lamentait-il –, constamment présente à son esprit comme un monstre sans forme tapi au fond de son cerveau. Son incapacité au Meurtre (au meurtre avec une majuscule, il le considérait comme une valeur fondamentale) était son plus grand drame. Cette aberrante anomalie est également à l'origine de la situation inextricable dans laquelle il se trouve actuellement, qui l'oblige à supporter chaque jour les implications d'un secret intenable, lui rappelant inlassablement son immense faiblesse. Le mur érigé devant lui est dorénavant si élevé qu'il ne lui reste plus aucune possibilité de le contourner, la seule solution est de le détruire. Cette idée qu'il doit enfin passer ce cap honteux de la virginité meurtrière, à quarante-trois ans et des poussières, devient impérative et plus encore, vitale.

— Dégomme-le, Franck.

— Comment ça ?

— Tu m'as très bien compris, continue Rodrigue, le visage blême, dégomme-le avec une cordelette.

— Faites-le vous-même, monsieur Santana, moi, c'est pas mon rayon, vous le savez très bien !

— Tu as loué cette maison, si les flics remontent quelque part, c'est jusqu'à toi, dit Rodrigue en épongeant le mélange de sueur et de gomina qui coule de son front, fais ce que je te dis !

— C'est vous qu'il a reconnu, moi, je n'existe pas.

À la vue du visage de Rodrigue, déformé par la colère, Franck panique et se casse les ongles en tentant d'ouvrir la portière.

Le prénommé Camille, ficelé, un chiffon dans la bouche, remue dans le coffre.

Ce matin, dans le jardin, Célestin a trouvé des ressorts, une plaquette de métal qui brillait sous les herbes, et aussi une belle baguette de bois souple qui sera parfaite pour faire un essai de fémur artificiel. Depuis le lavomatique, Claude l'a surveillé du coin de l'œil, anxieux à l'idée que des gendarmes apparaissent pour emporter son fils. Perspective hautement improbable, selon Éva, qui n'avait pas manqué de souligner la veille qu'avec les années, Claude avait de plus en plus tendance à faire confiance à son imagination, ce qui risquait de le mener, à terme, au délire de persécution, ou toute autre forme de démence liée au grand âge. Il lui avait répondu par un regard de reproche appuyé, qu'elle n'avait même pas remarqué.

La boutique ressemble maintenant à l'atelier d'un bricoleur professionnel dont Claude occupe le centre, éclairé par une lumière zénithale, le dos calé dans son fauteuil par deux oreillers qui lui permettent d'exécuter sans trembler des travaux de précision. Bientôt naîtra dans ces lieux le squelette de substitution qu'il a en tête.

— Tu es très fort mon bébé, c'est exactement ce que je cherchais. Si tu peux me trouver une autre baguette du même genre pour la jambe numéro deux, ce serait parfait… On va déjà faire un essai avec celle-là.

Claude fixe une extrémité de la baguette à une ceinture de cuir renforcée, avant de raccrocher l'autre extrémité à un genou articulé fait de deux ronds de bois, précédemment reliés à la ceinture par un long ressort, qu'il s'agit maintenant de tendre. Célestin ne peut réprimer son ardeur ; il passe à toute allure d'un côté à l'autre de la pièce en frôlant Claude et en criant d'excitation, directement dans ses oreilles.

— Du calme enfin ! Comment veux-tu que je réussisse mon coup si tu fais autant de bruit ?

— Laisse-moi le faire avec toi ! supplie Célestin, s'il te plaît, laisse-moi essayer !…

Après une moue laissant filtrer un doute, Claude accepte, cédant à l'enthousiasme de son fils. Il prend sa main dans la sienne pour le guider, mais la baguette cède sous la pression en se brisant d'un bruit sec. Célestin, surpris et déçu, est au bord des larmes.

— Allez, c'est pas grave mon chéri, tu en trouveras

d'autres, des baguettes. Ça prouve que celle-là n'était pas assez solide.

L'argument de Claude ne console pas son fils qui continue de pleurer, les sanglots entraînant les suivants en redoublant d'intensité.

— Qu'est-ce qui ne va pas mon lapin ? Tu t'es fait mal ? demande Claude en caressant la joue de son fils avant que celui-ci ne recule. Allons, qu'est-ce qui se passe ?

Entre deux hoquets, Célestin essuie ses larmes d'un revers de manche, sans rien dire, puis il se renfrogne, enfin il renifle et se calme. Il lève les yeux vers son père avec une timidité inhabituelle :

— C'est mon grand chagrin, dit-il.

— Oui, je vois bien…

— Mon drame d'Amour.

— Ah, je comprends mieux, mon pauvre petit chéri, dit Claude en se retenant de sourire pour ne pas le vexer.

— Je ne sais pas où est Iris. C'est mon amoureuse, mais elle est partie avec Tony qui n'a pas encore l'air d'être mort, sauf quand je rêve.

— Je vois… Tu sais, c'est maintenant que la vie va devenir passionnante. C'est très bien d'être amoureux ; ça gonfle les voiles. Mais Iris est beaucoup trop grande pour toi.

— Oui, on est amoureux, dit Célestin à voix basse en rougissant, elle m'aime, je l'aime, et le monde entier pourra bien être contre nous ; rien ne pourra jamais éteindre ma passion pour elle.

Claude considère son fils avec surprise, avant de comprendre d'où émane la phrase saugrenue qu'il vient d'entendre ; tous les jeudis soir, Éva allume le poste de télévision pour suivre un feuilleton mélodramatique qui met en scène les amours d'un couple d'antiquaires nantais. Sans doute Célestin en a-t-il retenu quelques dialogues depuis sa chambre, à travers les petits espaces ajourés qu'offre le plancher.

— Je l'aime, conclut Célestin.

— En voilà une affaire, je ne sais pas trop comment on peut régler ça... On invitera Iris à venir goûter à la maison si tu veux.

— Sans Tony !

— Bien sûr, sans Tony.

— Tu lui colleras une balle, un jour ?

— Enfin Célestin, on ne colle pas des balles comme ça, pour un oui ou pour un non !

— Bien sûr que si !

— Enfin, tu es trop jeune pour coller des balles ! Et pour écouter des sornettes à la télévision !

— Et toi tu es trop vieux. Tu aimes encore maman à ton âge ?

Claude reste sans voix. Il ne s'attendait pas à cette question qui le plonge dans un océan rempli de vagues et de courants contradictoires. Il ne s'imagine pas répondre à son fils, la question étant bien trop complexe, impossible à résumer en termes précis. Cependant, Célestin attend une réponse, il tend le cou, ses yeux grands ouverts expriment une inquiétude mêlée d'espoir, et cette posture implorante est comme un ultimatum, une mise à nu soudaine ; Claude se retrouve ainsi devant son fils comme devant le juge qui, il y a plus de quarante ans, l'avait fait incarcérer si promptement qu'il n'avait même pas eu le temps d'apprendre qu'il était en droit de préparer sa défense.

— Alors ? Tu aimes encore maman ?

— Bien sûr voyons ! élude Claude en soulevant légèrement sa perruque pour y faire passer de l'air.

Célestin l'observe, désappointé, puis se tourne sans dire un mot vers la machine à laver qui trône près de la vitrine pour sortir le matériel qui y était rangé. Une pince, des écrous, une petite tige de fer torsadée.

Claude contemple son fils, il le trouve fragile et sublime. Ses bras sont fins, ses jambes aussi, minces et blanches sous son short, avec leurs croûtes aux genoux et leurs petits poils dorés. Son visage est d'un rose assez pâle qui se précise en rouge plus franc au niveau des joues. Celles-ci, comme la base de son nez, sont piquetées de taches de rousseur. Ses pieds sont un peu trop grands, comme les pattes d'un chiot. Claude le trouve beau, avec ses cheveux blonds en épis réfractaires. Il n'a rien de commun avec lui, il est tellement plus gracieux qu'il ne l'était lui-même à cet âge. Célestin respire la force vive de l'enfance, il est radieux et magnifique. Il a tout juste sept ans.

Célestin se tourne vers son père et lui sourit, avant de revenir à son bricolage. C'est alors que Claude comprend enfin.

Il comprend le sens de ce qu'Éva lui a avoué mystérieusement la veille à mots couverts, sur ces « forces bien plus importantes que de simples gendarmes qui l'avaient déjà punie, puis lui avaient ensuite rendu justice ». Pour elle, Célestin est infiniment précieux, plus encore qu'il ne l'avait envisagé, il est comme un trésor venu du plus profond de leur histoire, comme l'incarnation inespérée d'une injustice enfin reconnue et réparée. Claude est bouleversé par l'évidence de cet événement qu'il aura mis tant d'années à découvrir : Célestin est le frère, ou plutôt le jumeau décalé dans le temps, de celui ou de celle qui n'avait pas vu le jour, qui avait cessé sa vie avant même de la commencer, qui s'était évanoui dans cet espace d'eau et de brume qui séparait leur vie d'avant de leur vie nouvelle. Une promesse de bonheur disparue quelque part dans l'Atlantique au cours de l'été 1934. Sur le paquebot qui cinglait vers l'Europe, Bonnie avait été si malade que Claude s'en souvient avec effroi ; les images sont plus précises encore aujourd'hui. Il avait toujours pensé que sa femme s'était sentie mal à cause de cette maudite tempête… pourquoi un tel grain alors que jusque-là tout allait bien ? Le plan de Bonnie s'était déroulé à merveille, ils avaient pu embarquer sous un faux nom, l'Amérique entière les croyait morts. La perspective était ouverte à l'infini depuis le pont de l'*Île-de-France* ; ils pouvaient voir les flots d'écume se briser à grande vitesse sur l'étrave du navire et ainsi sentir, mètre par mètre, la distance qui progressait entre la vie qu'ils venaient d'achever et leur destin nouveau. Mais Bonnie était devenue blanche, ses lèvres avaient viré au mauve comme si elle était en train de mourir de froid. Clyde s'était inquiété puis s'était apaisé, il avait rassuré son épouse en lui rappelant qu'ils mettaient le pied en mer pour la première fois de leur existence et que leurs corps n'avaient pas l'habitude, c'était une réaction normale. L'aventure pour eux s'était toujours déroulée à bord de voitures ; ils passaient l'année à rouler en Ford ou en Lincoln, tanguant dans les virages, virant sur les pistes défoncées, de sorte que leurs cœurs avaient intégré les fluctuations du terrain et restaient bien accrochés dans leurs poitrines. Mais l'océan, c'était autre chose ; un mouvement terrible, venu du plus profond des abysses, une valse atroce, incessante, éternelle : les tempes sifflent, la tête se remplit d'eau, l'estomac se retourne, se distord et devient flasque, boueux. Bonnie avait vomi, puis vomi encore, discrètement, dans les toilettes du grand salon. Clyde aussi d'ailleurs, de manière soudaine, dans son chapeau, parce qu'il se trouvait au bar devant une rangée de cocktails et que son couvre-chef, qu'il avait sur les genoux, avait été l'issue la plus directe. Ensuite, après avoir balancé le chapeau et son contenu par-dessus bord dans les vents furieux, en prenant garde d'en éviter le retour, il s'était inquiété du temps si long que Bonnie passait dans les toilettes ; il avait frappé à la porte à plusieurs reprises. Après un moment sa femme lui avait répondu d'une voix épuisée mais ferme que ça allait mieux, qu'il n'avait pas à s'inquiéter. Alors il était retourné à ses cocktails puis il s'était saoulé, sérieusement saoulé : il y avait investi une partie des économies du voyage. Pour fêter ce grand départ, mais également pour juguler l'angoisse que lui inspirait cette immense étendue d'eau noire et rugissante qui claquait sous ses pieds, pour éloigner l'idée inconfortable de débarquer dans un pays dont il ne savait rien. Il s'était saoulé pour calmer son inquiétude à propos de la douane, de la possibilité que soit découvert le double fond de leur valise et le petit lingot de deux cent cinquante grammes qui y était caché avec deux pistolets. Il s'était saoulé enfin jusqu'à ne plus rien comprendre et, inévitablement, les deux jours suivants avaient été aussi vagues que flous. Clyde s'était traîné comme un spectre perdu sur un navire fantôme, malade d'alcool et de roulis. Il avait cheminé en titubant jusqu'aux cuisines où il avait volé des tomates et du poulet pour ravitailler son épouse, puis avec application, en gentleman, il avait subtilisé une élégante serviette brodée aux armes de la compagnie Transatlantique afin de présenter son butin avec la distinction que sa destinataire méritait. Il était entré fièrement dans la cabine (qu'ils avaient frauduleusement investie) où Bonnie était couchée, affalée sur le lit-banquette ; ses draps étaient défaits et humides, elle était pâle, très faible, et infiniment triste.

Triste surtout. La faiblesse, c'est passager, la pâleur également ; un peu de crème cosmétique suffit à y remédier. J'étais triste, ça oui, se dit Éva en lâchant le magazine censé l'aider à trouver le sommeil. Elle coupe la petite lampe dénichée aux chiffonniers d'Emmaüs qui clignote trois fois avant de s'éteindre, comme au théâtre, puis elle ferme les yeux en tentant de chasser ses images qui reviennent, et qui reviennent aussi sûrement qu'elle s'applique à les éloigner. Les mots tournent dans sa tête autant que défilent les images. Elle pense – depuis quelques années elle pense en français, intégralement, il n'y a pas si longtemps les langues se mélangeaient, un mot anglais par-ci, un adjectif en français par-là, quelquefois même une expression typiquement languedocienne, puis une grossièreté des faubourgs de Dallas que personne dans les Cévennes n'aurait pu saisir. Clyde n'a jamais rien voulu savoir de la paternité, se dit Éva en regardant le plafond, il m'avait toujours affirmé que jamais, au grand jamais, il n'aurait d'enfants. Mais les hommes sont ce qu'ils sont, ils distribuent leurs gamètes sans même s'en rendre compte, surtout quand ils sont imbibés d'alcool – ce qui était la norme à l'époque et l'est toujours plus ou moins aujourd'hui. D'ailleurs c'est sans doute pour cette raison que l'Amérique est à ce point peuplée de dangereux tarés, bourrés au whisky dès leur conception, saouls avant même de naître, absous et confortés dans leur éthylisme filial par les Églises de toutes sortes. Nous avions échappé à ce programme : Clyde cette fois-ci était sobre, je m'en souviens parfaitement, il était sobre et heureux, juste un peu imprudent, emporté par l'émotion, nous étions amoureux, radieux, surtout lui avec son expression béate, béate c'est le cas de le dire, il avait lâché la bride sans vraiment se soucier des conséquences. Nous vivions au jour le jour, plutôt même d'heure en heure, d'une rapine à l'autre, d'un braquage au suivant, et entre les deux, nous faisions l'amour à l'arrière de la Ford. Et puis il renfilait son pantalon en vitesse et passait à autre chose sans penser à rien. De toute façon, les hommes estiment que ce genre de tracas ne les concerne pas, que ce n'est pas leur partie, que ce sont des problèmes de bonnes femmes. Alors je ne lui ai rien dit. Il n'a rien su, et s'il l'avait su, il m'aurait emmenée de force chez une faiseuse d'anges. Et ce sur les conseils de cette pauvre cloche de Blanche, la belle-sœur la plus pénible sur laquelle on puisse tomber. Elle avait dans son carnet d'adresses tout ce que l'Amérique comptait d'avorteurs ; de l'Alabama au Texas, elle subissait l'opération au moins une fois par an et dans différents États suivant nos pérégrinations, avec la bénédiction du dégénéré qui lui tenait lieu de mari – couple désolant, seigneur, qui a gâché notre quotidien. Je regrette encore que Clyde n'ait pas accepté qu'ils jouent notre rôle pour se faire descendre à notre place, la terre aurait été débarrassée d'une paire de sacrés abrutis. Mais c'était son frère, pas de compromis possible, et même si c'était un incapable qui nous mettait dans des situations dangereuses, il lui gardait toute son estime – pour moi ça reste un mystère. En tout cas, autre mystère, dans le secret de mon intimité, je savais que la petite chose était là, à l'intérieur de mon ventre bien à l'abri, et qu'elle grandissait doucement, tranquillement, je dirais presque *sereinement*, malgré nos batailles et nos expéditions hasardeuses. J'avais l'impression de tout faire en étant clandestinement accompagnée, comme si j'avais un petit confident qui n'avait d'oreille que pour moi. En tout cas, il était temps d'arrêter tout ce cirque ; d'en finir avec les braquages et les extorsions. Il fallait partir. La naissance aurait lieu sur un autre continent, loin de ce qui était devenu un cauchemar, un tas de cadavres, une fuite en avant vers la mort. J'avais en moi notre salut.

Mais il nous a quittés un soir de juin alors que je le croyais enfin hors de danger. Il nous a quittés alors que la lumière éclairait encore la mer, si tard dans la soirée. Mon corps n'était pas assez solide pour supporter toutes ces violences et tous ces événements. Et puis il y a eu cette tempête qui a fini de me secouer jusqu'à le faire fuir, pourtant je suis certaine que c'était un dur à cuire, je ne comprends toujours pas comment il a pu s'envoler comme ça, après tous ces efforts pour rester présent, comment il a pu, d'un instant à l'autre, s'évanouir dans la nature pour hanter l'air épais au-dessus de l'Atlantique, pour se mélanger aux bourrasques nocturnes et aux embruns glacés.

Elle a dû souffrir, pauvre Bonnie, se dit Claude en tractant péniblement son fauteuil jusqu'à sa chambre après avoir embrassé Célestin qui filait au lit, comment a-t-elle pu me cacher cet épisode ? Et comment a-t-elle pu retrouver une telle force quelques jours plus tard, alors que le soleil faisait étinceler le bois du pont de l'*Île-de-France*, alors que nous nous réchauffions sur les transats en regardant les nuages qui bourgeonnaient en profils d'animaux fantastiques, comment pouvait-elle être de nouveau aussi joyeuse ? Elle devait masquer sa peine par un enthousiasme exagéré, c'est sans doute ça l'explication. Elle était pleine d'entrain, pleine de projets, elle savait déjà des mots en français, *Bonjour comment allez-vous ? Comme ci comme ça !* Je la revois encore agitant et tournant ses mains comme une enfant en répétant gaiement *Comme ci comme ça*. Pourquoi ne m'avait-elle rien dit ? Elle avait sans doute eu raison de garder sa langue, elle avait bien senti qu'il ne fallait pas me faire confiance sur ce point épineux : il n'était pas question pour moi d'emporter de la marmaille, c'était un principe ; la vie aurait été encore plus dure, qu'est-ce qu'on aurait fait de ce pauvre gosse ? On n'était pas mûrs pour ça, à vingt-cinq ans on ne passe pas sa vie dans les couches-culottes, encore moins quand on tient à son statut de gangster et que l'on doit reconstruire sa carrière de zéro. Il aurait fallu travailler pour le nourrir, éviter les braquages, éviter de risquer la prison. Que d'inquiétude, que de contraintes, nous y aurions définitivement perdu notre liberté, j'en mets ma main au feu… Et s'il était né ce pauvre petit, il aurait peut-être dû mendier dès l'âge de trois ans, qui sait ? Finalement, c'est mieux ainsi. Il a disparu avant de débarquer en Europe, cinq ans après il y avait la guerre, au moins il y aura échappé ! C'est déjà une consolation. Grandir sous la menace continuelle des bombes, qui le souhaiterait pour ses enfants ? Grandir à moitié parce que la nourriture est rationnée, quel intérêt ? Pour finir rachitique ou avec une jambe folle à quinze ans ? Cette petite chose a dû sentir que sa future vie sentait le roussi, que c'était une cause perdue d'avance. Mais

Bonnie aurait dû me dire qu'il avait un peu existé, ça l'aurait soulagée. Ça lui aurait évité de gamberger. Pourquoi le faire quarante ans plus tard ? Quoi qu'il en soit, c'est une vieille histoire, presque un demi-siècle, ça n'a plus vraiment d'importance. Ce qui est important maintenant pour nous, c'est Célestin, et ce qui est important pour Célestin, c'est nous.

Les branches mouvantes d'un frêne au-dessus d'un visage ; celui de Rodrigue, empli de haine et de désarroi : c'était la dernière chose que Franck avait vue, quelques minutes plus tôt, au moment où le coffre de la BMW s'était refermé sur lui dans un bruit mat. La tramontane s'était renforcée au cours de la journée, les sifflements étaient allés crescendo jusqu'en fin d'après-midi ; accroché aux branches de l'arbre, un large pan de plastique sale claquait en se tordant comme un être vivant. Plutôt que de penser à son avenir incertain, Franck s'interrogeait sur ces nombreuses voiles de polychlorure de vinyle accrochées partout et qui donnaient à la campagne ce petit air maritime, comme une carte postale balnéaire avec ses rangées de bateaux amarrés dans un port de plaisance. La crue du Vistre bien sûr ! Et tout ce qu'elle a charrié avant de redescendre, s'était alors dit Franck avec satisfaction avant de sentir dans l'obscurité le corps de Camille, qui refusait de se tenir tranquille et remuait comme un damné en gémissant à travers le chiffon obstruant sa bouche. Voilà quelqu'un de pénible et que la torture n'aura pas calmé, avait alors pensé Franck.

L'obscurité à l'intérieur du coffre était complète, pas même un filet de lumière. Franck ne parvenait plus à respirer, il se voyait comme le Christ dans son linceul, puis le linceul se muait en drap, celui qui séchait dans le jardin, les images de son enfance étaient apparues baignées de lumière et l'avaient aidé à retrouver un peu de souffle : il se revoyait à neuf ans, à cette époque où il avait dû s'installer définitivement chez sa grand-mère, après que sa mère avait décidé de refaire sa vie à La Ciotat – son père, quant à lui, était parti du domicile familial depuis longtemps. Les traits du visage de sa grand-mère se formaient au-dessus de Franck. C'est avec cette femme merveilleuse qu'il avait découvert les vertus de la drogue ; ancienne vétérinaire reconvertie en pharmacienne, elle était en contact étroit avec les commerciaux de plusieurs entreprises de l'industrie pharmaceutique, ainsi le jeune homme avait profité de tous les essais cliniques illégaux que ces sociétés avaient l'habitude de pratiquer. C'est dans ces conditions qu'il avait pu expérimenter tout le spectre chimique dont un drogué de haut vol pouvait rêver. Son enveloppe corporelle s'était rapidement transformée, *dégradée* auraient pu dire certains médecins, *élevée*, pensait Franck pour sa part en constatant le changement dans son miroir. Ce qui était certain, c'est que depuis cette époque et jusqu'à aujourd'hui, il se sentait merveilleusement bien, en pleine forme – bien qu'un peu nerveux de temps à autre –, il percevait son organisme comme un magnifique réseau de chairs parfaitement fonctionnelles, séchées de leurs toxines, nettoyées de leurs impuretés, il ne restait aucune bactérie, aucun virus, comme si tout avait été passé à la Javel. Il se sentait brillant, rapide, efficace. Ses jambes, ses bras étaient animés d'une force fébrile, d'une hardiesse explosive, comme s'ils étaient directement branchés sur le site nucléaire du Tricastin, au nord de Nîmes. L'apport quotidien de diverses substances, pour certaines originales (qu'il créait lui-même en y ajoutant des produits ménagers trouvés en grande surface), le poussait vers « l'avenir et la modernité », comme il aimait à le dire à sa grand-mère. Il se sentait indestructible, comme une incarnation vivante concentrant toutes les innovations médicales, toutes les audaces scientifiques qui concouraient à améliorer le sort de l'humanité. Et même s'il crachait du sang de temps à autre, ou qu'il lui arrivait de considérer ses selles avec circonspection au vu de leur couleur verte, ou noire, tout comme des olives, il frôlait quotidiennement et avec ivresse ce sentiment rare de l'*immortalité*.

*

— Mon père, je dois tuer. Je dois me résoudre à tuer… Aidez-moi, je vous en supplie.

Rodrigue, ne distinguant pas le visage du père Damien à travers le grillage du confessionnal, et sans réponse de sa part après quelques longues secondes, s'inquiète de la réalité de sa présence. Il sort alors brutalement de sa loge pour ouvrir la porte de bois contiguë, derrière laquelle il découvre le prêtre, recroquevillé dans l'obscurité.

— Alors quoi, mon père, vous ne répondez pas ?

— Vous êtes bien pressé mon fils, dit le père Damien d'une voix inquiète, c'est que votre demande n'est pas courante… Évidemment non, vous ne devez pas tuer, vous connaissez les Dix Commandements aussi bien que moi, alors…

— Pas du tout ! Je ne connais pas les commandements ! Et ceux que je connais, vous savez bien que je fais tout mon possible pour cracher dessus !

— Je vous en prie, évitez de crier. Vous êtes dans la maison de Dieu et vous voyez à quel point elle résonne. Rejoignez votre place, s'il vous plaît.

Rodrigue retourne de mauvaise grâce à l'intérieur du confessionnal, dont les proportions ne sont pas adaptées aux siennes et l'oppressent.

— Le sixième commandement, reprend le père

Damien d'une voix mal assurée, est un des principaux à mes yeux : *Tu ne tueras point*, c'est le premier à respecter, et si vous l'avez respecté jusqu'à présent, c'est un miracle ! Soyez heureux, mon fils, et continuez dans cette voie. Ce n'est pas votre volonté, mais celle de notre Sauveur, qui vous permet de réprimer vos pulsions. En quelque sorte, vous avez été désigné.

— Vous ne comprenez pas, bon sang ! s'insurge Rodrigue tout en se grattant nerveusement sous les pans de sa chemise, je viens ici pour que vous m'aidiez, vous comprenez ? C'est votre rôle, non ? Je suis comme la Vierge, je suis vierge : un puceau du crime ! La honte ! J'ai honte… Si vous saviez, toute la cargaison que j'ai sur les bras… Je n'en peux plus mon père… Aidez-moi à tuer !

— Sachez mon enfant, que le sang d'Abel criait Dieu !

— Hein ? Je ne connais pas d'Abdel !

— Abel, pas Abdel, rectifie doctement le père Damien, Abel et Caïn !… N'oubliez pas que *le sang de ceux qui ont été tués crie vengeance à Dieu*. Dieu a dit : *Qu'as-tu fait ? La voix du sang de ton frère crie la terre jusqu'à moi.*

— C'est une menace ?

— Comment ?

— Vous me menacez, c'est ça ? s'emporte Rodrigue en levant sa main devant la grille du confessionnal pour montrer au prêtre sa chevalière en forme de puma.

Le père Damien se rétracte, apeuré, au fond de son banc. Son visage disparaît dans l'ombre. Après un instant, Rodrigue se reprend, piteux, bafouillant :

— Excusez-moi mon père, excusez-moi je suis confus, vraiment... Vous me connaissez ; je suis sanguin ! Oubliez ce que je vous ai dit, pardonnez-moi...

Le visage du prêtre revient progressivement à la lumière, derrière la grille de bois. Ses yeux d'un bleu azur se lèvent sur Rodrigue qui en remarque encore une fois l'éclat éblouissant, la saisissante beauté. Il doit alors réprimer une envie impérieuse de gifler l'homme d'Église, par chance la grille du confessionnal est assez solide pour prévenir un tel geste.

— Gardez un œil sur votre rédemption, dit le père Damien en guise d'absolution, vous avez encore beaucoup de chemin à parcourir ; ne revenez pas en arrière. Je vous accompagnerai sur cette route difficile.

Quelques secondes plus tard, Rodrigue court sur les pavés de la petite rue, il se tord une cheville, jure et repart, fulminant, vers la BMW qu'il a garée en contrebas de l'église. Il en ouvre le coffre et se penche vers Franck pour l'étrangler. Surpris par la lumière soudaine, celui-ci se tord comme une anguille dans ses liens pendant que son bourreau lui serre le cou, qu'il a maigre. Un son étrange sort de sa bouche lorsqu'elle s'ouvre pour appeler l'air, et Rodrigue peut alors constater l'état déplorable de la dentition de son ancien complice. Il remarque aussi sa luette qui se tortille au fond de sa gorge comme une minuscule verge et il la trouve scandaleusement obscène. Rodrigue ferme les yeux, redouble la pression de ses mains puissantes, l'anneau de la chevalière blesse la peau parcheminée de Franck. Cependant, après quelques instants de compression, hagard, incapable d'aller plus loin, il desserre d'un geste son étreinte : le larynx du drogué retrouve sa forme initiale en émettant un bruit de caoutchouc, suivi d'une toux crépitant comme de la grêle. Rodrigue, les larmes aux yeux, considère alors les deux corps ficelés – Franck et Camille – avec écœurement.

Il se redresse, désemparé, puis ferme rageusement le coffre sur ces deux nouveaux cas insolubles dont il se dit, avec un grand découragement, qu'ils vont devoir rejoindre sa collection.

Tony gare sa moto sur le bitume brûlant du parking de l'hôpital Gaston-Doumergue. Iris l'attend depuis quelques heures, à l'ombre d'un platane. Elle est vêtue d'un jean et d'un tee-shirt léger qui soulignent la finesse de sa silhouette et provoquent, chez Tony, un élan de désir. Il s'approche pour l'embrasser mais ne peut réprimer un mouvement de recul au moment où il découvre son visage, jusqu'alors à contrejour : des points de ficelle noire barrent la peau de la jeune femme entre son nez et ses lèvres, et l'œil droit est à peine visible sous sa paupière gonflée. Iris ignore l'expression de répulsion qu'elle lit sur le visage de son fiancé. Mal à l'aise, il lui prend la main pour éviter de l'embrasser.

— Tu es resplendissante, dit-il d'une voix gênée, je n'ai pas pu venir te chercher hier matin, j'avais plein de trucs à régler, tu sais ce que c'est…

Elle s'installe à l'arrière de la moto et le serre dans

ses bras. Elle le sent raide, froid sous l'étreinte. Il accélère. La lumière est vive en cette fin d'été. Iris a mal au visage sous son casque. Ils montent la colline de Serre-Paradis pour rejoindre l'appartement que Rodrigue prête à son neveu, un trois-pièces richement équipé d'un mobilier clinquant. Iris se laisse tomber sur un fauteuil, elle a soif, pas vraiment faim. Elle époussette les miettes de pizza qui traînent sur l'accoudoir. Tony l'observe, contrarié, puis il finit par dire, pour rompre le silence :

— J'y suis retourné figure-toi, dans ce bar à la con, et je leur ai fait peur, tu peux me croire ; je leur ai pété la gueule à tous ces poivrots, un par un ! J'avais un flingue, et un vrai cette fois !

— Tu as bien fait… Mais j'aurais bien aimé que tu viennes me chercher.

Tony regarde par la fenêtre.

— Tu m'aimes toujours ? lui demande Iris d'une voix faible.

— Bien sûr, répond le jeune homme en feignant d'être accaparé par toutes sortes d'urgences.

— Et si on allait au restaurant, en amoureux, pour fêter nos retrouvailles ? propose Iris avec de la lumière dans les yeux, je suis si contente que tu sois avec moi.

Tony se détourne. Il voit le profil de sa fiancée dans le reflet de la porte vitrée et se dit qu'avec ces coutures sur la figure elle ressemble à un poisson.

— J'ai mal au ventre, dit-il, les pizzas surgelées sans doute. Le restaurant, ce sera pour une autre fois.

Iris lui prend la main. Elle le regarde avec amour, embrasse sa paume.

— Tu m'as manqué, dit-elle.

Tony sent sur ses doigts les petits fils noirs raides qui affleurent au-dessus des lèvres d'Iris, du coup il éloigne sa main de ses baisers.

— Va faire des courses, lui dit-il en cherchant en vain une bière dans le frigo vide.

*

La fabrication des jambes artificielles est au point mort, faute de matériel adéquat. Les éléments récupérés par Célestin sont utiles, mais l'ensemble doit être articulé autour de pièces mécaniques plus spécifiques. Pour cette raison Éva a accepté, exceptionnellement, de se rendre en famille jusqu'au Mammouth, dont le rayon bricolage offre un choix considérable.

Le voyage se déroule avec la Renault 4 à une vitesse modeste. Claude n'ayant pas quitté le mas depuis longtemps, cette sortie lui fait l'effet d'une véritable aventure. Il respire de tout son être à travers la fenêtre, en projetant son visage dans la perspective de la route, une main fermement plaquée sur sa perruque brune pour éviter que celle-ci ne prenne le large. Il soupire d'aise, tout en s'agaçant de l'étroitesse des fenêtres, conçues en guillotine horizontale et en cela, impropres à la pratique d'une activité criminelle : il serait en effet dangereux de sortir les bras pour tenter un mitraillage.

Une fois arrivés sur le gigantesque parking, une fois le fauteuil sorti du coffre et déplié, Célestin, ravi, les yeux écarquillés, pousse son père en faisant grincer les roues le long des rayonnages emplis de marchandises de toutes sortes et de toutes les couleurs, brillantes, neuves, magiques. Le contraste avec les vieux objets qui meublent leur domicile saute aux yeux d'Éva, qui se sent écrasée par la honte : elle aimerait pouvoir offrir des jouets neufs à son fils mais elle n'imaginait pas qu'il puisse en exister tant. Ce dernier d'ailleurs ne manque pas de lui en montrer des dizaines : des dinosaures en plastique, des déguisements de cow-boy, des pistolets argentés, des capes de magicien, des pétards dynamites, puis vient le rayon des confiseries qu'Éva tente en vain d'éviter : des pépites de chocolat, des bonbons en forme de crocodile et des Carambar. L'enfant est hypnotisé par cette myriade féerique, ces paquets étincelants aux personnages joyeux. Il ne sait plus où donner des yeux. Claude non plus d'ailleurs, les siens s'étant arrondis dès l'entrée, et brillent avec une telle intensité devant cette cascade de produits chatoyants qu'Éva se demande si son mari n'est pas en train de pleurer.

— Nous n'avons que cent vingt francs, lui dit-elle en montrant son porte-monnaie, il faut choisir entre le matériel pour tes jambes, ou le reste. De toute façon c'est mon argent, l'argent des cours, l'argent de la prostitution comme tu le dis si bien. Apparemment il ne te brûle plus les doigts.

Claude préfère ne pas répondre. Il se penche pour saisir une boîte de cinquante vis usinées couleur bronze, la tourne dans tous les sens pour voir le prix puis la rejette dans le présentoir avec dédain.

— Allons, je me débrouillerai avec des vis d'occasion. Du coup on va s'acheter des Mars et le costume de cow-boy, dit-il en faisant un clin d'œil à Célestin qui pousse alors un cri de bonheur, qu'en penses-tu, ma chérie ?

— Ça fait un moment que tu ne m'as pas appelée ma chérie, lui répond Éva avec méfiance, je te dis que le budget est limité à cent vingt francs, alors n'essaye pas de faire le joli cœur, c'est inutile.

— Maman, regarde ! C'est Iris ! crie soudainement Célestin avant de s'élancer vers une jeune femme qui marche en direction du rayon des alcools et spiritueux.

Elle est de dos, n'est pas habillée d'une robe fleurie comme l'était Iris, mais Célestin reconnaît ses cheveux roux.

— Iris ! crie-t-il en l'approchant.

Elle se retourne : c'est bien Iris, mais elle n'a plus tout à fait le même visage.

— Ah ! s'exclame le garçon en découvrant la figure recousue de son amoureuse.

— Célestin, ça alors ! Tu es avec tes parents ? se réjouit la jeune femme en fouillant du regard la perspective de la grande surface.

Elle fait un petit coucou de la main quand elle aperçoit Claude un peu plus loin, qui lui répond par un grand sourire en levant haut le bras, pendant qu'Éva se tourne vers le rayon des salaisons en faisant semblant de ne pas reconnaître son élève.

— Qui est-ce qui t'a cassé la gueule comme ça ? lui demande innocemment Célestin en lui touchant le bras.

Iris fond en larmes.

Éva dévisage la jeune femme depuis le rétroviseur de la Renault 4 avec un vague sentiment de culpabilité. Elle évite de lui poser des questions sur cette méchante blessure et constate qu'Iris est assez diplomate pour ne pas lui rappeler qu'elle en est à l'origine. Éva avait imaginé une issue pénible pour la « Première expérience de hold-up en situation réelle » qu'elle avait proposée au jeune couple, une garde à vue par exemple, utile en termes pédagogiques, en revanche, elle n'avait pas prévu de dommages corporels de cette nature. Éva s'inquiète du sort de Tony en espérant qu'il n'a pas été trop abîmé au cours de l'exercice, auquel cas les bonnes relations entretenues avec Santana risqueraient de s'en trouver altérées.

— Et Tony, il est où Tony ? demande Éva.

— Je ne sais pas s'il m'aime encore, j'ai peur que… Ces bières, dit timidement Iris en serrant contre elle le pack de douze Meteor Pils, c'est pour lui, c'est sa marque préférée. J'espère que ça lui fera plaisir.

— Il est quand même culotté ton fiancé, de te laisser aller à pied toute seule comme ça jusqu'au Mammouth, s'agace Éva, avec ta blessure, ta tête toute gonflée…

Iris regarde ses pieds. Célestin, assis à ses côtés sur la banquette arrière, lui caresse maladroitement la main comme s'il consolait un chiot, avant de dire sur un ton solennel :

— Tony, on va lui mettre une balle dans le buffet avec papa, hein papa ?

Claude sursaute sur son siège à l'avant, puis se retourne vers Iris avec un sourire gêné. Elle remarque qu'il porte sa fine moustache de travers et qu'il a plusieurs dents en métal comme les Gitans du quartier de la Placette.

— Bien sûr que non, on ne va pas lui mettre une balle, allons Célestin, tu es assez grand maintenant pour arrêter de dire des âneries !

Célestin se renfrogne et esquisse un bras d'honneur dès que Claude se retourne. Iris sourit. Une pluie soudaine vient tambouriner sur le pare-brise et

Éva, tout en maintenant le volant d'une main, sort son bras à travers l'espace réduit de la fenêtre pour tenter de réveiller l'essuie-glace.

— Merde ! dit Claude ironiquement, si on vit dans le Sud, c'est pour avoir du soleil ! Quelle poisse !

— Si on ne passait pas toutes nos économies dans tes bricolages de jambes, lui assène Éva, on pourrait se payer des essuie-glaces.

— La prochaine fois que tu voleras une voiture, ma chérie, tu vérifieras ses équipements ; rétroviseurs, essuie-glaces et vitres électriques ! fait alors Claude en se retournant pour faire un clin d'œil à Iris.

Celle-ci baisse à nouveau le regard vers ses genoux, intimidée par cette légende vivante qui, curieusement, lui rappelle plutôt tous ces pauvres types qui peuplent les cafés de Nîmes et tentent désespérément d'être drôles. Il est en tout cas très éloigné du héros hollywoodien qu'elle s'était imaginé, et c'est sans doute ce contraste qui le lui rend sympathique. Elle s'aperçoit que Célestin a gardé sa main dans la sienne ; il ne dit plus rien, ses yeux sont mi-clos, il est calme et semble heureux. Le costume de cow-boy est sorti de son esprit, et Claude s'en félicite parce qu'il est trop fatigué pour envisager de retourner dans les rayonnages du Mammouth.

Dans son appartement, persiennes baissées, Tony a ouvert en grand la porte de son dressing dans lequel se trouve un miroir en pied. Entièrement nu, il admire les courbes de son propre corps en faisant courir la pointe de son pistolet Makarov le long de ses flancs. Il se félicite des proportions parfaites que dessinent ses pectoraux dans l'espace et qui ressemblent à ceux des culturistes du mensuel britannique *Muscles* auquel il est abonné. Il laisse courir le canon sur sa verge, et celle-ci commence à se tendre quand il pense à toutes ces jeunes filles qu'il a séduites au cours des dix dernières années : il en voit les silhouettes défiler, leurs parfums remontent à ses narines, les couleurs et les formes variées des différentes poitrines lui reviennent en mémoire ; il se glorifie d'avoir constitué une telle collection d'amoureuses éperdues en si peu de temps. Et même si certaines avaient été poussées dans son lit par son oncle contre rétribution, il refuse le terme de putes de luxe et les inclut malgré tout dans son lot de conquêtes.

Son choix s'était finalement arrêté sur Iris parce qu'il était temps, lui avait dit Rodrigue, de trouver une fiancée digne de ce nom pour construire un couple criminel sérieux et reconnu. Il en allait de la réputation de la famille. Iris était la plus dégourdie mais surtout la plus jolie des maîtresses de Tony, ce qui, suivant les préceptes de Rodrigue en matière de *glamour* et de *sexy*, la plaçait en tête de liste. Du reste il avait senti, dans le caractère de la jeune fille, une finesse qui aurait pu influencer favorablement l'esprit fruste de son neveu. Quoi qu'il en soit, disposer de la plus ravissante fiancée de la région Languedoc était déjà, aux yeux de Rodrigue, un atout précieux pour bien commencer une carrière. Iris, de son côté, était impressionnée par la prestance du jeune truand mais, aveuglée par ses belles paroles et le train de vie fastueux au début de leur idylle, elle n'avait pas remarqué les premiers signes du traitement humiliant qui lui serait rapidement réservé. Elle aimait l'allure altière de Tony, son maintien, sa virilité, ses mains fines et la montre élégante qui ornait son poignet, elle aimait se trouver à ses côtés et, quand il n'était pas là, le timbre grave de sa voix lui manquait. Si elle s'était jetée dans les bras tendus par Tony, c'était également parce qu'ils lui permettaient d'échapper à l'amour débordant et invasif de sa mère. Iris s'était ainsi exilée volontairement dans le territoire inconnu de l'altérité masculine, avec toutes ses rugosités et ses mystères, pour ériger un rempart contre les chantages maternels.

Une fois décidé à en faire sa compagne officielle, Tony avait proposé à Iris, grâce aux finances de son oncle, de lui louer un appartement en ville, lui-même préférant garder son autonomie afin de purger le solde de ses dernières conquêtes dans l'intimité du sien.

Mais aujourd'hui, il y a un problème, pense Tony en

effleurant ses tétons du bout de son pistolet : Iris est devenue laide, cette cicatrice finira certainement en bec-de-lièvre et une opération du nez pour lui faire retrouver sa forme initiale serait coûteuse, avec un résultat aléatoire. Aux yeux du jeune apprenti gangster, il est dorénavant établi que sa fiancée ne sera plus à la hauteur esthétique minimale exigée pour le mettre en valeur. On se retournera sur leur passage, non plus, comme avant, pour admirer l'insolente beauté du couple, mais pour rire de la figure ridicule et balafrée de la demoiselle. Il est donc temps de cesser les frais, pense-t-il, à commencer par le deux-pièces de la résidence Marguerite dont il signe à l'instant une lettre de résiliation de bail. Il se regarde ensuite avec satisfaction dans le miroir, pose de profil, puis de face, tout en soupesant soigneusement l'élasticité de son scrotum à l'aide du canon de son Makarov semi-automatique.

*

Claude se sert une nouvelle Meteor Pils sortie du pack acheté par Iris. Il tente crânement de la décapsuler entre ses dents comme il pouvait le faire dans le temps. Mais après deux essais infructueux et un crissement alarmant pour les dents qui lui restent, il abandonne, sous le regard admiratif de Célestin, l'expression sévère d'Éva et les yeux implorants d'Iris.

Elle n'ose pas lui faire remarquer que les bières sont destinées à Tony, et que pour lui un pack incomplet est l'équivalent d'une insulte. Célestin a le cœur gonflé de joie depuis que la jeune femme est ainsi assise à la table de la cuisine, comme si elle faisait déjà partie de la famille. Elle est présente de toute la force de son corps qui palpite, ses coudes frais collent un peu à la nappe de plastique et se détachent en faisant un petit bruit mat qui transporte Célestin. Elle est présente avec cette qualité qui ouvre à l'enfant des perspectives d'allégresse inépuisables ; elle est là parce qu'elle est *son amoureuse*, elle est là pour lui, parce qu'elle l'aime.

— Alors ma belle, demande Claude, tu es contente d'être avec nous pour le goûter ? Tu n'imagines pas à quel point ça fait plaisir à Célestin !

— Oui bien sûr, je suis très contente, répond la jeune femme en adressant un sourire triste à Célestin, mais je dois rentrer, Tony m'attend.

À ces mots, l'enfant se rembrunit.

— Tu es sûre qu'il t'attend ? lance Éva à Iris, dont les yeux se troublent.

— Laisse tomber gamine, dit Claude en faisant mine de s'y connaître en amour, si Tony te rend malheureuse comme ça, tu n'es pas obligée de lui ramener ses bières.

— Je l'aime, vous comprenez, c'est le premier garçon que j'aime vraiment.

— Allons ! Sornettes ! dit Éva en lançant sa main au-dessus de son front, comme pour éloigner le mauvais sort.

— Reste dormir ici, renchérit Claude, Célestin sera tellement content.

— Oui reste dormir ! s'enthousiasme celui-ci avec espoir, tu viendras dans mon lit !

Iris regarde l'intérieur de son bol de chocolat chaud sans dire un mot, absente. Éva la considère avec mansuétude, sentiment qui la surprend elle-même, n'ayant jamais imaginé éprouver de l'empathie pour une femme plus jeune et plus jolie qu'elle. Sans doute le futur bec-de-lièvre qui se dessine sur ce beau visage y est-il pour quelque chose, comme une avance sur les dégradations que cause la vieillesse, le rendant ainsi plus proche et plus acceptable pour Éva.

— Vous pouvez me ramener en voiture s'il vous plaît ? Je suis loin maintenant…

— Laisse donc Tony seul dans sa merde ! s'emporte alors Éva à la surprise générale.

Célestin jubile, comme tous les enfants, il apprécie les gros mots et se délecte de celui-ci, qu'il répète en détachant chaque syllabe.

— Allez les gars, ordonne Éva, allez donc bricoler ailleurs, on doit parler entre femmes !

À l'évocation du mot *femme* au pluriel, Claude semble intimidé et entraîne son fils hors de la cuisine, pour retrouver l'espace rassurant de son atelier, dans le lavomatique.

Iris est mal à l'aise. Rester seule avec la maîtresse de maison l'inquiète ; Éva n'est pas tendre, elle est même brutale, et ce soir la jeune femme se sent fatiguée et démunie, il lui manque cette force particulière qu'elle admire chez son aînée.

— Ne te laisse jamais faire ma petite, jamais ! dit alors Éva d'une voix adoucie, presque complice.

— Oui madame, acquiesce Iris, étonnée par ce ton de confidence inattendu.

— Tu sais ma belle, à l'époque, avec mon homme, c'est moi qui menais la barque. Je lui tenais les rênes bien serrées autour du cou ! Les hommes sont faibles : ils l'ont toujours été et ils le restent, quelles que soient les générations. Il faut juste être assez lucide pour savoir par quel revers les prendre, après quoi ils vous suivent comme des moutons. D'ailleurs, c'est une donnée scientifique indiscutable, leur quotient intellectuel n'est pas à la hauteur du nôtre : et dans le cas de ton couple, c'est une évidence !

— Je ne sais pas, madame Éva, répond Iris d'un filet de voix.

— Pour moi, la question ne s'est jamais posée : dès le départ, j'étais la plus forte ! Regarde-toi ma chérie, face à ce merdeux que tu prends pour un prince… Ouvre les yeux voyons : quitte-le ! Quitte-le avant qu'il ne te quitte ! Les femmes doivent prendre le pouvoir, et de toute façon elles finiront par le prendre, c'est dans la logique même du monde. Je suis née avec cette conviction. Mais moi je suis en avance, ça a toujours été mon truc : je savais que ma vie serait libre. Il n'y avait pas d'autre issue possible.

— Vous savez madame Éva, je suis libre à ma façon, pas comme vous bien sûr, mais ça prend une vie entière pour y arriver.

— Tu as raison ma belle, on n'y est pas encore ! Regarde un peu, même ces étudiants révoltés qui font brûler les voitures à Paris – et ceux qui arrivent maintenant sur le Larzac ; avec leur monde nouveau et tout leur folklore, ils sont mignons, mais ils restent des farceurs pleins de mots ; *les femmes sont les égales des hommes*, évidemment qu'elles sont les égales des hommes, qu'est-ce que ça coûte de le dire avec un mégaphone ? Mais ces gars-là n'ont jamais mis un pied dans la cuisine ! Ils se montent la tête avec leurs grandes tirades, mais pour les petits détails et les tâches vulgaires, il n'y a plus personne ; l'intendance suivra ! Qui est-ce qui range les lieux et qui est-ce qui vide les cendriers à la fin de leurs réunions interminables ? Leurs copines ! Qui est-ce qui s'occupe de faire les lits, les repas et les chiottes quand les révolutionnaires préparent leurs messes ? Leurs femmes ! Ils ne s'en rendent même pas compte, et quand ils s'en rendent compte, ça ne les dérange pas le moins du monde. Et ils continuent leurs grands discours ! Et elles non plus bon sang, ça ne les effleure pas !… Pourtant c'est là qu'il faut leur tordre le bras à ces faux jetons, leur mettre le nez dans leur linge sale, leur faire avaler leurs chaussettes plutôt que de les laver, comme elles le font sans moufter, ces petites rebelles d'opérette ! Nous au moins, on flinguait ; pas de vaisselle, pas de balai à passer ; le flingue, la fuite, à niveau égal : la liberté ! C'était ça ou l'internement, parce que tu sais, quand une femme ne suit pas les lois des hommes, elle est bonne pour l'asile. Et l'asile, c'est la perpétuité. Alors que la prison, c'est juste un risque et en général ça dure beaucoup moins longtemps. La liberté ma belle ! N'attends pas, montre-lui à cet imbécile de Tony qu'il n'a pas de loi à t'imposer. Tu veux devenir une criminelle ? Très bien ! Une hors-la-loi ? Parfait ! Alors les lois, ne laisse personne t'en imposer, surtout pas ce petit coq, avec sa crête molle et ses pattes au fumier !

Iris, désarçonnée, est trop fatiguée pour remettre ses idées en place.

— Ma pauvre petite, continue Éva, je vois bien que tu es amoureuse. C'est terrible d'être amoureuse d'un imbécile. C'est sans doute la pire chose qui puisse arriver à une femme. Malheureusement c'est tellement banal, ma pauvre petite princesse…

Iris sent ses larmes monter, elle concentre ses forces pour les retenir.

Après deux heures de travail en compagnie de son fils, Claude a pu intégrer de nouvelles baguettes de bois, plus solides, à l'ébauche de ses futures jambes. Ce faisant il a débité quelques plaisanteries sur la beauté des femmes, s'est félicité d'avoir présentement une si charmante invitée parce que, a-t-il dit avec un clin d'œil, avoir une jolie fille à la maison, ça restaure le moral et ça pousse à avoir des jambes pour leur courir après. Cela n'a pas fait rire Célestin, qui s'est étonné que son père – un vieillard – puisse s'imaginer flirter de quelque manière que ce soit avec Iris, ou avec toute autre jeune fille. Claude a continué à plastronner sur ses capacités de séduction, après quoi, devant le peu d'enthousiasme exprimé par son fils, il s'est traîné jusqu'au matelas surélevé et crasseux de sa chambre sur lequel il s'est endormi lourdement en quelques secondes.

Qui est en train de ranger la table ? Qui s'occupe du linge ? Qui lave les chaussettes depuis que les machines sont en panne ? se dit Éva, restée seule à la cuisine. C'est moi ! Est-ce que j'ai fait avaler ses chaussettes à Claude ? Non !… Je parle moi aussi, je donne des leçons à des gamines mais je porte des œillères comme la dernière des mules. La liberté, c'est bien joli, mais ce n'est jamais qu'un mot parmi d'autres, un mot qui perd son sens quand on le répète à l'infini – avec tous ces mots qui tournent, comme du linge dans le tambour d'une machine, et en ressortent sans couleurs, sans forme, délavés.

Au même moment, dans l'obscurité de sa chambre, Célestin s'approche lentement d'Iris, assoupie sur son lit, puis il soulève sa robe sans un bruit, avec mille précautions. Il regarde les jambes satinées de la jeune femme, éclairées par la lune, et cette image le transporte dans une dimension nouvelle ; la joie intense se mélange à une peur fébrile. Son cœur bat si fort que Célestin s'inquiète du bruit émis à travers sa poitrine, comme un tambour de fanfare qui pourrait réveiller son amoureuse. Tremblant d'émotion, il pose un doigt timide sur cette peau qui le fascine. Il remonte ensuite le long de la cuisse de la jeune femme pour toucher le coton de sa culotte, mais retire vivement sa main quand il voit s'ouvrir les yeux d'Iris en demi-lune. Il se fige dans une position insolite, sans respirer, bras et cou tendus, avant qu'Iris referme les yeux puis se tourne sur le côté avec un soupir d'aise, laissant voir à Célestin le paysage extraordinaire de son corps presque nu. Il creuse la paume de sa main, qu'il passe à distance respectueuse du corps de sa bien-aimée, comme s'il en redessinait dans l'air les courbes élégantes. Il se love ensuite délicatement le long de son dos, en chien de fusil tout comme elle. Il sent la chaleur un peu humide qui émane de sa peau, et se laisse bercer par le sommeil qui vient, en observant les peupliers dans le jardin qui remuent furtivement sous un vent léger. Le ciel de nuit est limpide. C'est ce paysage arcadien, digne d'un peintre vénitien, qui restera imprimé à jamais dans la mémoire de Célestin comme le décor rassurant de sa première *nuit d'amour.*

Les bruits aigus de crécelles prévenant du passage d'une horde de lépreux en haillons retentissent depuis les cols enneigés des montagnes cévenoles. Éva se réveille en sursaut, paniquée, et regarde autour d'elle : il s'agit du téléphone, dont la sonnerie est enrayée. Qu'est-ce que ça veut dire, s'inquiète-t-elle en enfilant sa robe de chambre tigrée, il doit être tout juste six heures du matin. Elle s'engage dans la cuisine et décroche le combiné :

— Je vous coupe les vivres ! grésille une voix avec fureur.

Éva, encore somnolente, marque un temps de réflexion, bouche ouverte, avant d'identifier celui qui crache à l'autre bout du fil.

— Santana ?

— Vous savez combien m'a coûté la clinique pour Iris ? Et Tony bon sang ; c'est un miracle qu'il en soit sorti entier ! Désolé, mais je ne peux plus vous confier son avenir ! Vos cours s'arrêtent là ! Vous avez merdé, franchement, je ne m'attendais pas à ça de votre part !

Rodrigue raccroche avec colère, puis se tourne vers Tony et le gifle. Pour passer ses nerfs sur quelque chose, comme un visage par exemple, et il se trouve que celui de son neveu lui a toujours déplu, y reconnaissant en filigrane les traits du mythomane désargenté qui avait réussi à engrosser sa demi-sœur il y a vingt ans, en se faisant passer pour un satrape yougoslave de haute lignée. Tony sanglote comme un enfant, surpris par ce geste inhabituel ; jamais son oncle n'avait porté la main sur lui, par respect inconditionnel des principes familiaux, mais aussi par superstition, comme si la violence qu'il distribuait partout autour de lui ne devait pas pénétrer le cercle protégé de la famille, au risque de conséquences néfastes : destruction, malheur, et surtout mauvais œil. Rodrigue regrette immédiatement son geste, mais ne prend pas la peine de rassurer son neveu, trop préoccupé par le nouveau fardeau résultant de la soirée Tupperware.

— Débarrasse-moi le plancher, j'ai d'autres chats à fouetter ! Va au club, occupe-toi, monte un coup, fais ce que tu veux, mais débrouille-toi maintenant !

Dépité, Tony quitte le salon rococo par la vaste baie vitrée qui s'ouvre sur le flanc sud du palais néoprovençal de son oncle. Il contourne la piscine sous le regard de ce dernier et s'engage dans l'allée d'oliviers alignés jusqu'au portail orné de lions rugissants devant lequel il a garé sa Suzuki. Celle-ci, en partie dans l'ombre, laisse voir une silhouette filiforme et gracieuse installée en amazone. Rodrigue imagine qu'il s'agit d'Iris, la belle Iris, et s'étonne qu'elle ne soit pas venue le saluer. Tony enfourche sa machine et quitte les lieux, tendrement enlacé par cette intrigante silhouette féminine. Sans raison valable et sans en avoir senti les prémices, Rodrigue est submergé par une puissante vague de mélancolie ; il se sent seul à pleurer, seul face à lui-même et à ses démons, démons affamés qu'il doit nourrir pour éviter qu'ils ne le tourmentent plus encore. Et plus il les nourrit, comme il est contraint de le faire chaque jour, plus les démons prolifèrent sous forme de visions et de plaintes hideuses. Hagard, il se dirige vers la cuisine pour vérifier dans les placards s'il reste au moins du riz, et s'agace de ne pas voir arriver Judith, sa gouvernante protestante, cuisinière dévouée, présente chaque matin dès sept heures pour lui préparer des plats de toutes sortes, la plupart sophistiqués et délicieux, d'autres beaucoup moins, pour certains composés de produits périmés et douteux, et dont Judith se surprend à penser, alors qu'elle les prépare en tordant le nez, qu'elle n'en donnerait pas les restes à quiconque, pas même à des porcs.

*

L'obscurité est moindre que dans le coffre de la BMW, toutefois, Franck doit s'acclimater quelques minutes après son réveil pour distinguer ce qui l'entoure ; du béton brut, des cartons, des détritus. À quelques mètres gît un corps. Qui bouge : celui de Camille, gémissant alors qu'un rêve lui fait remuer les jambes, pareil à ces chiens endormis qui s'imaginent en train de courir derrière une biche. Franck se relève, engoncé dans son faux tailleur Chanel maculé de poussière brune, craqué aux coudes – détail qui le chagrine – pour constater que le plafond est bas, taché d'humidité et agrémenté d'une seule ampoule. Des rangées de vieux cartons élevés en murs fragiles délimitent la large pièce en plusieurs parties, derrière lesquels il croit sentir une présence : un animal peut-être ? Franck se raidit, il n'ose pas se déplacer, ni appeler. Il s'inquiète : où se trouve Santana ? Je suis mort ? Suis-je en enfer ? En dix ans de toxicomanie aguerrie et autant d'épisodes hallucinatoires spectaculaires, jamais il ne s'était retrouvé dans un univers aussi lugubrement sobre, jamais, en dépit des produits néfastes qu'il a expérimentés, une atmosphère lui a semblé à ce point sinistre. C'est que, sans aucun doute, il s'agit là de la réalité dans ce qu'elle a de plus déplaisant ; parfum de ciment, ambiance de parking, bien loin des voyages artificiels qui restent toujours ludiques, colorés et, pour tout dire, vivants. Ici, l'odeur du réel se double d'un sentiment de désolation.

Un raclement sort Franck de sa torpeur : un fil de lumière illumine progressivement le bas du mur, affleurant au sol sur quelques centimètres de hauteur, avant de s'ouvrir horizontalement sur un mètre de longueur ; Franck se colle à la cloison, intrigué, puis il voit trois assiettes garnies de nourriture apparaître depuis l'espace lumineux ainsi créé, c'est-à-dire depuis l'autre côté du mur. Il a juste le temps d'identifier du riz et des boulettes de viande grises avant que l'espace se referme, et que l'obscurité l'empêche de discerner précisément les êtres informes qui foncent soudainement vers lui, sortis de nulle part, beuglant comme du bétail.

Rodrigue se nettoie les mains dans le petit lavabo de la salle de musculation installée au sous-sol de sa villa. C'est devenu un rituel : manipuler ces assiettes, cette nourriture abjecte, lui donne une nausée si prononcée que seule une eau claire et fraîche peut en atténuer les effets. Il vérifie que la plinthe, juste en dessous du miroir qui recouvre toute la cloison, est bien repositionnée, puis il lève le regard sur son reflet : il se dévisage, droit dans ses propres yeux, avant de se détourner, découragé par l'expression méprisable qu'il y reconnaît ; celle d'un lâche, d'un traître, d'un puceau maladif et tremblant. Il sent la nausée remonter encore depuis le creux de son estomac pour lui envoyer une gerbe acide en travers de la gorge. Il s'installe alors sur le rameur qu'il vient d'acquérir pour renforcer ses jambes trop grêles, et expulse en tractions de cuisses sa haine contre lui-même.

— Merde ! j'allais encore oublier !

Il se lève d'un bond et se dirige vers un meuble de formica blanc pour en sortir une couche-culotte à usage unique. Il la glisse au plus vite sous la plinthe, comme si elle lui brûlait les doigts. C'est alors que l'alarme reliée au portail d'entrée de sa villa retentit : il sursaute, tend l'oreille ; il entend, venu du jardin, l'aboiement féroce de son bas-rouge Érysichthon, l'ange gardien de son domaine. Il enfile sa veste de jogging et se précipite pour remonter l'escalier.

C'est pas possible ! Qu'est-ce qu'ils veulent encore ces salauds ? s'interroge-t-il en observant, depuis son salon, une camionnette de gendarmerie stoppée dans l'allée par le molosse, dont les babines fulminantes découvrent des canines glaçantes. L'adjudant Chassagne hésite derrière son volant, et propose à son supérieur de rebrousser chemin au moment où le monstre canin commence à mordre les pneus de leur véhicule avec acharnement. Rodrigue, après une brève réflexion, anxieux de connaître la raison des investigations des forces de l'ordre, se rue sur le sifflet à infrasons pour dévier la fureur d'Érysichthon. De la sorte, il respecte la règle qui lui a toujours permis d'éviter les problèmes avec les autorités quelles qu'elles soient : *garder toujours, et sans exception, de bons rapports avec les uniformes*. Le chien se calme et s'assoit, échine raide, devant la camionnette.

— Messieurs ? fait alors Rodrigue depuis le seuil de la baie vitrée, d'une voix mielleuse. Que puis-je faire pour vous ?

Le lieutenant François ouvre à peine la vitre pour répondre, effrayé par le molosse et intrigué par le gabarit hors normes de son propriétaire. Une main sur son arme de service, l'autre en porte-voix pour se faire entendre, il crie :

— C'est bien ici la famille Santana ? Un père, une mère, un enfant ?

Rodrigue pâlit.

— Santana ? Oui, c'est moi !... Mais je suis célibataire !

— Vraiment ? demande le lieutenant d'un ton inquisiteur.

Rodrigue commence à suer sous sa coupe gominée, il s'essuie le front tout en essayant de se composer une face sereine, ce à quoi il échoue, son visage se crispant en un rictus suspect. Le lieutenant François, bien qu'assez éloigné – et myope – pour ne pas remarquer la personnalité potentiellement criminelle que trahit ce sourire contrefait, distingue malgré tout la silhouette de Rodrigue avec suffisamment de précision pour constater qu'il n'a pas le profil du bon père de famille.

— Ils se sont gourés à la mairie, merde, dit-il agacé, quelle perte de temps ! En plus ils nous font courir des risques ! Quand on tombe sur ce genre de taré, franchement !

Il ouvre un peu plus sa fenêtre, un œil sur le bas-rouge, et conclut :

— Merci, monsieur. Excusez du dérangement !

En dépit de la fraîcheur matinale, la sueur imprègne le tissu du jogging de Rodrigue tout le long de son dos. Il regarde avec angoisse le véhicule des gendarmes qui recule puis s'éloigne. Ils se foutent de moi, se dit-il. Ils les cherchent… Certainement ils les cherchent ! Depuis toutes ces années…

— Ce type est louche, non ?

— C'est sûr mon lieutenant… Sa baraque pue le fric. On pourrait peut-être regarder ça de plus près.

— Ça sent le trafic en effet, mais comme tu le sais, c'est l'affaire de la police… Je ferai passer l'information, à tout hasard.

L'adjudant emprunte la nationale sous un ciel plombé. Il fait mine de scruter chacune des maisons qu'il dépasse.

— On les trouvera, lieutenant, j'en suis sûr, on mettra le temps qu'il faudra, mais on les trouvera.

— S'ils ne décident pas aux RG de les trouver ailleurs, tempère son supérieur.

— Ailleurs ?

— Il y a quatre-vingt-quinze départements en France… Sans compter l'outre-mer.

— Évidemment… Mais on recherche en zone rurale. Et ils ont ciblé le Gard et la Lozère. Ça rétrécit le terrain. Les renseignements ont envoyé une équipe, ils nous trouvent trop lents on dirait.

— C'est toujours le même truc avec les Parisiens ; ils nous prennent pour des ploucs.

L'adjudant, pensif, passe son doigt sur les rougeurs en plaques de ses joues :

— Un couple avec enfant, ça ne devrait pas être si compliqué quand même…

*

Le soleil matinal forme un halo de lumière rousse autour du visage d'Iris, qui est déjà levée et observe avec attention les détails de la reproduction du tableau de Nicolas Poussin. Lorsqu'elle voit que Célestin, après s'être étiré, ouvre grand les yeux, elle lui adresse un petit clin d'œil suivi d'un sourire dont la sincérité désinvolte comble le réveil du jeune garçon, et le pousse à sauter joyeusement sur son lit en battant des bras.

— Tu aimes mon image ? demande-t-il avec enthousiasme.

— Elle est étrange, répond Iris.

— Il y a Écho, il y a Narcissse, et il y a Poussin ! Maintenant je sais lire… La dame sur son rocher, c'est qui ? Tu le sais ?

— Non Célestin, je n'en sais rien.

— On ne voit pas ses pieds. Elle n'a pas de chaussures ?

— Il faut vraiment que je rentre, tu sais, tu crois que tes parents sont réveillés ?

— Ils sont plutôt flemmards le matin, c'est maman qui ronfle le plus fort.

— Je vois… Je vais rentrer en stop.

— Non, reste encore un peu !

Iris se relève et embrasse Célestin sur une joue. Après un passage par la cuisine pour récupérer ce qu'il reste du pack de Meteor Pils, la jeune fille se hâte vers le jardin pendant que Célestin, les larmes aux yeux, la suit jusqu'au seuil, la suppliant de rester avec lui. Il lui propose fébrilement de l'accompagner pour aplatir et faire sécher de nouvelles fleurs dans la vieille bible, mais Iris décline gentiment cette offre, qu'elle trouve attendrissante par son incongruité. Elle s'efforce de ne pas sourire pour éviter de vexer Célestin et lui fait un petit signe accompagné d'une inflexion de sourcils voulant dire « désolée de devoir déjà te quitter mon petit lapin » avant d'emprunter le chemin caillouteux qui descend vers la nationale. Là, après qu'elle a levé le pouce, un représentant de commerce l'invite à partager à vive allure le concerto n° 3 pour piano de Rachmaninov que diffuse l'autoradio de son Alfa Romeo. Affable, le commercial, vendeur de radiateurs, fait un détour charitable pour déposer Iris à Serre-Paradis devant la porte de l'immeuble où réside Tony.

À chaque marche de l'escalier qu'elle monte, le cœur de la jeune femme bat plus fort, et il semble se rompre quand, devant la porte entrouverte de l'appartement de son fiancé, elle entend les râles qu'elle reconnaît, pour les avoir souvent entendus, comme ceux que Tony exprime au cours du coït ; râles accompagnés en cadence par d'autres plus aigus et plus prononcés, dont Iris, blême, tente de se persuader qu'ils ne sont pas réels, mais dont la nature évidente se confirme quand elle voit, en s'approchant, le corps nu d'une grande femme blonde allongée sur la table de la cuisine, qui se tortille, cuisses et visage rougis, sous les coups de bassin fébriles de Tony, lui aussi nu comme un ver – si ce n'est son pantalon baissé aux chevilles. Iris doit plaquer sa main contre le mur pour éviter de tomber, ses jambes se sont vidées en un instant de toute force, et son cœur, de pulsations rapides à un silence froid, semble s'être arrêté. Un vertige sévère lui interdit le moindre mouvement, elle voudrait s'enfuir mais ne trouve plus de ressources pour parvenir à bouger. Elle reste ainsi pétrifiée, exsangue, à quelques mètres du couple qui ne s'est pas aperçu de sa présence et poursuit ses ébats avec un entrain de plus en plus bruyant. En mobilisant ce qui lui reste de fierté, Iris parvient à tourner les talons et à dévaler l'escalier, dont elle devine à peine les marches sous le flot des larmes qui lui noient les yeux.

— Que d'eau, que d'eau brûlante ! s'exclame Éva, ravie, sur un air d'opérette.

D'un orteil dextre, elle ferme le robinet de la baignoire. Elle se réjouit de mettre ainsi son mari en colère en lui imposant ce gaspillage insensé de chaleur, justement en cette période où la température extérieure ne descend pas en journée en dessous des vingt-quatre degrés. C'est sous la forme de ce bain luxueux, quasi quotidien, qu'elle fait comprendre à Claude qu'elle, et elle seule, madame Éva Parcœur, est responsable par son travail de la source unique de revenus du ménage, et que de ce fait elle est libre d'en faire ce que bon lui semble, quitte à en dépenser une partie importante en mazout. Pour une fois, Claude s'est levé tôt, motivé à rejoindre au plus vite son atelier pour avancer les travaux de son squelette *bis*. Ainsi, il n'a pu entendre derrière la cloison de sa chambre les vibrations de la Zaegel-Held accompagnées de ce bruissement caractéristique du fuel qui brûle et que Claude parvient intuitivement à traduire, en temps réel et avec précision, en nouveaux francs. Aujourd'hui donc, le bain n'altérera pas l'humeur de Claude, mais uniquement l'état d'Éva. Comme chaque matin elle se ramollit de la même manière que les spaghettis s'attendrissent dans l'eau bouillante, et cette sensation de relâchement complet de chacun de ses membres, de sa colonne vertébrale ainsi que de sa respiration lui donne le sentiment de retourner directement dans le ventre de sa mère, au cœur du plus sécurisé des sanctuaires. À la faveur de cette position délicieuse elle peut réfléchir sereinement, laissant son esprit vagabonder dans une sorte de liquide amniotique cérébral qui offre aux idées et aux sentiments un terrain lisse, tout comme ces animaux marins en même temps que terrestres, phoques ou lions de mer, lourds et maladroits sur le sol, retrouvent une spectaculaire vélocité une fois plongés dans l'océan. Elle se rappelle ses poèmes et regrette de ne plus en avoir écrit depuis longtemps. Ces petites phrases rédigées à la dérobée entre deux virées dangereuses étaient comme des comptes rendus salutaires, et Éva s'agace encore, des années après, que Claude n'ait jamais vraiment pris la peine de les lire. Il avait même eu le culot de dévier son admiration – qu'il aurait pourtant dû légitimement porter vers le talent de sa femme – vers un voyou vulgaire, jeune bourgeois dont la prose était discutable, mais surtout directement inspirée de celle de Bonnie Parker. Claude n'avait pas été assez clairvoyant pour percevoir les faiblesses de la délinquance française, dont la tradition romantique était risible ; il s'était laissé berner par cette manie qu'avait la pègre gauloise d'associer des discours apprêtés et inutiles aux actes les plus naturels, à l'instar de la vedette du moment, Jacques Mesrine, un nanti obligé de justifier ses penchants meurtriers par quelques mystifications politiques qu'il se croyait devoir révéler au monde, à grand renfort de publicité, dans un style grandiloquent. Éva estimait que la considération dont jouissait cet imposteur auprès de la population, et surtout auprès de la presse, était un symbole désolant du snobisme irrémédiablement inscrit dans l'âme du pays. Que son homme tombe dans le panneau, c'était une douleur en plus, et la confirmation que sa naïveté, nouvellement apparue, était liée à l'évolution inexorable de son gâtisme. « Tu ne vois pas qu'il m'a tout volé, avait-elle crié à Claude le jour où celui-ci s'était rendu jusqu'à la librairie de Saint-Jean-de-Sossenac en fauteuil pour se procurer un exemplaire de *L'instinct de mort*, tu ne vois pas que la poésie mêlée au meurtre est une trouvaille de Bonnie Parker et que cet imbécile s'en inspire pour se valoriser ?... J'ai brodé des petites phrases, belles comme des balles, qui exprimaient mes peurs et qui décrivaient les tiennes, mais tu n'as jamais pris la peine de te pencher dessus, ne serait-ce que cinq minutes. Tu n'as jamais accepté mon talent parce qu'il te faisait de l'ombre, tu n'as jamais supporté ma poésie parce que tu n'étais pas capable d'en faire de même. Tu portes aux nues un contrefacteur sans même te rendre compte que l'artiste sincère qui l'a inspiré vit sous ton toit ! » avait conclu Éva sans oublier le soir même de faire passer l'ouvrage de Mesrine directement dans la chaudière.

Elle se hisse hors de la baignoire en cherchant son souffle à travers l'épaisse vapeur qui a envahi la salle de bains. Elle avance, mains en avant dans le brouillard compact, jusqu'au miroir dont la surface reste intégralement embuée malgré les efforts d'essuyage qu'elle entreprend pour voir à nouveau son visage. Celui-ci apparaît finalement sous la forme d'un masque pâle qu'elle considère comme franchement fantomatique. Un peu d'onguent va réveiller le cadavre, se dit-elle en saisissant la bouteille d'huile d'olive qui lui sert de produit de beauté universel, et dont elle s'applique une couche généreuse sur le visage et sur le cou. Il est temps de mettre en pratique mes conseils à la jeunesse : il est temps de rompre. Il est temps de renvoyer Claude à sa destinée, c'est-à-dire dans une maison de retraite. Je dois m'envoler à nouveau, pense-t-elle, il me reste quelques années pour cela, avant que mes jambes cessent de me porter, avant que mon cerveau se paralyse, ou que mon corps se ratatine à jamais.

*

Le résultat est là : l'architecture des jambes artificielles fonctionne. Claude est pris d'un vertige à la vue de son œuvre, dont il peaufine les rouages en sifflant joyeusement une mélodie des années vingt, les joues rosies par l'exaltation. Le premier essai à vide tenté la veille n'avait pas été concluant, les bottines utilisées étant trop lourdes. C'est pourquoi Claude, impatient et fiévreux, a rapporté la paire la plus légère qu'il a trouvée, en l'occurrence il s'agit des escarpins rouges, qui ne pèsent que quelques grammes. Il vient tout juste de les sortir de leur cachette et il s'applique à les fixer à sa *machine à marcher*, avec l'assurance que cette fois-ci l'essai sera concluant. Ce choix pourra même apporter de la grâce à cette première démonstration, se félicite-t-il, une touche d'élégance féminine, un peu de poésie éthérée.

La dernière vis couleur bronze, récupérée sur la Mercedes, vient à peine de trouver sa place pour consolider la cheville factice. Claude appelle fièrement Célestin à travers le plafond. Ce dernier dévale l'escalier et découvre, impressionné, le bassin de cuir au-dessous duquel s'animent, dans un mouvement saccadé et hésitant, de maigres jambes de bois souple. Il en oublie immédiatement les tourments dans lesquels l'absence d'Iris l'avait plongé et alors qu'il s'approche de la structure mécanique, Claude le saisit sous les aisselles pour le serrer dans ses bras. Célestin sent que le visage de son père est humide, sans savoir s'il s'agit des effets de la chaleur ou de larmes de joie.

— Ah mon bébé, je suis tellement heureux ! J'ai trouvé la solution : un moteur de Solex ! Avec l'entraînement du galet, tu vas voir, ça va porter tout l'édifice !

— Tu vas remarcher papa ! s'enthousiasme Célestin en s'essuyant la joue.

Puis il s'approche de la machine et la contemple sans oser la toucher.

— On va pouvoir faire un essai en conditions réelles, sur tes petites jambes à toi parce que tu es plus léger, et si c'est convaincant, alors ce sera la victoire, la première étape vers une nouvelle existence !

Claude invite son fils à enlever ses épais souliers pour chausser les escarpins rouges fixés à la machine. Célestin s'exécute avec une moue de désapprobation, mettre des chaussures de femme, c'est un peu dégoûtant, pense-t-il.

— Vas-y, lance-toi ! continue Claude en faisant démarrer le moteur associé au mécanisme.

Les jambes de Célestin sont alors entraînées – modestement – dans un mouvement de rotation au niveau des genoux.

— C'est magnifique ! exulte Claude, allez, laisse-toi porter par le mouvement, ça marche !

Célestin est confus ; il voit ses pieds engoncés dans les escarpins rouges dont la pointure est presque identique à la sienne et, sans savoir pourquoi, cela lui donne envie de pleurer. Pétrifié, il regarde son père qui jubile avec une excitation qu'il ne lui connaissait pas, et dont l'expression débordante lui fait presque peur. Il sent alors sa respiration de plus en plus entravée et son estomac se retourner dans son ventre. Écœuré par l'odeur d'huile rance qui emplit la pièce, il extrait vivement ses pieds des escarpins en en abîmant les boucles et tente de sortir ses jambes de la machine mais Claude, voyant cela, avec un geste de surprise puis de colère, le maintient fermement en place. Célestin pleure et se débat, tout en piétinant les escarpins dont le caractère particulier revient soudainement à l'esprit de Claude ; après quelques instants, il coupe le moteur puis, avec un air contrit, aide son fils à sortir de l'engin. Allons, Célestin ne peut pas savoir, se dit-il avec inquiétude, ça n'a aucun rapport, il n'est ni devin ni télépathe…

— Qu'est-ce que c'est que ce caprice ? poursuit-il alors à haute voix, tu ne veux pas participer à cette grande première scientifique ?

Célestin sanglote et n'est pas en mesure de répondre autrement que par des hoquets aigus, qui tordent le cœur de son père et y amènent des réflexions en bousculade. Voyons, se dit Claude, ces chaussures ne sont rien d'autre pour lui qu'une vulgaire paire d'escarpins, sans plus de signification, assurément ils sont trop petits pour être à Éva, mais enfin, des chaussures, il en traîne toujours dans les maisons.

— Qu'est-ce qui ne va pas mon lapin, demande-t-il, c'est encore ton drame d'Amour ?

— Je sais pas, sanglote Célestin en essuyant ses larmes.

Les fantômes se rapprochent, se surprend à penser Claude, c'est un fait, c'est un signe, les enfants ont des antennes à fantômes, mon pauvre petit Célestin, excuse-moi de ma faiblesse et surtout de ma bêtise, ces escarpins devraient être à la poubelle depuis des années, c'est de ma faute, je suis tellement superstitieux, ça, c'est la vieillesse, sans aucun doute, plus on avance et plus on se raccroche à des objets, plus on s'enfonce dans les années comme dans un tunnel étroit et moins on trouve la force de balancer toutes les bricoles qu'on y trimballe.

— Tu sais mon chéri que les pharaons se font enterrer avec toutes leurs affaires ?

Célestin regarde son père sans comprendre son propos, et d'ailleurs sans comprendre non plus son expression, qui est si étrange – comme s'il avait avalé un sabre – qu'il détourne le regard et le porte vers la silhouette du mont Aigoual, qu'il devine à travers les carreaux.

— Ah, fait Claude d'un ton qu'il voudrait neutre

en tentant de paraître détaché, tiens, mais ce sont les escarpins rouges d'Iris. Elle les a donc oubliés la dernière fois, il faudra penser à les lui rendre…

— Les pieds d'Iris sont plus grands que les miens, papa, c'est pas les chaussures d'Iris. Pourquoi tu mens ?

III

Les deux ampoules s'éteignent à vingt et une heures trente, comme chaque jour. Fin juin il arrive qu'un peu de lumière extérieure filtre à travers le béton. Et c'est pour Florence comme un cadeau, une joie – une joie mince, mais en matière d'allégresse, depuis toutes ces années, elle a appris à se contenter de peu. Elle réunit, à l'aide de sa cuiller en plastique, les quelques grains de riz qu'il reste dans son assiette, puis elle les avale d'un trait en surveillant Franck du coin de l'œil. Il fallait bien qu'un jour d'autres personnes arrivent, se dit-elle, mais je n'imaginais pas que l'espèce humaine puisse se rappeler à mon souvenir avec une sale gueule pareille.

Une pluie glacée dont Paris a le secret détrempe le boulevard et les bâtiments noircis qui le bordent. L'après-midi est à peine entamé que déjà l'obscurité s'installe dans les couloirs du ministère, et particulièrement dans les locaux attribués à la sous-division de la surveillance du territoire qui sont situés en rez-de-chaussée.

Chauve à peau grêlée, le visage fermé par un collier de barbe taillé net, un officier en veste grise répondant au nom de Trovedec allume la lampe de son bureau pour mieux voir le document apporté par l'un de ses subordonnés. D'un regard bref il en parcourt l'essentiel, puis propose une Caporal filtre au jeune policier qui refuse poliment, avant d'allumer celle qu'il a plantée entre ses lèvres.

— Parfait, dit-il en inspirant un bloc de fumée, prévenez Bernardi et Frankeinmer, je pense qu'on va partir là-dessus. A priori on est sur du concret.

La réunion informelle se déroule quelques instants plus tard à l'étage, dans une pièce plus vaste disposant d'un canapé et d'un frigo, que Bernardi ouvre aussitôt afin d'en inspecter la potentialité en matière de spiritueux. Il retourne son visage massif vers ses collègues avec une moue de dépit et trois canettes de soda, qu'il dépose sur la table basse. Après quoi il enlève sa veste décorée d'une rosette, qu'il ne manque pas de faire passer de manière faussement désinvolte sous le nez de ses camarades, comme rappel des services rendus, notamment au Congo.

— Bien, fait Trovedec, les remontées sont positives, le dossier de synthèse est efficace ; nous cernons la cible.

— Enfin ! dit Bernardi. Alors ?

— Alors ? Un petit commerce… isolé ; Gard limite Cévennes. Un retraité, en activité : handicapé.

— Handicapé ? s'étonne Frankeinmer en ouvrant la canette de soda.

— Pas mal, intervient Bernardi, plutôt pas mal.

— Une femme, reprend Trovedec ; retraitée, vigoureuse, raisonnablement excentrique.

— Pas trop moche ? coupe Frankeinmer.

— Correspond à nos recherches, élude l'officier.

— On avait parlé d'enfant ? interroge Bernardi.

— En effet. Petit-fils, indique Trovedec.

— Petit-fils ? Attendez, c'est foireux ça ! s'inquiète Bernardi.

— Pas tant que ça. Regardez : photo.

Bernardi tord le nez sur la photographie que Trovedec a posée au centre de la table, Frankeinmer chausse ses lunettes et semble acquiescer.

— Cœur de cible. J'y crois, dit-il.

— C'est plus facile que de trouver Mesrine, se risque Bernardi en riant assez fort pour que tout le monde comprenne qu'il s'agit d'une plaisanterie.

Les visages de ces collègues restent de marbre.

— Gardez vos blagues pour vous Bernardi, coupe Trovedec en sortant une feuille du dossier ouvert sur la table, personne ici n'est censé avoir entendu celle-là.

— OK, c'est bon !… Autrefois on savait rigoler dans cette boutique.

— Ce n'est plus le cas, et heureusement, aspire Trovedec avec une bouffée de Caporal. Quant au dossier, merci de le signer, ordonne-t-il en faisant cliqueter son stylo, je fais remonter tout ça au plus tôt.

— À moins d'un accident, on les a trouvés ! se félicite Frankeinmer en levant sa canette, ça fait plaisir quand même quand des opérations aboutissent !

— Pas de précipitation Gérard, un peu de rigueur ; rien n'est fait, conclut Trovedec d'un regard ombrageux.

Après une nuit particulièrement froide, les premières lueurs d'une matinée sombre et humide viennent dessiner le reflet de la fenêtre sur le verre des lunettes que la directrice du service de presse du ministère de l'Intérieur vient à l'instant de reposer sur son nez. D'un ton laissant peu de place à la controverse, elle commente les éléments du dossier que son équipe attendait impatiemment, et qu'elle vient de recevoir – après que Trovedec a pris soin d'en faire différer la livraison d'une bonne heure dans le but de rappeler l'importance de son autorité et sa capacité de nuisance au sein de la maison.

— Vieux et handicapé, commence la directrice ; une cause à défendre. Attire l'empathie. Notion de modestie associée à la notion de courage. Très positif… Petit commerce : excellent ! La France du labeur, la France qui trime, la France qui fait notre économie. Lavomatique : idée de propreté, de nettoyage, c'est une bonne image, associée à la modernité ; les machines, l'industrie, le service. Message clair. La femme : âgée également, mais qui a su rester jeune. D'avant-guerre, mais moderne. Très bonne piste. Marion, votre avis ?

— Vêtements un peu voyants, cela donne un petit côté « spectacle », un peu populaire, de la gouaille, pourquoi pas, cela peut attirer la sympathie…

— Bien. Yvan ? Votre sentiment ?

— L'enfant. Blond, c'est un atout. Dégourdi certainement. Le rapport avec les grands-parents est intéressant : lien intergénérationnel, notion de famille, de solidarité.

— Des objections ? Oui, Marion ?…

— Le décor : les Cévennes, la terre, le monde paysan. Mais également la proximité du Larzac. Nous permet de valoriser la famille traditionnelle, de montrer qu'il n'y a pas que des hippies dans cette zone du territoire. De montrer la France du travailleur honnête en contraste avec la France de l'activiste écologiste d'extrême gauche.

— Absolument. J'allais y venir. Merci Marion.

Rodrigue insiste pour faire la vaisselle à la main, à la grande surprise de Judith.

— Enfin monsieur, je suis là pour ça ! Et franchement, il sert à quoi votre lave-vaisselle ?

— Quand j'ai les mains dans l'eau chaude ça m'aide à réfléchir, vous comprenez ? Faire briller les assiettes, ça me calme.

— C'est impossible, allez, poussez-vous de là, ordonne Judith en faisant semblant, d'un coup de hanche, de vouloir déplacer l'énorme corps de son patron.

— Laissez-moi tranquille Judith, je ne vous le dirai pas deux fois, s'agace Rodrigue en sortant de l'eau sa main couverte d'une mousse blanche dont émerge, luisante, la chevalière en forme de puma.

La vieille Judith, perplexe, s'éloigne de la cuisine pour rejoindre en maugréant une pièce lointaine de la villa.

Que les flics soient venus jusqu'ici, c'est comme un message, pense Rodrigue ; un signal pour que je passe à l'acte ! Je vais me débarrasser de toute cette saloperie : je vais vider mon couloir de la mort. De mes propres mains. Ce putain de couloir de la mort qui me pourrit l'existence depuis des siècles.

Malgré les nombreuses activités qui le placent en dehors de la loi, Rodrigue a réussi jusqu'à présent à éviter la police, la justice et tous les désagréments qu'entraîne la fréquentation de ces institutions. Ce qui lui a valu admiration et jalousies dans le milieu, dénonciations évidemment, restées sans suite grâce à ses réseaux, son bagout et sa stature. C'est ainsi qu'il avait improvisé, pour pallier son handicap criminel, son premier couloir de la mort, et cela sans être inquiété. C'était il y a vingt ans : il avait conçu cet espace initial dans le vaste appartement qu'il louait à l'époque, à Nice, au dernier étage d'un immeuble Art Nouveau, boulevard Victor-Hugo. L'inspiratrice de cette oubliette improvisée était Florence, une belle jeune fille de vingt-cinq ans dont il n'avait pas su se débarrasser, malgré quelques essais de meurtre qui s'étaient révélés infructueux. Il avait fait sa connaissance lors d'une tentative de viol avortée à cause de son état éthylique, mais la jeune fille, qui l'avait reconnu et identifié, se révéla plus procédurière que toutes ses victimes précédentes ; elle déposa une plainte, puis une autre après que la première se fut égarée, et enfin elle réussit à obtenir une procédure de conciliation devant un juge, qui classa l'affaire en soupirant, laissant entendre par ses bâillements qu'il avait d'autres chats à fouetter. Rodrigue ne fut pas inquiété, le viol de jeunes femmes étant généralement considéré comme le résultat logique d'un comportement sexuellement provocateur de leur part. Cet épisode fut, pour lui, simplement divertissant.

C'était compter sans le caractère de la jeune Florence : déterminée, fière et pugnace – qualités que son agresseur interprétait comme les symptômes d'une peste typiquement féminine. Il s'étonnait sincèrement qu'elle n'ait pas été reconnaissante du choix qu'il avait fait de l'honorer. Sous la contrainte, peut-être, mais les femmes aiment minauder par une résistance simulée, disait-il à qui voulait l'entendre, cette résistance est le signe de leur désir, et nous, les hommes, devons les aider à exprimer leur désir en les violant. Ce sur quoi tous ses amis étaient d'accord.

Devant l'impasse judiciaire, Florence changea alors de tactique pour s'engager sur une piste dangereuse ; dans un premier temps, elle conforta Rodrigue dans ses convictions en lui faisant savoir combien elle le trouvait attirant et qu'elle désirait poursuivre l'histoire qu'ils avaient si mal commencée. Cela parut naturel au truand, qui s'empressa de la violer à nouveau sans se poser de questions, et certainement sans imaginer que la jeune femme cachait à l'arrière de son soutien-gorge, inspirée par des pratiques guerrières, une lame aiguisée pour punir la verge inquisitrice. Le gland, court et large, fut seulement effleuré par le tranchant, Florence n'ayant pas eu assez de force pour terminer son geste. La lame blessa donc Rodrigue superficiellement ; une coupure sans gravité malgré les taches de sang spectaculaires sur son caleçon. Florence finit sur le plancher, rouée de coups. Rodrigue fulminait : porter ainsi atteinte à son sexe relevait du crime de lèse-majesté, cet organe était le centre névralgique de sa personne et son plus symbolique instrument de domination. Son statut de gangster impliquait un code d'honneur strict : qui touche à ma bite perd la vie. Problème : je suis un handicapé du crime. Je dois tuer cette fille, je ne peux pas tuer cette fille. Son angoisse était plus forte que sa fierté. Dix fois il s'essaya au meurtre sans succès : la pression devenait plus forte à chaque tentative. Florence lui révélait le dilemme d'une procrastination meurtrière éternelle. Qu'il occulta : il enferma la jeune femme, d'abord dans la cave, bien certain de passer à l'acte dans la semaine, avant d'hésiter trois semaines, puis un mois, deux mois, pour finalement mettre en œuvre la belle idée du couloir de la mort, célébrée outre-Atlantique et appréciée en France où une petite dizaine de condamnés passaient des nuits d'angoisse à se retourner sur leur paillasse. En s'alignant sur les valeurs universelles des grandes nations, Rodrigue confortait sa démarche, en gardant à l'esprit l'idée de résoudre ultérieurement le problème par un apprentissage sérieux de l'assassinat.

Il consentit à l'effort domestique pour éviter que la jeune fille meure de faim, parce qu'il n'était pas question pour lui qu'elle meure ainsi : il s'agissait d'une issue insoutenable de lâcheté, d'un grave manquement à l'éthique du meurtre. Paradoxalement, l'orgueil du bourreau sauvait sa victime de la famine. L'investissement n'était pas plus lourd que pour l'entretien d'un chat : deux éléments de plomberie détournés pour une hygiène de base, quelques boulettes de viande, un peu de pain, et petit à petit, Rodrigue s'habitua à ces cris désagréables mais lointains, qu'il n'entendait finalement plus que la nuit. Jusqu'au moment où, au bout de quelques mois, ils cessèrent complètement, Florence ayant compris qu'elle perdait inutilement une énergie que son régime alimentaire ne lui permettait pas de gaspiller. Le jour, l'esprit occupé par de multiples tâches criminelles, Rodrigue oubliait presque l'existence de la jeune femme, qui évoluait progressivement sous la forme d'une idée abstraite, d'un souvenir insolite.

En octobre 63, une proposition intéressante – un trafic international légué par un vieil ami sans descendance – entraîna le truand en Languedoc où il fit construire une villa à sa mesure. Le déménagement était une belle occasion d'en finir. Une fois l'appartement niçois vidé de ses meubles, Rodrigue se glissa, le cœur battant, dans la pénombre du couloir avec une cordelette. Cela faisait presque deux ans qu'il avait muré Florence et jamais il ne lui avait rendu visite, pour éviter de se confronter à sa propre incompétence. Il avait entendu parler de quelques désaxés roumains ou américains qui séquestraient leurs victimes durant des années pour profiter à moindres frais d'un objet sexuel à portée de main, mais lui-même ne se sentait aucune affinité avec ceux-là qu'il considérait comme des minables sans envergure, qui se cachaient comme des bêtes pour assouvir leurs pulsions misérables. Une fois entré dans la sombre cachette, un matelas, une petite armoire et un lavabo, il se pencha sur Florence endormie, emmitouflée dans une couverture, mais au moment où il vit son visage, un doute le saisit. Était-ce bien elle ? Il ne la reconnaissait pas tant elle avait grossi ; d'une frêle jeune femme dans son souvenir, elle s'était muée en une boule pâle et gonflée, ses cheveux étaient filandreux et infiniment longs, ses chevilles, si fines autrefois, ressemblaient à des poteaux.

Il lui passa la cordelette au cou. Elle ne bougeait pas. Ce moment mille fois rêvé parut trop réel à Rodrigue, qu'une peur nauséeuse coupa net dans son geste. À cinq heures du matin un second essai le poussa vers une strangulation fébrile, interrompue par le regard insoutenable de sa victime.

Il vomit dans le lavabo.

Son échec était incontestable : sa stature de grand criminel n'était qu'un leurre, on admirait ses exploits sans savoir qu'il manquait le principal. *Je suis un puceau du crime* ; c'est par cette phrase en boucle dans son esprit, dont l'écho allait revenir constamment pendant toutes les années qui suivirent, que Rodrigue résumait son impuissance. Il dut se résoudre à déménager Florence, à l'aide de barbituriques et d'une fourgonnette à double fond, pour l'installer dans son nouveau couloir de la mort, une fausse perspective au cœur de sa villa, qui en augmentait secrètement la superficie d'une cinquantaine de mètres carrés, dissimulés en pente douce entre le mur de soutien et le nivellement de la terrasse. Un couloir de la mort plus vaste et moins humide que la version niçoise. Rodrigue noyait son inquiétude dans une explosion de méfaits de toutes sortes, mais il retrouvait chaque nuit le cauchemar de son impuissance et chaque matin le funeste devoir de l'entretenir. La tentation d'un oubli définitif était forte, mais que la jeune femme meure de faim ou qu'elle meure étranglée revenait au même puisque au final elle mourrait, et l'idée qu'elle puisse pourrir dans l'excavation de sa maison le plongeait dans l'épouvante. Deux ans passèrent ainsi, quelques légumes et quelques fruits vinrent s'ajouter aux boulettes de viande, quelques livres également, dont Florence inscrivait les titres sur les assiettes d'un doigt trempé de la sauce épaisse qui garnissait généralement les plats, titres que Rodrigue ne parvenait pas toujours à déchiffrer – *La chamade*, *Les armes secrètes*, *Le baron perché* – et qu'il avait fini par fournir à sa victime, malgré la réticence qu'il éprouvait à communiquer avec elle. L'ajournement de son crime était finalement devenu une évidence à laquelle le truand avait fini par s'habituer et, même s'il en souffrait, qu'il ressentait la présence de sa condamnée comme une ombre lourde impossible à effacer, il parvenait malgré tout à trouver quelques moments d'insouciance.

Mais cela ne dura pas. Un événement imprévisible – résultat d'un excès d'orgueil – stoppa net ce confort relatif ; à l'instar de ses connaissances dans le milieu corse, dont il pouvait constater les hautes prétentions esthétiques, en l'espèce le soin qu'ils apportaient à leur palais narco et surtout au parc attenant, Rodrigue se décida à investir dans son image de marque en s'inspirant des jardins de Diane de Poitiers à Chenonceau (dont il avait vu une reproduction dans la bibliothèque d'une de ses victimes). Ses affaires étaient en effet suffisamment florissantes pour qu'il le fasse savoir, et sa demeure néoprovençale, en dépit de son immense surface et de ses tourelles d'inspiration gothique, manquait de prestige. C'est ainsi qu'il engagea un paysagiste visionnaire et efficace, connu en Cévennes et à Paris, afin qu'il transforme le relief de gravier de son terrain sans âme en jardin sublime. C'est un jeune employé de l'entreprise, un terrassier répondant au nom de Bernard Scarzino, qui découvrit par hasard le couloir de la mort alors qu'il creusait sous la terrasse pour planter des cyprès nains. L'incident s'était déroulé un vendredi, en fin d'après-midi, le jeune homme avait travaillé plus tard que ses collègues, il était seul, et sa pelle avait gratté contre un mur derrière lequel il avait distinctement perçu un cri. En creusant encore, il avait découvert, en collant son œil sur une fissure, le visage implorant d'une femme émerger de la pénombre – sans entendre dans son dos les pas de Rodrigue Santana qui s'enfonçaient dans la terre tout juste retournée.

La disparition soudaine et inexpliquée du jeune terrassier, déclarée le lendemain par ses parents, paysans des Pouilles émigrés en France quelques années plus tôt, finit par se noyer dans la banalité des autres disparitions, nombreuses et rarement investiguées par la police dès lors qu'il s'agissait de personnes modestes.

*

Les ampoules du couloir de la mort clignotent puis s'éteignent ; Camille panique, il a peur du noir, peur de revivre une soirée de torture, pendu tête à l'envers. C'est la première nuit qu'il va passer là, couché sur des cartons comme un vagabond sous un porche. Franck l'observe avec dédain, il lui adresserait volontiers quelques insultes pour lui rappeler que, s'ils sont là tous les deux, dans ce lieu immonde et sans issue, c'est par sa faute, à cause de cette idée tordue de se rendre à une soirée de femmes avec un prénom de femme. Cependant, Franck sent que la fatigue le gagne et abandonne l'idée de nouvelles invectives. Après quelques minutes Camille se calme puis s'endort, une serviette de bain élimée et humide en guise de couverture.

Franck s'allonge, nerveux. Les ronflements du couple résonnent derrière le mur de carton et l'agressent, il lui est impossible de faire abstraction de ce bruit répugnant sans l'aide d'une cigarette. La journée n'a pas été agréable, la rencontre avec les résidents officiels du lieu n'ayant pas été spécialement cordiale, même s'ils sont restés pacifiques après l'épisode du repas, où chacun s'était jeté sur le peu qui était proposé dans les assiettes.

— Je ne vous connais pas monsieur, lui avait dit froidement la femme obèse qui entraînait dans ses mouvements pesants des longues franges de tissus sales, mais nous risquons de partager notre existence pendant un moment. Merci de respecter les principes de la vie en communauté, avait-elle conclu en appuyant son regard bleu sur la face de Franck.

Celui-ci, impressionné par l'aspect de cette femme étrange (dont les cheveux en boucles grisonnantes se confondaient, en agglomérats solides, avec les lanières de textile sans couleur qui pendouillaient le long de son corps jusqu'au sol, y ramassant tout ce qui y traînait), avait marmonné une insulte dans sa barbe avant de voler une boulette dans l'assiette de Camille, émergeant tout juste des effets de sa séance de torture Tupperware. Le mur de béton gris ajouré d'une fente horizontale laissait à peine deviner la lumière du jour. La femme obèse avait entrouvert les deux cartons en paravent qui séparaient la pièce, tout en plongeant un cachet d'aspirine dans un verre d'eau sale qu'elle avait apporté à une forme couchée dans un entrelacs de couvertures. La forme avait grogné puis toussé. Franck s'était penché pour observer avec inquiétude la taille de la jambe qui dépassait de l'étoffe, et dont il avait conclu à sa vue, énorme morceau équivalant à la cuisse d'un veau, qu'il serait difficile de s'imposer sans arme dans cette situation nouvelle.

— S'il vous plaît, avait imploré Camille, paupières gonflées, en avançant ses mains en aveugle jusqu'aux épaules de Franck, où sommes-nous ? S'il vous plaît ?

— C'est pas à moi qu'il faut demander ça, avait répondu Franck en se dégageant brutalement de cette étreinte indésirable, va voir la dame derrière son carton, elle en sait plus que nous !

— La dame, quelle dame ?

— Si tu tâtonnes jusqu'au bout de la pièce tu tomberas dessus.

Après un instant de réflexion, Camille s'était exclamé :

— Le gérant du club de catch ! C'est lui ! C'est lui qui… Où sont les stagiaires Tupperware avec qui je suis venu ? Il les a tuées, c'est ça ?

— Non, il ne les a pas tuées, si c'était le cas mon vieux, on serait pas là.

— Comment ça ?

— Mon pauvre ami, avait dit la femme obèse derrière le paravent de cartons d'où émanaient les dialogues d'un téléfilm, ne vous fatiguez pas en conjectures. Prenez votre mal en patience. Je suis là depuis dix-sept ans.

— Quoi ? avait crié Camille.

— Dix-sept ans, mon mari dix et le petit est arrivé intra-muros… Bienvenue en enfer !

La forme couchée s'était alors soulevée sur son coude pour regarder les nouveaux arrivants. Il était vêtu d'un tee-shirt sale et sur son visage, rouge, se lisait une expression de douceur.

— Bienvenue en enfer, avait-il appuyé en picorant d'une main charnue le reste de riz.

Il s'était présenté :

— Bernard. Et ma femme s'appelle Florence…

— *Florence* comme la ville d'art et d'histoire que je rêve de parcourir un jour, avait-elle complété tristement.

Franck les avait observés, rêveur, non pas qu'il se fût attendri à la vue de ce qui ressemblait à un couple uni, il était plutôt intrigué par l'élasticité dont leur peau faisait preuve pour contenir une telle quantité de matière adipeuse. Et la comparaison de l'espace ainsi occupé avec celui de son propre corps, plus fin et cassant qu'un bout de bois calciné, l'avait placé devant une évidence : la faiblesse palpable de sa présence sur terre, du point de vue du volume. Camille, pour sa part, semblait s'être décomposé après avoir saisi combien son avenir s'assombrissait, et ce constat l'avait plongé dans la sidération.

— Notre fils dort pour le moment, avait précisé Florence d'une voix douce en éteignant le poste de télévision, vous le verrez bientôt. C'est un enfant magnifique. Je suis sûre que vous l'aimerez.

— Je n'aime pas trop les enfants, s'était excusé Franck.

— Vous n'aurez pas d'autre choix que de l'aimer, avait conclu Florence avec une expression menaçante.

L'heure est calme maintenant, les ronflements se sont apaisés. Il doit être deux ou trois heures du matin, se dit Franck qui ne peut consulter sa montre dont les aiguilles ont été stoppées par la droite baguée de Rodrigue à la décharge publique. Le sommeil ne vient pas et Franck tourne en rond dans le noir, à vitesse progressive. Il déchire la jupe de son faux tailleur Chanel au niveau des genoux pour marcher plus à l'aise, en maudissant Rodrigue de ne pas lui avoir rendu ses vêtements civils. Il s'allume le bout du majeur à l'aide d'un briquet imaginaire et tire une bouffée de fumée virtuelle, qu'il recrache avec assez de conviction pour y croire lui-même. En reprenant le pas, il se cogne sur un être mou qui s'enfuit vers le trou grillagé du fond de la pièce, en se défroquant. Franck se raidit ; en face de lui se trouve un enfant énorme qu'il distingue à peine dans la pénombre, habillé seulement d'une couche-culotte baissée sur ses chevilles et qui tente maladroitement de saisir un carton au sol, pour s'en faire un paravent. Son visage crispé laisse voir de petits yeux mouillés.

— Je ne vous connais pas, monsieur, fait l'enfant d'une voix haut perchée en installant son carton verticalement.

— Ta mère t'a pas prévenu ? se risque Franck, intimidé par la forme particulièrement inhabituelle de l'être qui se trouve à quelques mètres de lui, je suis nouveau ici…

— Ne me regardez pas comme ça, vous voyez bien ce qui m'occupe, s'agace l'enfant.

Franck, médusé, aspire mécaniquement l'extrémité de son pouce sans répondre.

— Je souffre d'incontinence chronique, reprend l'enfant, c'est maman qui m'a appris le terme. Elle connaît beaucoup de choses et mettre des termes sur des douleurs permet de mieux les supporter.

— C'est sûr, acquiesce Franck sans avoir écouté.

— Je ne vous connais pas, menace l'enfant.

— Moi non plus je te connais pas ! répond Franck avec un petit rire forcé.

— Votre présence me gêne, monsieur. Je n'ai jamais vu personne d'autre que mes parents, même si je sais que nous sommes des milliards sur la planète. Mais je n'ai jamais vu d'étrangers en chair et en os, et quand je vous vois, ça me donne la chair de poule, c'est comme une douleur ! Et comme je vous l'ai dit, je dois mettre un nom sur la douleur.

— Oui, ça fait toujours du bien.

— C'est quoi votre nom ?

— Franco. Pour les intimes. Sinon c'est Franck mais tu peux m'appeler Franco parce que tu es jeune. Tu n'aurais pas une cigarette par hasard ?

— D'où sortez-vous, Frico ?

— Franco.

— Personne n'a le droit de venir ici, reprend l'enfant avec intensité, nous vivons en harmonie et l'harmonie se rompt avec des éléments extérieurs. Vous ne pouvez pas rester ici.

Franck s'immobilise, bras ballants. C'est sans doute un cauchemar, se dit-il sans prendre la peine de répondre, un gosse de moins de dix ans ne parle pas comme ça, comme un ministre ou comme un chef d'entreprise. Et cette voix bizarre, un enfant n'a pas une voix pareille, ou alors avec une maladie des cordes vocales… Un effet du manque de nicotine sans doute, en réalité je suis en train de dormir, je vais me retourner et il ne sera plus là. C'est souvent comme ça dans les cauchemars : pas de logique et des surprises.

— Je n'ai jamais partagé de jeux avec qui que ce soit, continue l'enfant toujours accroupi, et pour être franc, ça ne me manque pas : je ne crois pas aux vertus pédagogiques du jeu, pas plus qu'au partage ou à l'amitié. De toute façon, l'amitié, je n'y ai pas accès. J'apprends par les programmes de télévision et les explications que ma mère m'en donne, et c'est suffisant. Et plus riche d'enseignements que les tentatives de l'Éducation nationale, auxquelles j'ai pu échapper, par chance. Ici je suis le centre de toutes les attentions, le sujet de toutes les aventures ; je suis un héros. Le héros de mon univers, le héros de mes parents. Cette île est fermée aux étrangers. Vous comprenez ?

Franck estime qu'il n'est pas utile de répondre, son interlocuteur n'étant qu'une vision due à la phase de sommeil paradoxal dans laquelle il vient d'entrer, et même si ce gosse paraît réel, que sa voix aiguë fait désagréablement vibrer ses tympans, il n'est pas l'heure de s'en soucier, mais plutôt celle de profiter d'une nuit réparatrice en acceptant toutes les propositions farfelues de son cerveau, qui présentement ondule. Sans doute moins que lors de ses flâneries médicamenteuses, mais avec un parfum plus insolite. Toutefois, le rêve se poursuit avec une unité de lieu et une unité de temps qui deviennent inquiétantes.

— Vous ne pouvez pas venir semer le trouble au sein de l'amour qui m'unit à mes parents, monsieur Frico, reprend l'enfant, s'il faut employer des termes directs, je n'hésiterai pas à le faire, puisque apparemment vous n'entendez pas ce qui est suggéré. Vous manquez de culture, vous ne regardez sans doute pas assez la télévision, cela vous permettrait une perception plus fine du monde. Disparaissez, monsieur Frico, mes parents feront le nécessaire. Ceci est une menace ; vous ne resterez pas ici, vous ne resterez pas parce que je le désire, et ce que je désire devient toujours réalité.

Franck tourne un instant autour d'un carton, regarde encore l'enfant. Il hésite à le gifler pour éprouver la texture du songe ou, à défaut, si par extraordinaire ce qu'il a sous les yeux appartient bien au réel, pour exprimer un peu d'autorité physique. Cela dit, sentant confusément qu'il ne fait pas le poids – à aucun niveau, ni physique ni rhétorique – que ce soit en rêve ou non, épuisé et sans nicotine pour se donner du courage, il se couche finalement à même le ciment.

Iris a marché toute la soirée dans les rues de Nîmes en maintenant son mouchoir sur son visage, sans entendre les bruits de la ville, comme si ses oreilles avaient été anesthésiées et remplies de terre. La scène qu'elle a vue, Tony arc-bouté sur cette blonde, lui revient en boucle sans laisser le moindre espace à d'autres pensées, et se surexpose à tout ce qu'elle voit : les rues, les boutiques, les passants, dont certains s'inquiètent de son état – « Vous êtes sûre que ça va, mademoiselle ? » Elle parcourt ainsi des kilomètres, avec par moments des accès de larmes, et toujours ce sifflement sourd, comme si elle venait de se prendre un coup de pioche sur la tête. La nuit est tombée à présent, sans lune, venteuse, Iris traverse des zones sombres éloignées des lampadaires, sillonnées par des types saouls qui par chance ne la remarquent pas. Des voitures passent sur la nationale en éclairant ses jambes, quelques-unes freinent ou ralentissent et Iris, par réflexe, s'enfonce dans le bois. Dans le noir complet le visage rouge de plaisir de Tony revient à ses yeux, avant que le parfum des chênes verts et des pins maritimes lui offre un peu de répit en lui apportant d'autres souvenirs, plus doux, ces balades dans le maquis avec ses cousines, Bernadette et Alexandra, quand elles avaient dix ans et qu'elles jouaient au football en glissant, légères, entre les ombres des arbres. Les pins, chauffés au soleil, dégageaient l'odeur d'une pâtisserie sortie du four.

Iris ne sait plus où se rendre. Elle ne veut pas remettre les pieds dans l'appartement que lui offrait Tony, et elle ne veut plus entendre parler de sa mère, qui, au demeurant, habite loin, vers Avignon. Son père, lui, n'est plus de ce monde.

C'est ainsi qu'elle monte le chemin caillouteux qui mène au mas, alors qu'une aube grise en éclaire faiblement la façade. La porte est fermée, les volets sont clos, la jeune femme n'ose pas frapper à la porte. Elle remarque que la porte vitrée du lavomatique est entrouverte et lentement, comme un chat fatigué, elle s'immisce à l'intérieur puis se laisse tomber sur la petite chaise de rotin qui en meuble l'entrée. De là, épuisée, avec la sensation d'avoir bu un demi-litre d'alcool, elle lève les yeux vers la singulière sculpture de bois et de pièces de métal, en forme de jambes, reliée à un petit moteur, qui trône sur une machine à laver.

*

Rodrigue sort de l'église, le cœur gonflé de joie. Il a le sentiment de voler à un mètre du sol tels ces saints auréolés qu'il avait repérés adolescent sur des vitraux aux Saintes-Maries-de-la-Mer. Il regagne sa BMW, en claque la portière puis démarre en faisant rugir les quatre cylindres. Une envie soudaine d'embrasser les gens qu'il croise le surprend lui-même, par chance pour ces derniers Rodrigue est pressé.

— Aimez vos ennemis, faites du bien à ceux qui vous haïssent, et priez pour ceux qui vous persécutent et qui vous calomnient, venait de lui dire le père Damien dans la pénombre du confessionnal.

— Merci mon père pour ces jolies paroles, lui avait répondu Rodrigue, mais ce ne sont que des mots ; vous devez m'accompagner, comme vous l'avez toujours dit. L'heure de ma rédemption approche, l'heure des actes ! Et vous devez y assister !

— Certainement… Mais sous quelle forme ? Quel geste comptez-vous faire pour votre rédemption ?

— Vous me faites confiance ?

— La confiance est le premier contrat qu'un homme d'Église signe avec ses fidèles.

— Alors vous viendrez. Je vous montrerai. C'est vraiment important pour moi.

— Soit, mon fils… Je viendrai. « Tu es la lumière de ma lampe, Seigneur mon Dieu, tu éclaires ma nuit. Grâce à toi, je saute le fossé, grâce à mon Dieu, je franchis la muraille. »

Alors qu'il approche du portail aux lions sculptés de sa villa, Rodrigue donne un coup de volant vers la gauche pour mieux voir, dans son rétroviseur, le véhicule stationné une centaine de mètres en arrière. Encore cette maudite flicaille, pense-t-il en grimaçant, cette fois ils se collent vraiment à mes basques. D'une marche arrière rapide, il vient se garer à la hauteur des deux fonctionnaires en civil pour leur adresser un signe artificiellement amical. Ces derniers, surpris, manquent de s'étouffer avec leurs sandwichs.

*

L'estomac du facteur est encore noué ce matin, et la posture qu'il adopte pour pédaler plus vite – plié en avant – n'arrange pas ses performances digestives. En grimpant la pente qui mène au mas, une angoisse lui coupe les jambes. Il craint de voir apparaître la maîtresse de maison entièrement nue errant dans le jardin, ou pire encore, le vieux Gitan en chaise roulante, menaçant, s'approcher avec un couteau effilé. C'est pourquoi il laisse son vélo au seuil du portail rouillé qui délimite l'entrée, et ne prend pas la peine de marcher jusqu'à l'épave de la 203 pour y déposer le courrier. De toute manière, se dit-il, ces gens-là ne reçoivent que des publicités. En conséquence, il envoie les deux enveloppes d'un geste précis vers l'épave, lettres qui retombent, pour l'une – un appel au denier du culte émanant de l'évêché – directement dans la boîte à gants (dans le mille, se félicite-t-il), quant à l'autre, une lettre grise, austère, elle se fige dans une rainure au bas de la caisse rouillée, et devient ainsi difficile à repérer. D'ailleurs personne ne remarquera cette enveloppe, ni Éva ni Claude, et celle-ci finira quelques jours plus tard, sous l'influence du mistral, par voyager jusqu'aux abords de la Méditerranée, avant de rouler sur le sable pour finalement disparaître sous les vagues lourdes.

Cette lettre, à l'attention de M. et Mme Parcœur, que personne ne lira jamais, est siglée du ministère de l'Intérieur et accompagnée d'un mot signé de la main de M. Whal, secrétaire général adjoint du président de la République.

*

Au matin Éva a trouvé Iris couchée dans le lavomatique entre deux machines et, touchée par tant de faiblesse, s'est décidée à l'accueillir et à lui venir en aide. La solidarité entre femmes n'a jamais été pour elle une préoccupation majeure, moins encore maintenant que les échos du discours féministe résonnent partout et lui inspirent par ailleurs un dégoût aristocratique ; elle se considère en effet comme une grande figure, une Femme Légendaire, au-dessus du monde et loin de cette mêlée de novices vulgaires exprimant de manière méprisable leurs combats si terre à terre. Toutefois, elle voit maintenant en Iris sa possible et unique disciple, même si celle-ci est encore puérile, naïve et, pour tout dire, un peu bourgeoise. En l'occurrence cela n'a pas d'importance, se dit Éva, ce n'est pas sur le terrain criminel qu'elle sera mon héritière, mais sur le terrain de l'indépendance.

Dès le saut du lit Claude est retourné à sa machine. Célestin hésite à l'y rejoindre ; Iris, après une heure de repos dans la chambre du jeune garçon, est réveillée maintenant et, allongée sur le lit, passe sa main délicate derrière la courbe de son oreille pour y maintenir une mèche de cheveux orange, tout en laissant son regard vaquer rêveusement dans les sous-bois de l'affiche reproduisant la toile de Nicolas Poussin.

— Tu sais que maintenant je sais bien lire toutes les lettres et les phrases, lui lance Célestin, assis à ses côtés, d'un air canaille.

— C'est bien ! Ça ne m'étonne pas, tu es malin comme un singe.

— Pourquoi papa est si vieux ? Pourquoi maman ressemble à ces grands-mères qu'on voit à la télé et qui vendent des machines à laver ?

— Qu'est-ce que tu racontes ? s'inquiète Iris, tes parents ne sont pas si vieux !

Célestin ne dit rien mais regarde Iris avec insistance, comme s'il attendait un aveu de sa part. Puis il saute du lit et lui prend la main.

— C'est l'anniversaire de papa aujourd'hui ! Il faut qu'il soit content !

Claude vient de comprendre que sa machine fonctionnerait mieux s'il y installait un harnais pour soutenir ses hanches, ultime étape vers la résurrection. Et cette renaissance ira encore plus loin qu'il ne l'espère. De la machine à marcher il n'y a qu'un pas vers la machine à baiser, se dit-il. Le harnais fera office de bassin que je pourrai faire onduler pour retrouver les plaisirs de l'amour. Parce que je suis un homme et que, sans pratique fornicatrice, un homme n'est pas digne de ce nom. L'avenir de Claude s'écrit donc sous le signe de Vénus, pour renouer les fils qui étaient jadis serrés entre lui et sa femme et qui depuis se sont effilochés. Quand je retrouverai mes qualités viriles, pense-t-il, Éva m'admirera de nouveau : je pourrai reprendre le lavomatique, les affaires, la poudre, donner des ordres, je pourrai rebattre les cartes de ma mise en quarantaine, répondre à Rodrigue à hauteur d'homme, voire lui cracher à la gueule.

Pour l'heure, Claude négocie avec sa femme un peu de place dans la cuisine pour y préparer son repas d'anniversaire.

— Débrouille-toi, il doit y avoir un livre de recettes quelque part, lui répond-elle froidement, et attention au four ; au-dessus de 190 degrés il risque d'exploser.

Claude fait un détour par le jardin pour ramasser du thym et deux belles tiges de romarin, en se penchant dangereusement depuis sa chaise roulante. Cuisiner n'est pas dans ses habitudes, mais il tient cette fois à élaborer lui-même un repas harmonieux et, si possible, agréable à déguster. Il décline la proposition d'Iris et de Célestin qui se sont gentiment proposés pour l'aider à préparer le gigot – ou plutôt le morceau de viande sous cellophane qu'il nomme ainsi.

— Laissez-moi faire mes chéris, je suis un homme nouveau. Célestin, trouve-moi juste la farine pour le gâteau, elle doit être dans le placard du haut.

Alors que Claude enfonce quelques morceaux d'ail dans la chair rouge, en se remémorant par fulgurance des épisodes lointains de sa vie sexuelle, Éva, nerveuse, referme subrepticement la porte du salon derrière elle, puis se dirige vers le téléphone derrière lequel se trouve l'épais annuaire du Gard. Elle chausse ses lunettes pour mieux voir les *M* en haut de la fine page jaune. Ses yeux descendent ensuite, accompagnés de son doigt sur le papier, vers les *Mai* pour continuer sur les *S* jusqu'à la *Maison de retraite de Saint-Jean*, *Alès*. 66-54-20. Elle compose le numéro du bout de son ongle rouge et, en baissant la voix afin que personne dans le mas ne l'entende, elle s'enquiert, auprès de la secrétaire qui lui répond, des conditions, tarifs et places disponibles. Le visage tourné vers la fenêtre, elle ne se doute pas que Claude l'écoute, dans l'encadrement de la porte, alors qu'il venait s'informer de l'emplacement possible d'un verre mesureur. À présent bien sûr, la question n'a plus la moindre importance et il retourne discrètement en cuisine avant qu'Éva puisse s'apercevoir de sa présence. Sans un mot, l'esprit vide, les traits soudainement affalés comme si l'attraction terrestre voulait l'attirer sous le sol, il enfourne la pâte du gâteau en fixant l'intérieur du four de la même façon qu'on fixe un feu de cheminée, le regard mort. Il dresse ensuite la table, du mieux qu'il peut, en se retenant de pleurer, il installe quelques décorations, un ruban ici, une jonquille sur la nappe, une botte de persil en ornement.

Après quarante minutes de cuisson, le repas est prêt. Le four étant vétuste, il chauffe également la cuisine, dans laquelle on suffoque. Claude, fatigué, fait l'effort d'enfiler une veste propre pour cacher les diverses auréoles qui tachent sa chemise. Célestin arrive le premier puis s'assoit, avec un large sourire, arrive ensuite Iris qui illumine la pièce de ses cheveux orange. Elle complimente le maître de maison pour la qualité de la table dressée, et cela réveille un peu l'enthousiasme de Claude. De son côté, Éva s'évertue à être en retard de dix bonnes minutes, afin de faire comprendre à son mari que ce repas familial est malvenu, qu'il donne une idée fausse de l'état de leur couple. Elle entre enfin, vêtue de sa robe fendue à motifs panthère, s'assoit et égrène, tout le long du repas, les médiocrités, incapacités, défaillances et autres incompétences de son époux, et par extension, de la majorité des époux, cela en rappelant que dans époux il y a *poux*, il y a même *des poux*, ce qui fait rire Célestin. Claude, le nez dans son assiette, n'est pas apte à se défendre, parce que les exemples cités par Éva sont difficilement discutables, à moins d'être de mauvaise foi, ce qui lui demanderait de l'énergie, mais aussi de l'imagination – deux qualités qui lui manquent cruellement à ce moment précis. Il sent l'attraction terrestre qui s'acharne à nouveau sur lui et l'écrase littéralement, lui et lui seul, comme la foudre sur un pylône. Il se sent vidé de sa sève. Il repense à la nature du coup de téléphone qu'Éva a passé avant le repas et s'en répète intérieurement les quelques phrases pour être bien certain qu'elle les a prononcées. Mais à présent plus rien n'est tangible, le reste du déjeuner d'anniversaire se déroule comme s'il se réveillait d'une opération à cœur ouvert, dans un hôpital lointain. Il regarde son fils comme dans un songe, il le trouve si beau, il ne l'entend plus, pourtant Célestin lui parle :

— Hein ? s'éveille Claude.

— Tu es sourd ou quoi papa ? Iris et moi on va t'offrir des choses mais on n'a pas eu le temps de préparer. On va t'offrir des chaussures parce que tu pourras bientôt les enfiler pour faire des kilomètres !

— C'est gentil mon lapin, se réjouit amèrement Claude, vous êtes trop mignons. Iris ma chérie, tu es tellement belle, ajoute-t-il avec une mine si attristée que la jeune femme se demande ce qu'il peut bien penser en disant cela.

Célestin retire le gâteau du four avec enthousiasme avant que Claude s'approche pour y planter patiemment six petites bougies (les dernières qu'il reste dans la boîte), ainsi que sept allumettes, pour compléter.

— Soixante-sept, en conclut Iris, vous avez l'air tellement plus jeune !

— Tu ne sais pas mentir ma chérie, coupe Éva.

À quelques kilomètres de là, Rodrigue passe les vitesses de sa BMW comme si le levier lui brûlait les doigts, aussi rapidement que la voiture se déplace sur la nationale ensoleillée. Il double tout ce qui se présente devant lui sans s'inquiéter de ce qui arrive en face. Il en oublie la bifurcation vers le chemin caillouteux. D'un coup d'incisive, il arrache une Lucky Strike de son paquet et enfonce l'allume-cigare avec une impatience enjouée.

— Bonnie ! tonne-t-il après une aspiration de fumée brûlante, Bonnie Parker, une belle femme… Une belle femme CAPABLE DE TUER !

Rodrigue semble soudainement redécouvrir cette évidence ; l'image de Bonnie Parker, jeune, cheveux dorés, mitraillette en bandoulière, s'impose à son regard et lui fait oublier la route. Il redresse son volant d'un coup sec en évitant un platane, puis il négocie un demi-tour complet pour accéder à l'embranchement qu'il a raté.

— La vieillesse n'est pas synonyme de retraite, dit-il encore d'une voix forte en pointant son index bagué vers le ciel, Bonnie ma belle, tu es la main qui me guidera vers le meurtre !

Accroché à son volant il grimpe la côte dans un nuage de poussière, puis il pile devant le lavomatique. Alors que Claude vient de souffler péniblement sur les bougies, en insistant ensuite sur les allumettes qui ne voulaient pas s'éteindre, Rodrigue, en sueur, pénètre dans la cuisine qu'il assombrit de son énorme corps.

— Éva ! hurle-t-il en faisant sursauter tout le monde, j'ai un marché à vous proposer ! Vous ne pouvez pas refuser !

Mes paupières sont collées, je n'y vois rien. J'ai du beurre dans la tête. Qu'est-ce que c'est que ces trucs en face… Des fauteuils ? D'autres fauteuils, occupés par des ombres, rangés derrière une table. Des fleurs en plastique, une viande sans couleur, une purée pâle. Des blouses blanches se déplacent d'une ombre à l'autre. Qui est cette momie ? Éva ? Non, bien sûr que non, ce n'est pas Éva… Elle porte un verre à ses lèvres toutes fines, par lampées énergiques. Elle m'a fait un clin d'œil ? Je rêve ou quoi ? À droite, ce vieillard tout fripé, on dirait un fœtus ; il est au moins aussi rouge… C'est à moi qu'il parle ?

— Quelle est votre chanson préférée ?

Qu'est-ce qu'il me veut avec sa voix affreuse ?

— Moi c'est Charles, comme le Général… Et vous ?

Il me regarde de travers.

— Vous aussi vous perdez la tête, la moitié des

gens ici perdent la tête, c'est épuisant. Quelle est votre chanson préférée ?

La tête lourde, Claude se réveille dans une chambre propre. Derrière la fenêtre il devine un parc et au loin, des grilles. Une télévision neuve trône sur une table briquée. Il reconnaît le vieillard, Charles, qui entre dans la chambre en riant comme un jouet mécanique, accompagné de la petite dame aux yeux vitreux dont la voix jaillit avec enthousiasme. Tous deux l'invitent à une partie de poker que la politesse lui interdit de refuser. La dame sort un jeu de cartes d'une sacoche de cuir noir, Charles pose sur le lit des pions de couleur, répartis en trois parts égales.

— Votre femme est décédée ? s'enquiert Charles.

— Pas du tout. Pourquoi cette question ? se défend Claude.

— Elle n'est pas avec vous ? Elle est beaucoup plus jeune n'est-ce pas ?

— Ça ne vous regarde pas.

— C'est important de se savoir aimé, lance la vieillarde.

— Surtout à nos âges, il n'y a plus grand monde pour nous le dire, conclut Charles en déposant une paire de valets sur le drap.

Claude laisse tomber ses cartes sans les avoir regardées. Un brelan de dames laissé dans le désordre. Le vieillard ramasse la mise, l'air de rien, avant d'essuyer ses lunettes. Le regard de Claude se perd alors dans les feuillages remuants des grands frênes. Des statues sont couchées, abîmées, dans le parc. Elles ont été coupées à leur base, comme on le ferait pour des arbres. Des vestales en plâtre, aux visages rongés par l'humidité.

— Comment ma femme a-t-elle pu penser que je n'avais plus d'avenir, dit Claude en suivant un vol de mésanges, et me déposer comme ça, directement à la décharge ?

— La décharge ? Vous n'êtes pas tendre, s'étonne Charles, c'est une bonne maison ici.

— Comment a-t-elle osé penser que je n'avais plus les capacités de m'occuper de mon petit Célestin, mon bébé chéri ?

— Vous aussi, après avoir tué, vous écriviez, n'est-ce pas ? demande une voix de l'autre côté de la pièce.

Un médecin, de petite taille, blouse blanche sur costume de ville, apparaît dans l'encadrement de la porte.

— Comment vous savez ça ? s'offusque Claude, personne n'est au courant !

— C'est mon métier, répond le psycho-gérontologue d'une voix neutre.

Plus tard, Claude est seul. La chambre est vide, le téléviseur allumé. Sur la surface de l'écran s'agitent les images d'un mariage princier ; une calèche, des chapeaux, une foule.

— Oui, j'écrivais, dit Claude, je n'ai rien montré à Bonnie parce que j'avais honte ; elle avait été à l'école, pas moi. Je faisais des fautes partout. J'admirais ses phrases, mais vous comprenez, je ne voulais pas passer pour une lopette, la poésie c'est pour les femmes.

— Sornettes, répond une voix derrière le mur : Staline était poète à ses heures, avec un certain talent d'ailleurs, alors que déjà il tuait plus qu'il n'est permis.

— Vraiment ? fait Claude, pensif.

— En Russie on aimait les poètes, dit la voix.

— Avec Bonnie on tuait avant lui. Déjà en 1925, non, en 27…

— Pas si sûr.

— Qu'est-ce que vous en savez ? s'agace Claude.

— Voici votre piqûre, dit une infirmière soudainement apparue pendant que le médecin, posté derrière elle, surveille le bon déroulement du protocole d'un œil pointilleux.

— Comment ça, ma piqûre ? s'inquiète Claude en haussant le ton.

Le médecin se jette sur lui pour maintenir son bras ouvert. Au contact de l'aiguille froide qui pénètre sa veine, Claude se réveille, paniqué, mais il se réveille dans la chambre crasseuse du mas ; il est étendu sur son matelas et prend conscience qu'il sort d'un mauvais rêve. Soulagé, il savoure ces retrouvailles avec le réel, dont l'expression la plus fiable est l'odeur puante de son grabat et sa peau qui le gratte. Ouvrant l'œil, il aperçoit qu'à son chevet, sur une chaise de plastique, sa mère est assise – discrètement, prenant le moins de place possible, sa mère, morte il y a quarante ans.

— Maman, c'est bien toi ? s'effraie Claude.

— Bien sûr, mon trésor, qui veux-tu que ce soit ?

Elle est vêtue d'un tailleur sombre, élégante et raffinée en dépit de son visage buriné par le soleil du Texas. Elle remet son chapeau en place avec un geste un peu gauche. Ses pieds sont nus et Claude remarque qu'il lui manque deux orteils au pied droit.

— Quand tu es revenu de prison avec ce handicap, ça m'a tordu le cœur, dit-elle d'une voix blanche, alors moi aussi je me les suis coupés.

— Mais maman, c'est absurde ! Justement, c'était pour éviter le bagne que je m'étais coupé les orteils !

— Parle-moi en anglais mon chéri, je ne comprends pas ce que tu me dis.

L'image assise sur la chaise en plastique s'évapore alors et Claude se réveille à nouveau, en sueur, et toujours dans sa chambre du mas. La réalité retrouvée s'incarne sous la forme de l'horloge, dont Claude reconnaît le crissement caractéristique lorsqu'elle tourne : il est deux heures. Du matin certainement, il fait nuit noire. Claude se penche pour attraper le grand verre d'eau. Le gigot était réussi mais sa digestion en est difficile : le sang cuit a poussé le cerveau de Claude à secréter des cauchemars. L'eau fraîche est un bonheur.

Éva occupe la chambre juste au-dessus. Ne trouvant pas le sommeil, elle allume l'interrupteur dénudé de sa lampe de chevet. Elle feuillette un prospectus publicitaire puis un autre, sans les voir, l'esprit accaparé par la proposition faite plus tôt par Rodrigue et qui tourne et retourne dans sa tête à tel point qu'elle n'en saisit plus vraiment la juste perspective. Un retour au meurtre n'est certainement pas dans ses intentions, elle a donc refusé l'offre du truand malgré la somme proposée. Cela dit, le problème reste entier à cause du chantage qu'il lui a imposé sans détour :

— Tony et Iris mis à part, je suis le seul à connaître votre véritable identité, avait-il dit au vieux couple alors que Claude faisait la vaisselle, et un secret est une valeur négociable : vous serez les seuls à connaître les miens. C'est un secret contre un autre ! Et je suis prêt à parler partout du vôtre… Sans parler du gosse trouvé dans les bois !

À l'évocation de cet épisode, Éva, ulcérée, avait lancé un regard haineux à Rodrigue avant de faire semblant de cracher au sol.

— Salaud ! Voilà des pratiques franchement lamentables, tu me débectes, Santana, avait-elle asséné en fermant la porte de la cuisine après avoir vérifié que Célestin, accompagné d'Iris, avait bien rejoint la chambre et ne pouvait les entendre.

— Allons Bonnie, vous ne pouvez pas mépriser votre passé, ce que vous étiez, vous l'êtes toujours. Faites un effort !

— C'est quoi votre secret ? s'était aventuré Claude.

Rodrigue avait toisé le vieux bandit d'un regard condescendant, ne l'estimant plus capable, vu son état ainsi que celui de son fauteuil, de rendre le moindre service criminel. Il sentait déjà le sapin. C'est donc en regardant Éva qu'il avait répondu, et cette discrète insulte avait fait tourner le sang de Claude qui était devenu rouge d'une colère retenue. Bande de sales fumiers, avait-il pensé, vous m'enterrez un peu vite. À cet instant il avait senti son cœur frémir et s'emballer. Furieux mais impuissant face à cet organe déficient, il avait été contraint de se résigner, piteux comme un enfant grondé.

— Des secrets j'en ai deux, avait dit Rodrigue sur le ton de la confidence, le premier c'est que je dois liquider un stock, de la marchandise sans perspective, encombrante et confidentielle. Vous ne pouvez pas refuser.

— Impossible, avait dit Éva.

— Pendant des années j'étais aveugle, avait insisté Rodrigue en fixant la maîtresse de maison, je vous voyais comme une statue, une légende, et les légendes, on pense toujours qu'elles sont figées dans le marbre ! Vos talents de meurtrière étaient passés à la trappe. C'est stupide, pas vrai ? Quel temps perdu !

— C'est toi qui perds ton temps, Santana, la gestion de tes stocks, ça me regarde pas.

— Aidez-moi, Éva, avait imploré Rodrigue, il y a une chose que vous ne savez pas, et que personne ne sait, et c'est mon deuxième secret ; si je vous en parle c'est parce que je vous fais une immense confiance. Immense ! avait-il souligné en décrivant un large cercle avec ses bras.

— Vas-y, accouche ! avait coupé Éva.

— Je suis un puceau du crime ! Je n'ai jamais réussi à dézinguer qui que ce soit ! Mais vous allez m'y aider, vous comprenez ?

Claude, sidéré, avait stoppé net sa vaisselle en laissant l'eau chaude couler dans le lavabo.

— Tu rigoles ? avait-il dit d'une voix blanche, comment ça tu n'as jamais dézingué personne ? C'est impossible ! Ça se voit tout de suite que tu as les mains couvertes de sang.

Éva, pour sa part, avait marqué un temps de réflexion, et, bien que surprise par cet aveu, n'avait pas semblé concernée :

— C'est ton problème mon grand, c'est sûr que c'est un gros problème vu ton profil, mais nous, on n'y est pour rien.

— Merde ! Assez de palabres ! avait tranché Rodrigue sur un ton menaçant. Trois hommes, une femme, un enfant !

Éva avait pris peur, puis répété son refus avec suffisamment d'aplomb pour que Rodrigue finisse par se taire et quitter le mas. Toutefois, elle avait senti, à ses regards de chien traqué, que le patron du club de catch ne s'arrêterait pas là, et qu'il risquait de revenir d'ici peu.

Éva éteint la lampe. De l'autre côté du couloir, une lumière faible éclaire la chambre de Célestin.

*

— Tu sais qui sont mes parents en vrai ? Tu sais qu'ils sont célèbres ?

Iris ne sait que répondre.

— Bonnie and Clyde ! affirme Célestin d'une voix assurée, ce sont les plus grands bandits américains ! Tu ne me crois pas ? Je sais lire, j'ai vu des vieux journaux et des livres que maman cache dans sa chambre, je les ai reconnus.

Iris, surprise et confuse, remonte le drap jusqu'en dessous de son menton.

— Mais non Célestin, non, ça ne peut pas être vrai, tu te fais des idées…

— Même Tony le sait ! Il connaît le vrai nom de papa !

— C'est une erreur, Célestin ! De toute façon, Tony n'est pas digne de confiance.

— Ça, c'est vrai, mais il sait quand même des trucs.

Embarrassée, Iris fixe une araignée sur le mur en face. Puis ses yeux machinalement descendent et se posent sur le visage flou de la jeune femme peinte sur l'affiche.

— Non, tes parents ne sont pas Bonnie et Clyde. C'est ridicule voyons. Qui pourrait croire à une telle blague ?

Célestin semble réfléchir. Qui pourrait croire à une telle blague en effet, se répète Iris en réfléchissant elle aussi. Si elle vient de mentir c'est uniquement dans l'espoir de préserver Célestin, cependant, cette évidence qui lui paraissait jusqu'alors indiscutable – Éva et Claude sont Bonnie et Clyde– commence à vibrer à son esprit de manière incertaine.

— Papa est plus vieux, mais il a la même tête que sur les photos anciennes, continue le garçon, et maman, ça se voit encore plus que c'est elle : exactement la même façon de fumer sa cigarette.

L'araignée sur le mur se décide à bouger de quelques centimètres. Iris ressent le besoin de se lever : ses pensées circulent à une telle vitesse qu'elles ne peuvent rester confinées. Elles sortent soudainement :

— Est-ce que tout ça ne serait pas une énorme farce ? Tes parents ? Tu vois bien qu'ils ne parlent pas anglais. S'ils étaient américains, ça s'entendrait à leur accent. Et tu crois qu'on peut disparaître, comme ça, quand on est aussi célèbres ? Qu'on peut se faire remplacer par d'autres dans un claquement de doigts et que personne ne retrouve jamais ta trace ?

— Oui, s'exclame Célestin, bien sûr que oui ! Ils sont tellement forts, ils peuvent tout réussir, les tours de magie et les plus grands casses du siècle !

Iris se laisse retomber sur le lit, comme saisie d'une intense fatigue. Elle regarde ses mains, puis à nouveau l'araignée, qui cette fois a disparu.

— Je n'y crois pas, Célestin… En fait, je n'y crois plus. Tu sais, en y réfléchissant. Je suis sûre qu'ils se sont menti à eux-mêmes toute leur vie, jusqu'à se persuader pour rendre tout ça plausible… Mais c'est juste une farce, une sorte de grande plaisanterie. Ils se sont déguisés il y a vingt ans pour des tours de cabaret et ça leur a tourné la tête… C'est absurde : tes parents ne peuvent pas être Bonnie et Clyde !

— Qu'est-ce que tu racontes ? C'est parce qu'ils sont forts aussi pour garder les secrets, c'est tout ! Les secrets magiques !

Iris se tourne vers Célestin et lui pose les mains sur les joues en le regardant droit dans les yeux.

— Promets-moi de ne jamais leur dire que tu

connais leur secret, lui dit-elle avec gravité, sinon ils en deviendraient malades.

Célestin ne bouge plus. Il fixe Iris et son regard exprime un doute, avant de se raffermir.

— Je sais pas, dit-il.

*

Alors que l'aube éclaire le salon d'une lueur froide, Claude, en prenant soin de ne pas faire crisser les roues de son fauteuil, s'approche du téléphone qu'il décroche le plus délicatement possible.

— Quel est le maudit connard qui me réveille aussi tôt ? entend-il alors dans le combiné après avoir composé silencieusement le numéro.

— C'est d'accord pour votre stock, répond-il à Rodrigue Santana qui, à l'autre bout du fil, se gratte le revers des bourses, étendu nu en travers de son lit rococo.

Je ne serai pas la roue défoncée du carrosse, pense Claude en raccrochant, le vieillard handicapé dont la disparition soulagerait tout le monde. Bientôt, sur mes jambes, je vais recommencer le boulot, la boucle sera bouclée, ma nouvelle jeunesse est à ce prix ; le prix de la considération. Je vais tuer et je vais renaître. C'est comme ça que marche la nature, il y a des preuves scientifiques ; rien ne se perd, rien ne se crée, je ne sais plus qui a dit ça, Picasso peut-être. On m'a enterré, deux fois déjà, et à chaque fois j'ai pu sortir la tête pour respirer ! J'ai toujours réussi à me dégager de l'attraction terrestre quand elle me collait au sol par surprise, et ce n'est pas maintenant que je vais baisser la garde ; la maison de retraite, ce n'est pas pour moi, jamais ! Ma fierté est intacte. Éva, ma belle gangsteresse, mon bel amour, je suis ton homme et je le resterai, que ça te plaise ou non : tu vas m'admirer, tu vas m'aimer à nouveau, tous les éléments de notre vie vont retrouver leur place, d'où ils n'auraient jamais dû bouger. Et tout ça bien maintenu au sol par l'attraction terrestre, parce que cette fois, elle va m'aider, elle va rejoindre mon camp !

Claude ouvre la persienne du salon pour admirer les premiers rayons du soleil. Il pense à Santana, Santana qui n'a jamais tué, et cela le fait sourire, cette aberration offre à Claude, par soustraction, un peu d'estime envers lui-même.

Rodrigue, de son côté, préfère la pénombre de sa salle de musculation. Devant le miroir qui recouvre l'ensemble du mur, il se masse le corps avec de la crème hydratante, une expression de joie inquiète déformant son visage ; il imagine, en frissonnant de plaisir, les êtres sans avenir qu'il maintient sous son pouvoir derrière son propre reflet, et l'idée vertigineuse qu'ils ne seront bientôt qu'un mauvais souvenir l'emplit d'un espoir infini. Ce maudit couloir de la mort était devenu avec les années une extension funeste de son propre corps, comme la projection symbolique de ses intestins, constamment douloureux, encombrés de ces polypes grumeleux de formes humaines, un premier polype malin métastasé en plusieurs autres, certains obèses et d'autres secs et filandreux, et qu'il était impératif d'opérer sans attendre. N'importe quel médecin compétent, s'il avait pu en consulter, lui aurait conseillé l'extraction suivie d'un nettoyage aux rayons X. Ablation donc : le mot était présent sous une forme vague depuis un moment à l'esprit de Rodrigue, mais il était caché, non exprimé, et c'est devant le miroir qu'il se dessine maintenant clairement. L'opération est baptisée *Ablation*, elle devient donc imminente. « L'Ablation du 23 mai », précise Rodrigue pour lui-même en vérifiant d'un coup d'œil sur le calendrier à caractère pornographique qui orne l'entrée de son gymnase. En sortant, il se saisit des assiettes riz-boulettes du jour et, en passant par le jardin, les déverse dans la gamelle d'Érysichthon, lequel, couché jusqu'alors, se précipite écume en bouche sur ce festin inattendu.

Que le chirurgien ne soit pas Bonnie, ce n'est pas si grave, se dit Rodrigue en ouvrant le volet électrique de son garage, que Clyde soit handicapé, ma foi, ça ne va pas l'empêcher de tenir un couteau, continue-t-il en dégageant dans un nuage de poussière le grand drap blanc qui recouvrait sa Renault estafette spécialement conçue quelques années plus tôt par un carrossier lyonnais. Vieillesse n'est pas Retraite, et Handicap n'est pas Chômage. Clyde accepte de faire ce que Bonnie refuse, tant mieux, décidément, les histoires de couple sont toujours pareilles, de l'orgueil et des conflits, conclut Rodrigue comme si son expérience lui permettait d'avoir un avis sur la question. Il ouvre les portières arrière de la camionnette et enclenche le petit mécanisme qui jouxte la roue de secours. Parfait, ça fonctionne encore, se dit-il en soulevant le plancher puis en vérifiant l'espace que celui-ci a dégagé. Après quoi il referme le hayon, monte dans sa BMW et la démarre pour s'engager à grande vitesse sur la nationale. Il s'aperçoit, à l'approche du village, qu'une érection dessine une boule sur le tissu en polymère de son jogging bleu, une érection inopinée à cette heure et dont il se demande, franchement, pour quel motif elle s'impose ainsi sans préavis – même si le fait que sa vigueur s'exprime sans raison ait plutôt tendance à le rassurer. Il repense alors à son calendrier offrant des vues plongeantes sur les cuisses ouvertes des jeunes femmes photographiées pour justifier sa verge bandée dans le vide, en tentant de chasser cette pensée incongrue qui lui suggère que cette stimulation de son cortex génital découlerait de la rencontre à venir, avec le père Damien.

Celui-ci, occupé à conseiller quelques paroissiennes

sur l'organisation de la chorale, sursaute à la vue de sa brebis la plus galeuse quand cette dernière, dans sa tenue de sport, précédée d'une odeur de sueur et de crème hydratante, se présente à la porte de la cure en soufflant comme le diable :

— Bon sang, vous ne répondez jamais au téléphone, mon père ?

— C'est que je ne suis pas toujours à la sacristie, vous le savez, et vous imaginez bien que l'on ne va pas installer des téléphones derrière les autels !

— Vous me taquinez ! J'aime ça, rétorque Rodrigue sans cacher sa surprise de voir le prêtre employer un ton ironique.

— Dites-moi, allez, mon fils, qu'est-ce que vous voulez ? J'ai à faire !

— Vous êtes de mauvaise humeur ?

— En tant qu'homme d'Église, je ne suis pas dépendant de mes humeurs.

— C'est pour moi que vous dites ça ? dit Rodrigue intrigué. En tout cas mon père, sachez que je suis prêt. Ma rédemption est pour samedi. Je viendrai vous chercher. Mettez un habit de circonstance s'il vous plaît, une bure ou je ne sais quoi, je ne connais pas les termes. Le rituel, c'est important, pas vrai ?

*

— De toute façon, il nous aurait pas laissé le choix, dit Claude d'un ton qui se veut ferme mais qui se dégonfle sur les deux dernières syllabes.

— Et pourquoi il ne fait pas ça chez lui ? répond Éva en considérant sans les voir les jambes artificielles qui trônent sur la machine à laver.

— Il a ses raisons. Les flics, j'imagine.

— Il t'a proposé combien ?

— Moins qu'à toi. Parce que je suis en fauteuil. Mais bientôt il me paiera plus cher.

— Imbécile. Tu as pensé à Célestin ?

— Iris va s'en occuper, ils iront chez Roger en attendant, il y a longtemps que Célestin veut faire du cheval, c'est l'occasion.

— C'est ça ! Du cheval, s'agace Éva. Et qu'est-ce que tu crois ? Que tu vas en sortir vivant ?

— Mais bien sûr, voyons ! Écoute, on peut bien lui rendre ce service, il nous a aidés lui aussi. C'est pas grand-chose à faire. Souviens-toi à l'époque, c'était la routine. On était comme des dieux ivres !

— Trente ans après, tu n'as pas encore dessaoulé ?

— La maison de Saint-Jean, ça te dit quelque chose ?

À ces mots, Éva baisse les yeux vers ses chaussures.

— En tout cas tu connais leur numéro de téléphone, poursuit Claude, c'est ça qui m'est passé par la tête, figure-toi. Je veux vivre une belle retraite : libre, et avec les moyens d'offrir à Célestin tout ce qu'il veut, tu comprends ?

Le soir tombe, la nuit est limpide, nettoyée par le vent. Le regard porte loin, presque jusqu'à la mer, que l'on devine par la ligne de lumière ténue qu'elle renvoie sur la marge noire de l'horizon.

Samedi 23 mai 1977

Rodrigue est superstitieux mais il n'a pas la notion du temps. La mémoire des chiffres lui fait défaut. C'est pourquoi il ne fête jamais l'anniversaire de ses proches, qu'il oublie systématiquement. S'il a choisi cette date du 23 mai, c'est un hasard, dépendant de sa soudaine décision et des quelques jours qu'a demandés l'organisation de son exécution. À aucun moment ne lui est venu à l'esprit la date de la mort de Bonnie Parker et Clyde Barrow telle qu'elle est inscrite dans les livres et dans la presse : le 23 mai 1934. Il y a quarante-trois ans jour pour jour.

Et quarante-trois ans, c'est exactement son âge.

*

Iris a toujours rêvé de maîtriser l'art de l'équitation. Elle avait vu Tony s'y adonner en Camargue un an auparavant, alors que le couple faisait un pèlerinage sur les « terres gitanes » des ancêtres du jeune homme – des ancêtres tels que la fiction familiale les avait présentés mais qui, en réalité, n'avaient rien à voir ni avec les Gitans ni avec la Camargue, et encore moins avec les chevaux. Mais tout ça, Tony, Nîmes, les courses de taureaux, c'est du passé, se dit Iris en caressant l'encolure du castillonnais noir qu'elle s'apprête à monter. Aujourd'hui, avec Célestin, elle peut s'approcher un peu de son rêve, malgré le désagrément que lui causent les regards de Roger, le patron, lorsqu'il fait glisser ses yeux luisants sous sa robe. Le voisinage proche du mas se résume au haras miteux que gère cet ancien entrepreneur de travaux publics. Il est une des seules connaissances d'Éva et Claude qui, par confort, ont préféré garder de bonnes relations avec cet unique voisin. Roger donc, célibataire de son état, est émoustillé par la présence lumineuse d'Iris et lui propose de l'aider à atteindre la selle en lui posant sa main rugueuse sur les fesses. Iris se dégage et lui envoie une gifle, avec en tête les conseils d'Éva et son discours sur la condition féminine (dis-toi bien, ma belle, que tout ça doit changer ! Et tout de suite ! Avant la date fatidique de 1980 ; on doit avoir vingt ans d'avance sur le troisième millénaire, tu comprends ?). Roger, surpris, ne comprend pas la brutalité de la réaction mais, sachant que la jeune fille a été envoyée par Éva et Claude, avec leur fils pour témoin, et que le vieux couple est, à ses yeux, plutôt inquiétant – pour ne pas dire dangereux –, il ravale l'affront et propose à Célestin de monter à son tour sur le poney, un shetland que le garçon regarde avec circonspection au vu de sa pelade en oignon. Toutefois, en dépit de l'état médiocre des bêtes, Iris et Célestin sont ravis à l'idée de cette grande balade au cœur de la garrigue, dans la fraîcheur d'une matinée ensoleillée.

Vers dix heures du matin, Rodrigue ouvre le battant intérieur de la porte de l'église puis s'approche du père Damien, qui est occupé à épousseter un bas-relief de la Déploration du Christ. Tel un serpent qui fond sur sa proie, Rodrigue saisit vivement le prêtre au bras ; celui-ci sursaute, effrayé, avant de croiser le regard intense de sa brebis galeuse.

— Vous n'êtes pas en tenue ! tonne Rodrigue.

Une fois installé sur le siège passager de l'estafette Renault, dans lequel Santana l'a poussé de force, le père Damien finit de boutonner le col de son aube avant de poser sa chasuble sur ses épaules. Une partie de son étole de satin mauve est coincée dans la porte et volette en claquant en dehors de l'habitacle.

— *Ne revenez pas en arrière, je vous accompagnerai*

sur cette route difficile ; c'est bien ce que vous m'avez dit mon père !

— Ce sont des citations, Rodrigue, répond le prêtre d'un air résigné, il ne faut pas tout prendre à la lettre.

— On va en mettre plein la vue à tout le monde. On va faire dans le cérémoniel ; j'ai opté pour un combat de catch !

— Enfin, de quoi s'agit-il mon fils ? Vous me prenez pour un arbitre ? tente de plaisanter le père Damien sans parvenir à cacher son inquiétude.

— Ah ! s'esclaffe Rodrigue, vous n'êtes pas loin de la vérité !

— Roulez moins vite, je vous en conjure, vous allez nous tuer !

À ces mots, Rodrigue se tourne vers l'homme d'Église avec une expression que celui-ci ne parvient pas à déchiffrer, mais qui lui rappelle cette reproduction du triptyque de Jérôme Bosch qui l'avait tant impressionné dans ses années d'études. Le truand dit alors, comme s'il était pris de fièvre :

— Je ne peux pas demander à Bonnie and Clyde de me débarrasser de mes âmes damnées par un crime vulgaire : ce serait une insulte à leur talent ! Ils méritent une mise en scène à la hauteur de leur réputation : un spectacle grandiose.

Le prêtre se replie dans son siège, de plus en plus inquiet. Il s'en veut de découvrir aussi tardivement que son paroissien est tout simplement dément. Il s'évertue alors à l'accompagner dans son délire, le sens commun incitant à éviter de contredire les fous.

— Bonnie and Clyde ? Mais bien sûr, acquiesce-t-il alors avec un sourire forcé.

— Vous savez mon père, il y a des gens complètement normaux, des gens ordinaires, tout ce qu'il y a de plus ordinaires, eh bien…

— Je vous écoute mon fils, dites-moi.

— Eh bien, ils tuent ! Vous vous rendez compte ? Ils passent à l'acte, ils tuent, comme ça, avec désinvolture, alors qu'ils ne sont pas professionnels, juste une fois dans leur vie, ils tuent, en général leur femme, mais ça peut être n'importe qui d'autre. Comme ça, tranquille !

— C'est terrible en effet, mais sachez que Dieu…

— Et ensuite ils découpent, tranche Rodrigue ; alors qu'ils n'avaient jamais fait ça de leurs vies, de leurs vies ordinaires, de leurs vies banales, de leurs vies merdiques : ils coupent les membres, mettent les troncs dans des valises ou dans des sacs-poubelles, vous imaginez ? Et après ils balancent tout ça, dans des rivières, dans des puits ou des ravins ! Et ils rentrent chez eux, et ils dorment !

— C'est pourquoi nous luttons contre les passions mauvaises, mon fils…

— Ils ont passé le cap, ils ont réussi, sans préméditation, sur un coup de tête, avec facilité, spontanément. C'est injuste, conclut Rodrigue en ralentissant à l'approche de l'entrée fleurie de Sossenac.

— Vous voulez bien me laisser là, se risque le prêtre en indiquant la bâtisse abritant les PTT, j'ai un courrier à envoyer, s'il vous plaît.

— Vous rigolez ? Vous allez pas vous débiner comme ça !... Vous savez comme moi ce que méritent les victimes. Cette partie détestable du monde que sont les victimes, celles qui devraient avoir disparu et qui sont encore là, à nous narguer, qui viennent sous nos fenêtres avec leurs corps dégoûtants de martyrs, leurs yeux implorants qu'on a envie de crever... Vous devez en voir défiler un paquet dans votre église, j'en suis sûr, tout au long de la journée mon père, et franchement, cette fange serait mieux sous terre, pas vrai ?

— Je ne peux pas entendre des choses pareilles, s'indigne le prêtre, je vous en prie, ramenez-moi, et pour l'amour de Dieu, nous pourrions passer par l'hôpital ? Vous avez l'air très fatigué, vous avez besoin d'un médecin, croyez-moi. Prenez la route de Nîmes, tenez, par là !

Rodrigue ne peut réprimer un rire que le prêtre trouve sinistre, comme l'écho d'une nuée ardente sur les pentes d'un volcan. L'estafette peine à gravir le chemin qui mène au mas. Le père Damien s'est tu et respire avec application pour faire baisser la pression qui contraint son thorax. Il regrette à cet instant la curiosité inepte qui l'a mené à s'intéresser de manière concrète à l'expression du Mal. En l'espèce, il s'agirait plutôt d'un cas de démence, bien entendu l'un n'exclut pas l'autre et ici le délire frénétique n'en est pas moins menaçant. Peut-être même plus dangereux encore que le Mal intentionnel, celui-ci étant régi par des lois accessibles à la raison, et de la sorte, prévisible.

Le soleil tape sur le pare-brise et masque la silhouette du lavomatique, devant lequel Rodrigue se gare.

— Si vous permettez mon père, on va gazer un peu la cargaison, fait le truand en ouvrant sa portière avant de se rendre à l'arrière de la camionnette, j'ai peur qu'il y en ait un ou deux qui s'échappent.

À l'aide d'une section de tuyau d'arrosage, il rallonge la sortie du pot d'échappement jusqu'à l'intérieur du véhicule, puis fait tourner le moteur quelques instants sous le regard interrogatif du père Damien, qui n'a pas encore saisi la nature du transport. Dans le double fond de l'estafette, l'enfant ne pleure pas mais il sent son corps gonflé de larmes, prêt à exploser. Son père, écrasé lui aussi, cache son visage sous ses mains, glacé par un effroi diffus, quant à Florence, enroulée dans ses longues nattes de cheveux et de tissus mêlés, elle semble calme et résignée. Camille à l'inverse gigote comme un poulet dont on vient de couper la tête. Il pousse de petits cris par saccades dans l'oreille de Franck, qui lui répond en lui enfonçant ses coudes pointus dans le dos.

Ils sont rangés en chiens de fusil. Rodrigue a suivi scrupuleusement l'exemple d'une boîte de sardines et se félicite que les proportions s'adaptent à l'échelle humaine ; les sardines obèses sont rares et il n'était pas certain que cela fonctionne. Après une minute, il coupe le contact et retire le tuyau, quand Claude, tout juste sorti du lavomatique, s'approche de l'estafette en faisant nerveusement rouler son fauteuil. Les dents serrées, il accoste Rodrigue en regardant furtivement le père Damien :

— Je ne marche plus dans ta combine Santana. Ne me dis pas que tu veux supprimer un curé !

— Évidemment non ! s'esclaffe Rodrigue avant de couper le moteur et d'ouvrir, avec une grande agitation, le faux plancher de la Renault. Regardez !

Sous les yeux sidérés du prêtre et de Claude, il extirpe un par un ses « combattants », tels qu'il les appelle, abrutis d'oxyde d'azote.

— Mon Dieu, se signe le père Damien en sentant ses jambes faiblir.

Hagards, suffocants, les cinq décavés tiennent à peine debout. Ils titubent, comme saouls, aveuglés par la lumière. Rodrigue les pousse vers le mas, puis revient vers le père Damien qui restait planté devant l'estafette, pétrifié, pour le saisir fermement par l'épaule et l'inviter à profiter du spectacle. Claude, troublé par l'aspect des futures victimes, s'en tient à distance respectueuse, inquiet de la possible contagiosité de leur mine déplorable.

— En quelque sorte c'est de l'Art, fait Rodrigue, ému, à la porte de la cuisine, modestement, avec mon infirmité au meurtre, j'ai su créer une œuvre.

Éva, attirée à la fenêtre de sa chambre par le bruit de la scène, ne voit alors que le prêtre.

— Qu'est-ce que c'est que ce chantier ? crie-t-elle avant de descendre.

— Une œuvre qui représente des années de travail et de souffrance, continue Rodrigue en haussant le ton, comme s'il était pris de fièvre.

Au seuil de la cuisine, Florence titube puis se rétablit, maladroitement, elle tient la main de son fils et se raccroche à l'ombre épaisse et chancelante de son mari. Cette silhouette qu'elle n'a jamais aimée mais à laquelle elle a fini par s'habituer, et dont elle a accepté les contours comme étant ceux de son compagnon légitime. Amené par le hasard, loin du prince dont elle rêvait, il était malgré tout moins pesant que la solitude complète, et l'arrivée de leur enfant avait scellé ce qu'ils avaient convenu d'appeler un *mariage*, même si personne ne l'avait célébré. Lui ne pense pas à sa femme, il a oublié son fils, il n'a qu'une idée : mettre un pied devant l'autre, respirer l'air en évitant que l'oxygène ne lui provoque un malaise, ses poumons s'étant habitués à l'air frelaté du couloir de la mort. Il distingue de vagues formes blanches, la lumière l'aveugle. Franck, quant à lui, ne voit que des vapeurs, ne rêve que de cigarettes et, par les effets imprévus des gaz, ne prend pas conscience que cette heure médiocre est la dernière. Camille, qui était placé dans l'estafette au plus proche du tuyau, se déplace si difficilement qu'il finit porté sur l'épaule en direction de la salle à manger. Les costumes sont prêts, Rodrigue les a raflés dans les vestiaires de son club : en polymère brillant pour certains, dans des étoffes colorées pour les autres. L'enfant rechigne à enfiler sa combinaison rouge et jaune, trop étroite, il regarde autour de lui en appelant sa mère du regard, l'air est trop limpide, la lumière trop forte, il découvre avec effroi la réalité du monde hors de sa cave, loin de son nid et des quatre murs qui retenaient l'univers. Une cape rouge pour Camille, un maillot noir moulant pour Bernard, des gants roses pour Franck, un collant mauve intégral pour Florence, un masque et une ceinture brillante pour chacun ; l'équipe est prête, le combat de catch peut commencer.

Claude, sans voix, anesthésié par l'énergie de Rodrigue, s'allume une Gitane en tremblant.

— Battez-vous maintenant ! hurle Rodrigue à ses condamnés avant qu'Éva, effarée par cette mascarade, l'agrippe par le cou en lui ordonnant de quitter les lieux sans délai avec sa troupe de dégénérés.

Claude tente de garder son sang-froid, il aspire la moitié de sa cigarette en une seule bouffée qui lui brûle la gorge. Le père Damien, échoué sur une chaise, incapable de rassembler ses idées, est si faible qu'il ne parvient plus à bouger. Il regarde, hébété, sa brebis galeuse prendre une dimension littéralement diabolique. Rodrigue, excité comme un enfant au soir de Noël, renvoie brusquement Éva dans le fond de la pièce avant de hurler, en roulant ses yeux rougis :

— Battez-vous, bordel !

Le mélange de barbituriques et de gaz laisse les combattants inertes, abasourdis. Rodrigue frappe Bernard au visage, mais Bernard tombe comme un sac de viande sur le canapé en rotin. Il frappe alors l'enfant – qui semble se dégonfler –, ce qui a pour effet de lancer sa mère dans la bataille. Franck, qui végétait sous des visions abstraites, estime qu'obéir est la seule planche de salut et cogne Camille, qui se réveille bouche bée. La bataille générale est engagée ; la cuisine se transforme en ring. Les claques résonnent, les coups de pied fusent, la vaisselle est brisée. Florence étrangle son mari, l'enfant frappe son père, Franck tape sur tout ce qui bouge et Camille frappe à l'aveugle sous l'emprise de la panique. Rodrigue est tellement excité qu'il tord des bras et des jambes, au hasard. Éva, interloquée, se tourne vers le père Damien en espérant que celui-ci intervienne, d'une façon ou d'une autre, avec toute l'autorité que l'Église lui confère. Cependant le visage du prêtre ne reflète plus la moindre autorité, mais plutôt l'expression d'un bovin paralysé par l'effroi, malgré la beauté de son visage qui surprend alors Éva. Il est magnifique comme un saint de cathédrale, se dit-elle, il va se relever pour mettre fin à cette farce.

Rodrigue s'approche d'Éva, menaçant, et lui ordonne de dresser la table. La demande est inattendue, mais sous un certain angle, rassurante ; un repas pour finalité à cette comédie absurde lui donne un semblant de sens, et peut-être une conclusion pacifique. C'est en tout cas ce que veut croire Éva, qui s'exécute.

— Et faites-le dans les règles de l'art, insiste fébrilement Rodrigue. Fourchette à gauche, couteau à droite !

Le combat se calme par épuisement des combattants, leurs capes sont déchirées, leurs collants de tergal défaits. Rodrigue les saisit un par un sous les aisselles et les assoit devant leurs assiettes. Il parcourt ensuite la scène d'un regard circulaire, en essuyant son front perlé de sueur, et se félicite de diriger cette œuvre sans précédent, une œuvre unique ; la sienne. Faite de matière humaine, de temps comprimé, de secret et de mise à mort. Il sort de la poche intérieure de sa veste une enveloppe remplie de grosses coupures, qu'il dépose sur les genoux de Claude, puis extrait d'une autre poche intérieure, côté cœur, une longue lame effilée, qu'il dépose sur le guéridon en face de l'infirme. Celui-ci pâlit autant que la lame brille.

— Qui sont ces gens ? se risque-t-il en regardant l'enveloppe.

— Vous pouvez les tuer comme vous avez tué des passants, coupe Rodrigue.

Éva, alarmée, s'accroche à l'évier.

— Je ne fais pas dans l'abattage de bétail, dit Claude, surtout s'il y a des enfants.

— Il n'y a qu'un seul enfant voyons, lâche Rodrigue, vous commencerez, et je prendrai la main, vous me guiderez.

Exalté, il reprend en se tournant vers le prêtre :

— Voilà mon père, nous sommes arrivés à destination, bientôt je ne serai plus vierge. Restez bien confortablement installé, d'ici vous aurez une belle vue sur l'enterrement de ma vie de garçon.

Le père Damien, décomposé, marque un temps avant de répondre dans un filet de voix :

— L'homme ne sépare pas ce que Dieu a uni.

— Vous plaisantez ? lance Rodrigue en riant, avant de saisir la lame.

Il empoigne ensuite le fauteuil de Claude et pousse

fermement celui-ci vers les masses informes et gémissantes qui composent la tablée.

Le caractère du poney que monte Célestin est difficile à prévoir, mais une chose est sûre ; il déteste parcourir les chemins en pente raide, à la montée comme à la descente. Il est donc plus sage d'éviter les reliefs trop marqués. Il arrive également à l'animal de stopper sans raison valable, ce qu'Iris justifie par la jubilation poétique que ressentent les bêtes à la vue de la nature, dont ils contemplent longuement les détails. Mais Célestin n'est pas sensible à cette explication, et, agacé, frappe le poney à l'encolure pour qu'il reprenne la route, la beauté des paysages ne le motivant, pour sa part, qu'à partir d'une certaine vitesse. Les ombres deviennent courtes et le soleil, presque au zénith, écrase la garrigue. Célestin, formant une visière avec sa main, regarde au loin derrière les chênes-lièges ; après la crête bleutée, il pointe un toit aux tuiles abîmées.

— Regarde Iris, on voit la maison, là !

— Oui, tu as raison, à droite il y a le haras, et là, c'est certainement le mas.

— J'ai faim.

— C'est bien ici, non ? On va pique-niquer, j'ai apporté tout ce qu'il faut.

— Et des chips ?

— Mais oui, ne t'inquiète pas, s'amuse Iris.

— Tu entends ?

— Quoi ?

— Tu entends ce bruit ?

Iris tend l'oreille et, après un instant, remarque un vrombissement léger.

— Une abeille, ou un bourdon, dit-elle.

— Non, c'est beaucoup plus gros, s'étonne Célestin.

Effaçant le chant des cigales, un grondement de moteur – de plusieurs moteurs – monte en puissance, bien qu'il n'y ait aucun véhicule en vue. Iris et Célestin se tournent vers le nord et découvrent deux hélicoptères noirs qui fondent dans leur direction à basse altitude, avant de se diriger vers la crête bleutée, plus au sud.

Camille commence à supplier d'une voix faible que l'on épargne sa vie. Claude est bloqué sur son fauteuil, dans son dos Rodrigue l'enlace, de toute sa masse, presque amoureusement. Ses larges mains brûlantes compriment celles de l'infirme, dans lesquelles se trouve la lame, pointée horizontalement vers le cœur de Florence, vers ce cœur à l'origine de ses tourments, et dont il a rêvé chaque nuit qu'il cesse de battre. Rouge, les yeux exorbités, il fait avancer le fauteuil de quelques centimètres encore, pendant que Claude, bouleversé, la sueur de Rodrigue lui coulant sur la perruque, tente de résister :

— Meurtre sans valeur, je refuse ! implore-t-il d'une voix blanche.

Rodrigue fait la grimace, les yeux fixés intensément sur le couteau. Une roulette du fauteuil grince. De la gorge de Florence, tétanisée, proviennent de petits cris étouffés par la panique. Éva effarée se rapproche de la porte d'entrée, avec la vague idée de fuir, ce que Rodrigue remarque ; d'un bond, il se déplace vers le seuil – en maintenant toujours vigoureusement Claude et son fauteuil – fermant toute perspective de sortie. Il se retrouve par ailleurs exactement en face de l'enfant, qui devient ainsi la nouvelle cible inaugurale. Éva, coincée, se tourne vers le prêtre avec un regard perdu, mais celui-ci, blanc comme un linceul, est penché curieusement sur son siège, tel un saint Laurent en plâtre supplicié sur le gril ; il a perdu connaissance, avant même de contempler le spectacle du Mal dans toute sa dimension. Il n'aura pas l'occasion d'éprouver la douleur ultime de ceux qui rejoignent le royaume des cieux, il n'aura pas le loisir d'observer leur passage épineux du monde de la souffrance vers celui de l'apaisement et de la sérénité.

— Tuons ! Donnez-moi la force ! lance Rodrigue, en transe, en poussant lentement Claude qui se débat sans force et ne parvient pas à se dégager.

La lame, dans ses mains, sous la pression puissante de celles de Rodrigue, se rapproche de l'enfant, qui gémit. Son masque, trop étroit, lui cache la vue.

Florence fixe la pointe du couteau qui s'approche de son fils, sans réagir, saisie par une peur si intense qu'elle en louche. La pointe du couteau se pose sur le gras du double menton de l'enfant.

C'est alors qu'un tremblement anime les verres et les soucoupes posés sur la table, suivi d'un autre, plus prononcé, qui fait vibrer les murs. Un bruit terrible venant du jardin, comme une implosion, arrête le geste de Rodrigue, qui lâche alors Claude pour se pencher à la fenêtre. Deux hélicoptères cherchent à se poser à quelques mètres du mas. Cinq voitures noires, flanquées de plusieurs véhicules de gendarmerie, montent la côte de gravier. Rodrigue se retourne, le souffle coupé :

— Vous m'avez vendu ! Les salauds !... Vous m'avez vendu !

Éva est trop surprise pour se défendre. Claude, sans rien comprendre de la situation, regarde autour de lui comme un animal traqué. Rodrigue se retourne les yeux vitreux et, arrachant le couteau que Claude gardait au creux de sa paume, en fait danser la lame devant lui, dans un rythme étrange, comme un serpent qui se déplace. Avec un mouvement de balancier de ses larges fesses, Rodrigue se laisse entraîner par la valse erratique de sa main qui s'enroule en torsades dans un silence glacé, perçant en cascade les organes des convives attablés.

— C'est super, ils vont au mas ! s'exclame Célestin en voyant, au loin, les hélicoptères se poser à proximité du lavomatique.

Iris se relève, inquiète, puis saisit le garçon sous les aisselles pour qu'il monte plus rapidement sur son poney.

— C'est pas normal ! On y va ! dit-elle en grimpant sur sa monture avec appréhension, les yeux braqués vers le mas.

Rodrigue tient Éva par le bras et la pousse en courant devant lui, tout en traînant le fauteuil depuis lequel Claude, à reculons, contemple son lavomatique. Avant que la petite porte dérobée à l'arrière du local se referme, il a le temps d'apercevoir ses jambes artificielles et se félicite de leurs élégantes proportions et des services qu'elles auraient pu lui rendre, si les événements n'avaient pas pris un tour à ce point imprévisible. Éva peine à trouver son souffle, Rodrigue les entraîne tous deux brutalement jusqu'aux limites du jardin, ils empruntent le petit chemin rocailleux qui serpente au nord, vers le maquis.

— Vous m'avez trahi ! C'était un piège, crie-t-il, haletant, vous avez menti. Vous n'êtes rien, tout ça c'est du flan ! Bonnie, c'est du flan, Clyde, c'est du flan. Vous n'êtes pas une légende, vous êtes des imposteurs ! Vous n'êtes même pas capables de tenir parole. Vous n'êtes même pas capables de tuer !

— Tu te trompes sur toute la ligne, fait Éva, je ne sais même pas de quoi tu parles !

— Maintenant je suis libre, s'emporte Rodrigue, les yeux pleins de larmes, je suis enfin libre !

Il pousse Éva devant lui sans ménagement puis se penche pour saisir un Sterling 302 fixé à sa cheville, sous son pantalon.

Côté sud du mas, le ballet des berlines noires s'immobilise, les hélicoptères ont atterri. Un fonctionnaire en costume gris arrive le premier, suivi de deux fonctionnaires en costume gris et d'un troisième, en costume noir et rosette, accompagné d'un journaliste et d'un photographe de *Paris Match* qui se déplace avec frénésie. Le premier costume jette un œil au mas et devine les silhouettes attablées derrière la fenêtre, après quoi il retourne vers le groupe composé de policiers en civil derrière lequel se dégage, menton tendu, Valéry Giscard d'Estaing qui s'avance alors, sous le ronronnement d'une caméra légère, vers la famille de Français moyens chez laquelle ses conseillers en communication l'ont poussé à venir déjeuner, dans la perspective d'estomper l'attitude hautaine que les sondages lui prêtent. Cette pratique n'amuse pas le président de la République mais le peuple doit sentir qu'il est un des leurs.

Sa haute taille l'oblige à se courber pour passer la

porte de la cuisine et, sous l'objectif de la caméra qui lui emboîte le pas, il découvre avec effarement les membres de cette famille modèle, symbole de la France et de ses traditions, égorgés sous leurs masques de catch, le nez dans leurs assiettes. Animée par les effets complexes combinant vascularité et aérophagie, une bulle rouge gonfle au cou de l'enfant obèse jusqu'à prendre une proportion inattendue. Avant que s'ouvre le bal de la panique générale, le chef de l'État reste figé, sidéré par cette bulle de sang grosse comme un ballon de football, prête à éclater.

Éva regarde Rodrigue sans saisir ses paroles, elle remarque seulement son thorax qui se soulève par saccades ; il pleure comme un bébé, ce qui est difficile à croire. Il lui pose délicatement les doigts sur le bras, dans une sorte de caresse, et semble s'excuser, avant de charger son pistolet, qui a l'air minuscule dans ses énormes mains. Éva n'entend plus rien et se demande si son cerveau ne la lâche pas, si la fameuse *sénescence* tant redoutée n'est pas en train de lui jouer quelques tours alambiqués.

*

Un peu plus loin Clyde marche : ses jambes, tordues mais ressuscitées, le portent tant bien que mal sur le carrelage du lavomatique, qui a été entièrement repeint d'un blanc franc et lumineux, machines comprises. Le vieux truand est nu et constate qu'une érection de grande qualité, comme cela ne lui était pas arrivé depuis un quart de siècle, lui indique tel un aiguillon la direction à prendre. Il la suit donc, plein sud, magnétisé par cette verge rajeunie, passe le jardin entre les cyprès sombres vers un sentier net et propre. La nuit paraît artificielle, la température est douce. Clyde lève les bras pour sentir le vent léger qui anime les arbres ; il ne le sent pas mais il l'imagine, et l'effet est suffisant. Il respire de toute l'amplitude de sa cage thoracique et, en expirant, il aperçoit Bonnie, nue elle aussi, qui s'approche, le pas mal assuré. Elle vient en face sur le même chemin et semble chercher quelque chose. Son chignon, défait, laisse libre sa chevelure blonde dont les mèches recouvrent une trace, comme un point de rouge à lèvres sur sa poitrine. Sans ressentir les effets physiques de l'émotion, Clyde s'imagine qu'il est profondément ému. Bonnie l'aperçoit et sourit.

— Te voilà vieux brigand !

— Bonnie, ma chérie, on va faire une pause. C'est joli ici, regarde la rivière, le sous-bois… Il fait bon.

— C'est vrai. Il est temps de se calmer.

— Je suis heureux de te retrouver. Tu es belle avec tes cheveux dorés.

— Je vois que tu es inspiré, s'amuse Bonnie en considérant la verge de son mari.

— J'ai l'idée que nous arrivons en fin de cycle, ma chérie.

— Nous venons de réussir notre décès, mon amour, nous l'avons juste reporté de quelques années. Nous l'avons reporté pour mieux le réussir.

Clyde regarde la trace de rouge à lèvres sur la poitrine de sa femme.

— Tu t'es pris une balle ?

— Toi aussi. Mais tu l'as prise dans le dos.

— Dans le dos ? C'est honteux.

— Et alors ? fait Bonnie, nous sommes morts au même instant. En soi c'est une prouesse. Nous renouons avec la légende. Un peu de romantisme s'il te plaît, il serait temps.

— Tu as raison. Je suis heureux d'être avec toi, ma chérie.

Il lui prend la main, puis ils marchent en silence sur les feuilles et les mousses qui recouvrent la terre du sous-bois. Bien que leurs corps soient froids, ils sentent, ou plutôt ils imaginent, une chaleur forte dégagée par leurs mains. Le sol est doux. Une ombre passe sur le visage de Bonnie.

— Nous devons dire au revoir à notre fils, nous devons embrasser Célestin avant de rendre nos âmes, sinon elles vont tourner dans le vide pour l'éternité.

— Célestin n'est pas dans ce bois, répond Clyde, et il vaut mieux pour lui qu'il ne s'y trouve pas.

— … Et son âme à lui sera rongée toute sa vie par la tristesse, continue Bonnie, le regard fixé au loin.

Clyde réfléchit. Puis il saisit à nouveau la main de

sa femme et l'entraîne à travers les figuiers au bord de la rivière. L'eau de celle-ci est épaisse, blanche et presque sans mouvement, mais on peut y voir des reflets malgré tout. Clyde s'écroule à fleur d'eau. Il cache sa nudité sous un tissu rouge, puis il indique à Bonnie le rocher, un peu plus loin sous le hêtre, où l'attend une tunique de lin, dont elle se couvre.

— D'ici on pourra le voir, il reconnaîtra l'endroit.

De l'autre côté de l'image, Célestin apparaît sur son poney, suivi d'Iris. La lumière est laiteuse, il n'est plus possible de cerner les contours du paysage. L'enfant est en larmes, il crie et il pleure, il est à genoux et s'approche, serrant la terre dans ses mains.

Bonnie, bouleversée, sent à ce moment et pour la première fois la douleur causée par la balle logée dans sa poitrine. Clyde voudrait prendre son fils dans ses bras mais il n'a plus de force.

— Tout va bien mon petit lapin, tu es entre de bonnes mains, prends soin de toi et souviens-toi de nous. Tu es un petit malin et je te fais confiance, nous resterons auprès de toi, sans corps, sans jambes, sans paroles, en un mot avec pas grand-chose de visible mais nous serons toujours là pour te tenir la main ta mère et moi, aussi longtemps que tu vivras et tu vivras vieux. Je te lègue la machine à marcher, fais-en bon usage, je sais que tu la trouves belle.

On t'embrasse fort, mon chéri.

La mésaventure présidentielle qui s'est déroulée ce 23 mai 1977 restera évidemment maintenue à l'ombre pour des décennies. Les journalistes présents demeureront strictement muets sur cet épisode par ailleurs invraisemblable, qui sera classé confidentiel-défense dans un premier temps, avant de rejoindre le département secret-défense. Il sera cependant considéré, après enquêtes internes et investigations discrètes, comme un simple fait divers, un drame familial classique. Il n'en reste pas moins que le caractère spectaculaire et les circonstances exceptionnelles de cet incident (présence du chef de l'État, dysfonctionnement manifeste des services de surveillance intérieure, et défaut de mémoire par commotion cérébrale d'un témoin essentiel, homme d'Église de son état) inciteront l'autorité administrative à ouvrir une série d'enquêtes approfondies, notamment sur les propriétaires du mas, dont l'identité ne sera jamais clairement établie, en dépit de recherches assidues menées en France, et au-delà.

Dessin de l'auteur,
d'après le tableau de Nicolas Poussin
Écho et Narcisse.

DU MÊME AUTEUR

Chez Gallimard

VISA TRANSIT (deux volumes parus)

Chez Albin Michel

LES AMOURS D'UN FANTÔME EN TEMPS DE GUERRE

Aux éditions Barbier & Mathon

500 DESSINS (trois volumes)

Chez Cambourakis

LE ROI DE LA PISTE

Chez Casterman

LA RÉPUBLIQUE DU CATCH

FLORENCE. ITINÉRAIRES (coédition Lonely Planet, avec Élodie Lepage)

JAPON (collectif)

NEW YORK-SUR-LOIRE

LISBONNE. VOYAGE IMAGINAIRE, avec Raphaël Meltz.

LÉON LA CAME (trois tomes), avec Sylvain Chaumet.

Aux éditions du Chêne

CARNETS DE KYOTO

Chez Cornélius

ESCALES

DES GENS BIZARRES

PLAISIR DE MYOPE

Chez Dupuis

SALVATORE (quatre tomes)

PROSOPOPUS

Chez Futuropolis

LES CARNETS DE GORDON MCGUFFIN, avec Pierre Senges

L'ORGUE DE BARBARIE, avec Raphaël Meltz

JOURNAL D'UN FANTÔME

PÉRIODE GLACIAIRE (coédition Musée du Louvre)

SUPER MONSIEUR FRUIT

Aux Humanoïdes associés

LE BIBENDUM CÉLESTE (trois tomes)

FOLIGATTO, avec Alexios Tjoyas

Aux éditions Louis Vuitton

TRAVEL BOOK MEXICO

Chez MEL Publisher

NICOLAS DE CRÉCY, MONOGRAPHIE

Au 9e Monde

DE LA CONFITURE DE MYRTILLES

Chez Pastel

LA NUIT DU GRAND MÉCHANT LOUP, avec Rascal

Aux éditions de Regard / IFM

ESTHÉTIQUES DU QUOTIDIEN AU JAPON (collectif)

Chez Soleil

UN MONDE FLOTTANT – YOKAI ET HAÏKUS

Chez Verticales

CAFÉS MOULUS

DANS LA MÊME COLLECTION

LE DISCOURS, Fabrice Caro, 2018.

LE JOUR OÙ LA DURANCE, Marion Muller-Colard, 2018.

APRÈS CONSTANTINOPLE, Sophie Van der Linden, 2019.

LA DISSONANTE, Clément Rossi, 2019.

WANTED LOUISE, Marion Muller-Colard, 2020.

BROADWAY, Fabrice Caro, 2020.

FIN DE SAISON, Thomas Vinau, 2020.

MIKE, Emmanuel Guibert, 2021.

Éditorial : Gaëlle Flament
Direction artistique : Anne Lagarrigue
Graphisme : Pascal Guédin

Ouvrage composé en Mencken (Typofonderie) et Replica (Lineto)
par IGS-CP à L'Isle-d'Espagnac (16)
Achevé d'imprimer sur Timson
par Normandie Roto Impression s.a.s.,
en mars 2021
Dépôt légal : mars 2021
Numéro d'imprimeur : 2101041

ISBN : 978-2-07-285462-0 / Imprimé en France

355021